Gretels Welt

Meredith Wayne Price

Uberauen Publishers
Ormond Beach, Florida, USA

Anmerkungen des Verlags: Die meisten der beschriebenen Vorgänge in diesem Roman finden in der ersten Hälfte des 20. Jahrhunderts in der fiktiven Stadt Überauen statt. Die Erzählung basiert auf mündlich überlieferter Familiengeschichte. Viele Geschehnisse und Personen sind zum Teil echt aber die meisten Namen handelnder Personen, Orte und Daten sind frei erfunden. Personen, die zu dieser Zeit offizielle Ämter bekleidet haben und in diesem Roman beschrieben werden haben keinerlei Ähnlichkeit mit den wirklichen Handelnden.

Umschlagentwurf Hubert Forner
Buchgestaltung Frances Keiser, Sagaponack Books & Design
Bildnachweis – Ulrich Kind. (Vollbildnachweis auf Seite: 213)

ISBN: 978-0-9971097-3-3 (Taschenbuch)
978-0-9971097-5-7 (Gebunden)
978-0-9971097-4-0 (eBook)

Library of Congress Katalogkartennummer bekannt

Zusammenfassung: Gretel und ihre Familie erleben historische Umwälzungen des 20. Jahrhunderts und zweier Weltkriege. Jeder einzelne erlebte seine eigene Geschichte – verbotene Liebe, Geburt, tragischer Tod, Glück und Leid. Handlungsort ist eine kleine Stadt, umgeben von einer mittelalterlichen Stadtmauer und angefüllt mit Tratsch und Gerüchten.

Thema:
FV 3MPBG-DE-G 1918-1933
Historische Fiktion Deutschland: Weimarer Republik (1918-1933)
FV 3MPBGJ-DE-H 1933-1945
Historische Fiktion Deutschland: Nationalsozialistischer Zeitraum (1931-1945)

www.GretelsWelt.com oder www.GretelsCross.com

Uberauen Publishers
Ormond Beach, Florida, USA

Erstausgabe

Hubert D. Forner, 1991

Stammbaum von Gretel Geyer 1904 - 1990

*Gretel Geyers Daten, wie auch die ihres Gatten, Otto Forner, und ihrer Söhne sind
wahrheitsgetreu. Die Namen und Daten der anderen Familienmitglieder sind frei erfunden.*

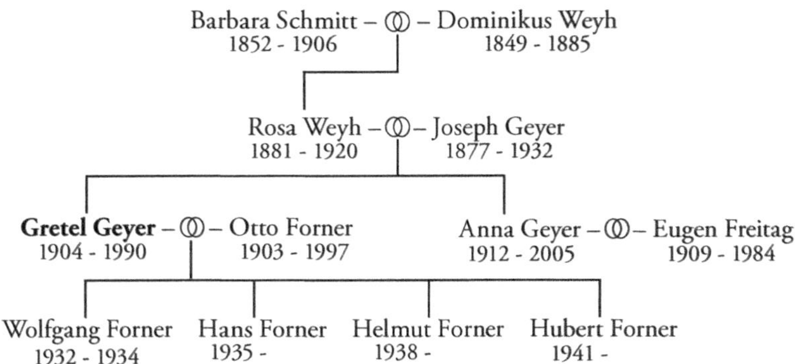

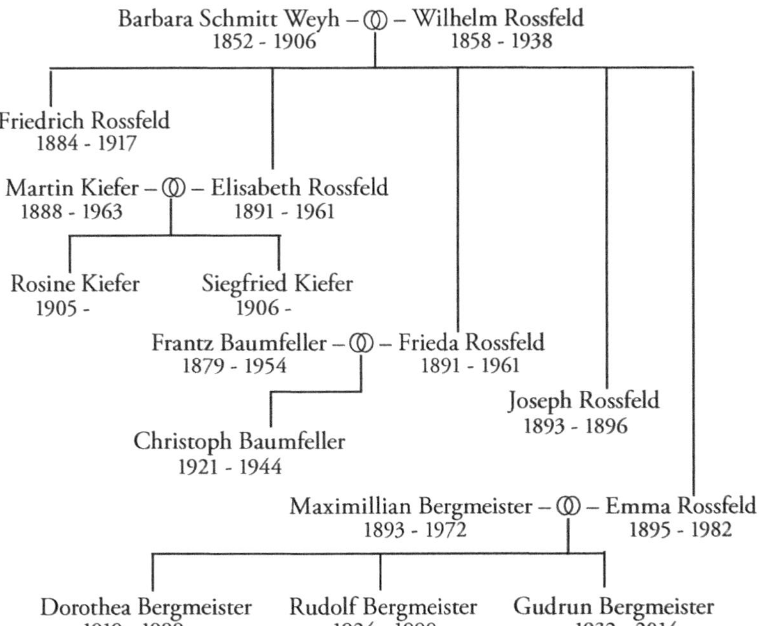

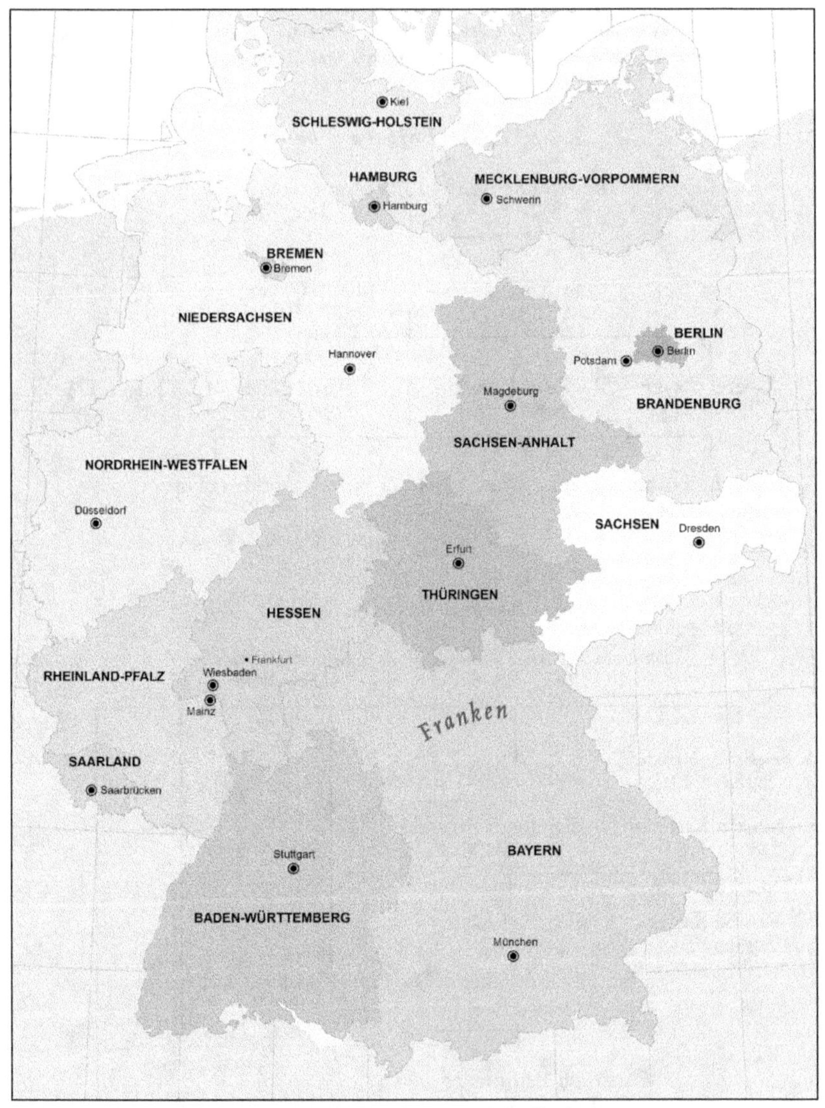

Die deutschen Bundesländer, einschließlich der Region
Franken, in welcher der freierfundene Ort Überauen liegt

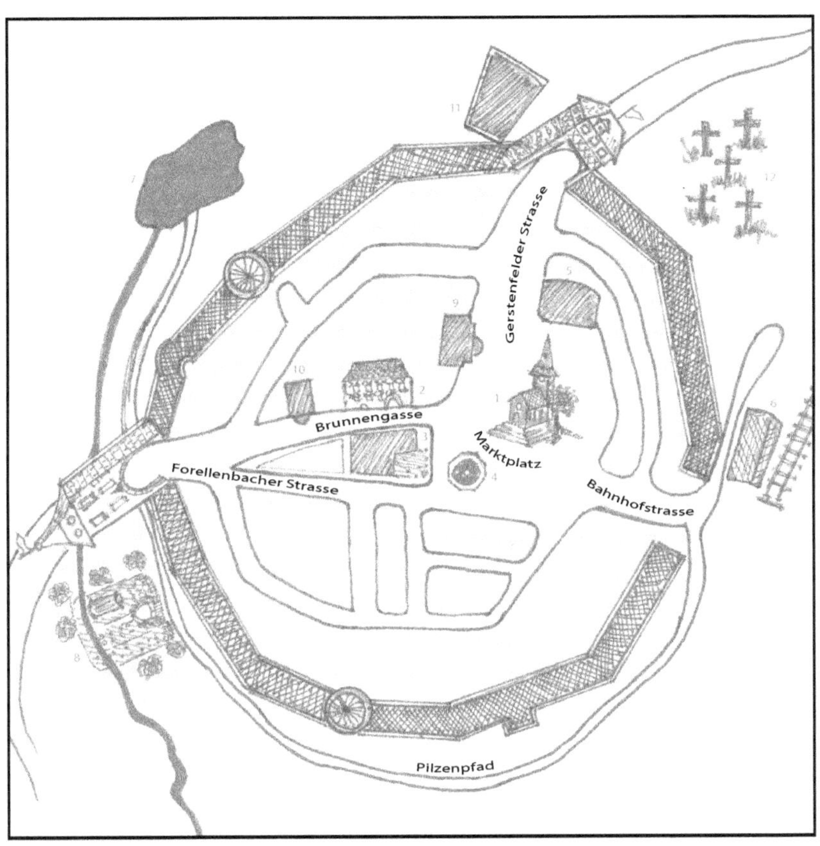

1. St. Severinus Kirche
2. Goldener Ritter
3. Rathaus
4. Brunnen
5. Schule
6. Bahnhof
7. Eisteich
8. Garten
9. Blumentritts Laden
10. Steinhauers Bäckerei
11. Tanzsaal
12. Friedhof

Inhaltsverzeichnis

Dank des Autors

Besonders möchte ich mich bei Gretels Sohn und Huberts Bruder Dr. Helmut Forner bedanken, der mein Buch aus dem Englischen ins Deutsche übersetzt hat. Darüber hinaus hat er mir mit seinem Wissen über die historischen Ereignisse und die darin eingebettete Familiengeschichte sehr geholfen.

Weiterer Dank geht an unsere langjährige Freundin Ariane Preusch, die uns über Monate beim Editieren und Korrekturlesen der deutschen Version unterstützt hat.

Otto Forner und Gretel Geyer, 1926

ERSTER TEIL:
GRETELS HEILE WELT

Gretel Geyer, 1907

1. DIE KLEINE GRETEL

Hinter diesem Tor spielte sich 1914 das Leben Gretel Geyers ab.

Wirtshaus zum Goldenen Ritter

„Gretel", rief Rosa Geyer aus dem Küchenfenster des Goldenen Ritter, „Fritz und Du, geht mal raus vor's Tor und fegt den Pferdemist vom Eingang weg, damit die Gäste abends nicht drum herum müssen!"

„Ja, Mama", antwortete Gretel folgsam. „Fritz", rief sie, „komm' und hilf' mir mit den Rossäpfeln!"

„Mein Gott, muss das sein", stöhnte Fritz Rossfeld, „warum müssen ausgerechnet immer wir die Scheiße wegräumen?" Rosa Geyer überhörte diese Diskussion im Hofeingang.

„Auf geht's und macht sauber, wir haben hier drinnen genug zu tun. Und hebt die Pferdeäpfel so auf, dass wir sie am Wochenende noch zum Düngen in den Garten mitnehmen können".

„Jaja", murmelte Fritz, „ist ja recht, ich hol' die Schaufel vom Misthaufen und Du holst den Misteimer."

So waren also Fritz und Gretel eifrig damit beschäftigt, Rossäpfel aufzukratzen, auf die Schaufel zu rollen und in den Misteimer zu schütten, während die Nachbarn auf der Brunnengasse an ihnen vorbeifuhren oder gingen und ein paar Leute aus dem Rathaus gegenüber sich über die beiden lustig machten. Natürlich war Pferdeäpfel aufsammeln nichts aufregend Neues, aber zumindest für die Zuschauer eine heitere Abwechslung von der eintönigen Routine.

Gerade als beide mit ihrer Arbeit fertig waren kam Edith Luder, deren Mutter im Rathaus arbeitete, zusammen mit Gerbers Gretel und einigen Schulfreundinnen vorbei.

„Schaut mal, wen wir hier haben, Prinzessin Gretel und ihren Ritter, den Prinzen vom Pferdemist!" rief sie kichernd aus und tat so als würde sie ersticken. Ihre Freundinnen folgten sofort ihrem Beispiel und hielten sich ebenfalls die Nasen zu.

Gretel und Fritz schauten sich nur kurz an und grinsten, tauchten ihre behandschuhten Hände in den Eimer, und holten je einen Pferdeapfel heraus.

„Der Prinz vom Pferdemist bestreitet heute ein Turnier", rief Fritz, „er will sehen wie schnell ein paar großmäulige Mädchen rennen können!" und schon pfiff sein Pferdeapfel knapp am Kopf von Edith vorbei. Die kreischte auf und zusammen mit den anderen lief sie, so schnell es die langen Kleider erlaubten, weg, dem Marktplatz zu.

Die Leute im Rathaus lehnten sich aus den Fenstern um zu sehen, was los war. Als jedoch klar war, dass es sich nur um spielende Kinder handelte, kehrten alle wieder zu ihrem langweiligen Erbsenzählerjob zurück – bis auf Frau Luder, die die Stirn runzelte und drohend ans Fenster klopfte.

Nach Ende der Pferdemistaktion eilte die 10-jährige Gretel Geyer in den Wäscheraum des Goldenen Ritter, wusch sich mit Seife und Wasser und zog sich eine hübsche weiße, gestärkte Schürze an.

„Gut Mama, jetzt kann ich dir beim Mittagessen Servieren helfen", sagte sie und schaute über die Schulter ihrer Mutter auf den köstlich duftenden Wildschweinbraten in brauner Soße. Rosa gab ihr den heißen Teller.

„Bring das rein zu Herrn Waldberger!" Als Gretel die dampfende Platte vor diesem auf den Tisch stellte, sagte der: „Vielen Dank, Gretel!" Sie hatte gehört, dass Herr Waldberger irgendwie mit ihnen verwandt war, aber wie genau, wusste Gretel nicht.

Sie ging zurück zur Küche, um auf neue Anordnungen zu warten.

Als sie dort am Fenster stand, irgend eine Melodie ging ihr im Kopf herum, bemerkte Gretel ihren Großvater Wilhelm bei einer kurzen

Pause, wie er sich von den Mühen des Tages in der fränkischen Sonne erholte. Er saß wie üblich auf seiner alten Bank unter dem Weinstock, der, voll mit weißen Trauben, über das Küchenfenster bis zum Eingang der Gaststube rankte. Er stöberte in den Taschen seines blutigen Schlachterschurzes nach Zündhölzern für seine Pfeife. Gretel schaute ihm interessiert zu und fragte sich, was er da wohl suchte.

Es war ein langer, ermüdender und schmutziger Vormittag gewesen diesen Stier zu schlachten und obwohl er das schon hunderte Male gemacht hatte, war es doch immer noch mühselig. Er zündete ein Streichholz nach dem anderen an, bis seine Pfeife endlich zog, lehnte sich zurück und schaute dem Rauch nach, der in der warmen Sonne aufstieg. Wie sie so ihren Großvater beobachtete, versuchte Gretel sich vorzustellen, was in ihm vorging.

Wilhelm betete: „Gott, ich danke Dir für die paar Minuten Ruhe und Frieden." Mit geschlossenen Augen begann er von seiner verstorbenen Frau Barbara zu träumen. *Wie soll ich bloß ohne sie weiterleben?* Er blies ein paar Rauchkringel, die langsam sich auflösend, über den Hof davonflogen. *Nie werde ich die gemeinsame Zeit vergessen als alles noch so wunderbar und romantisch war, aber ohne sie bin ich so einsam. Nichts als Arbeit und Sorgen mit der Familie. Mein Gott, wie ich Dich vermisse, Barbara. Ich hoffe nur inständig, dass ich keine Schuld an Deinem Tod trage.* Schließlich öffnete Wilhelm die Augen, erhob sich und schlurfte zurück zum Schlachthaus um Friedrich zu helfen.

Barbaras erster Mann, Dominikus Weyh

Ach, Großvater hat nur eine kleine Rauchpause gebraucht, dachte Gretel.
Viel später würde sie erkennen, dass es Wilhelm war, der die gesamte große, verzweigte Familie beschäftigte, kleidete, ernährte, beschützte

und so glücklich wie nur möglich machte. Im Augenblick aber war er für Gretel einfach ein netter, manchmal mürrischer Mann mit einem wirklich riesigen, buschigen Schnurrbart.

Der ganze Familienstammbaum war aber auch verwirrend! Gretels Großmutter Barbara war zweimal verheiratet gewesen. ‚Wie konnte das denn sein?‘ dachte sie. Für eine 10-jährige ist Heirat sowieso etwas Geheimnisvolles. Sie wusste jedoch, dass Wilhelm der zweite Ehemann gewesen war und dass Barbara in einem Teich ertrank als Gretel drei Jahre alt war. Rosa, eine Tochter aus Barbaras erster Ehe, war mit Gretels Vater Joseph Geyer verheiratet, der als Bäcker in der Brunnengasse in der Bäckerei Steinhauer arbeitete.

Hochzeitsfoto von Rosa und Joseph Geyer, 1900

Fussnote: Geschichte der Familie Forner – Barbara Weyh-Rossfeld. Siehe Hinweise auf Seite 212.

Gretel machte es Spaß, dem Treiben in der großen Küche des Goldenen Ritter zuzusehen. Das war das Reich der erst 16 Jahre alte Emma Rossfeld, einer großartigen Köchin, die aber jetzt gerade Hilfe beim Schnippeln der Zwiebeln, gelben Rüben und Selleriewurzeln für die Soße brauchte.

„Also für die Soße und das Blaukraut brauche ich noch gehackte Zwiebeln, gelbe Rüben und gehobeltes Kraut. Macht unter euch aus, wer was macht, aber dalli!"

Gretels besondere Bewunderung aber gehörte ihrem 20 Jahre älteren Onkel Friedrich Rossfeld. ,Er arbeitet so hart und ist trotzdem immer lustig', dachte sie, als sie ihn sah, wie er gerade große Stücke Rindfleisch hinüber zur Räucherkammer schleppte. Sie klopfte an die Fensterscheibe und rief: „Schneller da unten!" Friedrich lachte und drohte ihr mit der Faust.

„Gretel, kannst Du vielleicht hier helfen statt mit Friedrich rumzualbern. Fritz und Rosine machen das Schnippeln und du kannst inzwischen den Eingang sauber machen bevor die Leute zum Essen kommen", wies Rosa sie an.

„Ja, Mama", sagte Gretel folgsam und ging den Besen holen.

Das Fleisch aus der Metzgerei von Wilhelm und Friedrich ernährte die Familie, wurde für die Wirtschaft zum Kochen verwendet und im Laden verkauft. Man hatte seine Stammkundschaft und man kannte sich. So kam jeden Dienstag Frau Schreiner und kaufte immer ein Pfund Schweinefleisch und Frau Haferstroh verlangte mindestens einmal pro Woche ein Kilo Rinderhack. Einmal pro Woche kam auch der Rabbi vorbei, um zu kontrollieren ob das als koscher verkaufte Fleisch auch von sauber geschächteten Rindern stammte. Für Wilhelm waren die zahlreichen Überauener Juden sehr gute Kunden und nette Nachbarn.

Soviel das Arbeiten im Goldenen Ritter und der Metzgerei ihr auch Spaß machte, so gern spielte Gretel aber auch mit Rosine Kiefer, Fastnachts Betti und Fritz Rossfeld im Hof. Eines der Lieblingsspiele war "Verstecken", für das der große Hof und die verwinkelten, verschachtelten Gebäude darum herum ein idealer Platz waren.

Während das Kind, das suchen sollte, beim Zählen so tat, als würde es nicht heimlich schauen, versteckten sich die anderen hinter einem Wagen, dem Hühnerhaus, der Scheune oder Hassos Hundehütte. Der näherten sie sich allerdings nur mit größter Vorsicht, denn Hasso war ein gefürchteter Deutscher Schäferhund.

Als das Spiel nach einiger Zeit langweilig wurde, schlug Rosine vor, Verstecken im Keller zu spielen. Es war ihnen zwar nicht ausdrücklich verboten worden dort zu spielen, aber sie fragten auch lieber erst gar nicht.

Der Eingang war ein niedriger Bogen außerhalb des Tors in der Brunnengasse. Gretel flüsterte geheimnisvoll: „Es ist richtig dunkel und unheimlich da drunten". Die Stufen der steilen Treppe waren schmal, und hoch und es gab kein elektrisches Licht, sondern man musste eine Petroleumlampe oder eine Kerze verwenden.

„Ich zünde die Lampe an", sagte Fritz und suchte in seinen Taschen nach den Zündhölzern.

Gretel und ihre Spielgefährtinnen machten immer große Augen in diesem Keller. Da lagerten riesige Kübel, und Bierfässer, getrocknetes Fleisch hing an Haken von der Decke und verstaubte Körbe mit Rüben, Kohl, Eiern und Eis standen herum. Das Obst und Gemüse war von Gretel und Rosa im Garten geerntet und hier gelagert worden. Die Decke war gewölbt wie in einer Kirche und wimmelte von Spinnen und verstaubten Spinnweben. In einer Ecke endete eine Rutsche über die Kohlen, Holz, Eis oder Kartoffelsäcke vom Hof in den Keller heruntergelassen wurden.

„Bleibt hier stehen und fangt mich auf wenn ich die Rutsche runterkomme", schrie Fritz.

„Nein, nein! Das ist viel zu dreckig!" riefen die anderen Kinder. Fritz rannte jedoch schon die Treppe hinauf und in den Hof, öffnete die kleine Metalltür, die laut gegen den Stein stieß, kletterte hinein und rutschte hinunter.

„Hurra!" kreischte er als ihn Gretel und die Vettern kurz vor dem Boden auffingen.

„Du siehst aus wie ein Kaminfeger", lachte Rosine, „das gibt Ärger!" und die Kinder rannten die steile, enge Treppe hinauf und hinaus in die sonnige Brunnengasse.

„Gretel, Zeit zum Tisch decken", rief Rosa und als sie Fritz bemerkte, keuchte sie, „Oh, mein Gott, was habt ihr denn getrieben? Nichts wie hoch und in die Badewanne bevor euch Wilhelm noch sieht!" und zerzauste dem schmutzigen Kobold die Haare. Aber zu spät, gerade kam der Großvater aus dem Schlachthaus, eine blutige Kuhhaut in der Hand und seine blauen Augen waren genau auf Fritz und die Kinder gerichtet.

„Was ist hier los?" fragte er mit strengem Blick, „heut' beim Abendessen besprechen wir das Weitere".

Gretel, Fritz, Rosine und Fastnachts Betti waren wie zu Stein erstarrt. Wilhelm Rossfelds Worte waren wie das Wort Gottes!

Später am Abend, der Großvater hatte gebadet, sich umgezogen und mit Freunden am Stammtisch ein Bier getrunken, präsentierte Rosa die armen Sünder vor dem Hohen Gericht. Wilhelm lächelte nicht, schließlich war die Aufrechterhaltung der Familiendisziplin wichtig wenn auch nicht gerade seine Lieblingsbeschäftigung. Viel lieber hätte er, wie die meisten Eltern und Großeltern, jedes Kind geknuddelt und geküsst, aber er war für Ordnung und Gehorsam im Haus verantwortlich.

„Wart ihr wieder ohne Erlaubnis im Keller?" fragte er mit eisiger Miene, konnte aber nicht verhindern, dass seine blauen Augen voller Wärme blickten.

„Ja, Großvater", war die einhellige Antwort.

„Dann sagt wenigstens, dass es Euch leid tut", befahl Wilhelm.

„Es tut uns leid!" antworteten alle beschämt und fühlten sich gleichzeitig unwohl vor all den Gästen in der Schankstube. Nach einer effektvollen Zwangspause sagte Wilhelm sanft: „Dann ist es gut, kommt her und lasst Euch drücken!" Und das geschah auch ausgiebig.

Gastraum mit Stammtisch um 1910

Wilhelm schickte die Kinder zurück in die Küche und wandte sich wieder seinen Freunden zu. Am „Stammtisch" wurde Bier getrunken, geraucht, politisiert, geflucht, gesungen, gelogen, Karten gespielt und noch mehr Bier getrunken. Er stand direkt neben dem Piano, das Herr Jorg, der Organist der St. Severinus Kirche, gut zu spielen wusste.

Jeden Abend zur gleichen Zeit versammelte man sich um den Tisch, an dem kein Nichtmitglied Platz nehmen durfte. Die anderen Gäste erfreuten sich aber trotzdem, wenn zu fortgeschrittener Stunde derbe Gesänge angestimmt wurden und wenn dann „Wohlauf, die Luft geht frisch und rein" erklang, fielen auch sie in den Chor mit ein.

Im Juli 1914 saßen also alle Stammgäste um ihren Tisch im Goldenen Ritter. Friedrich Rossfeld war begierig Neues über die Kriegsgerüchte zu erfahren. Erzherzog Franz-Ferdinand von Österreich-Ungarn war in Sarajewo von serbischen Attentätern erschossen worden und es drohte ein Krieg auszubrechen.

Nach dem Mann der Telegraphistin war das Ganze nur eine Familienfehde zwischen den verwöhnten Enkeln Königin Viktorias von England. Jeder in Überauen wusste, dass deren Gatte Albert aus Coburg ganz aus der Nähe stammte. Zu dieser Zeit benutzte die englische Königsfamilie noch immer den Nachnamen Sachsen-Coburg und Gotha.

„Also, unser Kaiser Wilhelm, der Zar von Russland und König Georg von England sind Victorias Enkel. Denen sollte man die Hosen strammziehen und alles wäre vorbei", lachte Herr Waldberger.

„Was wäre vorbei?" fragte Friedrich Rossfeld als er neues Bier brachte und sich setzte, während sein Vater und die anderen weiter diskutierten und lachten. „Weiß denn überhaupt jemand was los ist?" fragte er vorsichtig, er war schließlich kein Stammtischmitglied und deshalb ohne Sitz und Stimme, aber er war im kriegsdienstfähigen Alter und deshalb möglicherweise ein Hauptbetroffener eines Krieges.

Herr Meyer vom Landwirtschaftsamt versuchte für ihn die Lage zusammenzufassen: „Also, das kleine Land Serbien hat Streit mit Österreich-Ungarn und hat sich mit einem Vertrag bei Russland rückversichert und jetzt wurde der Erzherzog von Österreich-Ungarn von Serben ermordet".

Friedrichs Vater Wilhelm fiel nun ein: „Also wie ich das verstehe, hat Russland einen Vertrag mit Frankreich und die wiederum mit England. Dazu ist England offizielle Schutzmacht für Belgien. Das Ganze sieht aus wie eine Kette, die uns unwiderruflich in die Katastrophe zieht." Nach dieser für ihn langen Rede brauchte er natürlich einen ordentlichen Schluck Bier, während Friedrich sich die Kette königlicher Cousins vorstellte, die sich gegenseitig ins Verderben stürzten.

„Das ist aber noch nicht alles", fuhr Herr Meyer fort, „Kaiser Franz-Joseph hat einen Vertrag mit unserem Wilhelm und ich seh' auch überhaupt nicht ein, warum wir nicht zu den Österreichern halten sollten, schließlich sprechen wir die gleiche Sprache und wir können ihnen trauen. Die Engländer bilden sich Wunder was auf ihr Empire ein, aber bis jetzt hatten sie es noch nicht mit uns Deutschen zu tun. Wir werden's denen schon geben".

„Meine Frau hat mir gesagt, dass es im Telefon-Telegrafenbüro Informationen gibt, dass Kaiser Wilhelm, König Georg und Zar

Nikolaus versuchen die Lage zu beruhigen", fügte der Gatte der Telegraphistin an.

„Das hab' ich auch gehört. Die Zeitungen schreiben ja, dass eine ganze Flut von Schriftstücken zwischen den königlichen Familien hin und her geht. Irgendetwas sollte doch bei so viel Geschreibe herauskommen!" rief Wilhelm.

„Ich trau' den Generälen in keinem Land, die sind doch alle nur scharf darauf Krieg zu führen. Außerdem gibt es ja noch die Kriegswirtschaft in allen Ländern, die ihre Waffen verkaufen wollen", warf Herr Jorg, der Organist, ein „Wenn es Krieg gibt, verdienen die Millionen mit ihrem Kriegsgerät". Nachdem sie die Herren bedient hatte, war Friedrich Rossfelds Schwester Emma unter der Tür stehen geblieben und hatte geduldig zugehört.

„Wenn die Herrschaften nichts dagegen haben die Meinung einer Frau zu hören", sagte sie vorsichtig, „ich glaube, die Leute bilden sich Wunder was darauf ein Engländer, Franzosen, Deutsche oder sonst was zu sein. Sie möchten ihre jungen Leute in schicken Uniformen durch den Ort ziehen sehen, nur damit sie dann irgendwo erschossen werden".

Alle im Zimmer waren geradezu geschockt darüber, dass eine junge Frau ihre Meinung so offen kundgab und dazu noch eine derart unpatriotische.

„Du gehst besser wieder zurück an den Herd, Mädchen", sagte Herr Meyer herablassend. Trotzdem war allen in der Wirtschaft, Mann, Frau und dem jungen Friedrich Rossfeld bewusst, dass Emmas Analyse der Kriegsgefahr realistisch war – und furchterregend. Im Schankraum herrschte eine Weile Schweigen.

Trotz aller Anstrengungen ihn zu vermeiden, begann der Krieg in diesem Jahr.

1915 kam und ging und Friedrich Rossfeld war glücklicherweise noch immer nicht zum Kriegsdienst eingezogen worden. Im Goldenen Ritter vergingen die Monate mit der gewöhnlichen Routine.

In der Küche herrschte wie immer Hochbetrieb, vor allem zum Abendessen. „So, heute Abend ist Kaiserin Gretel dran mit Abwasch", neckte sie Friedrich, „wo sind denn die weißen Handschuhe?" Gretel mochte es, wenn ihr Onkel sie neckte und tat so als ob sie ihn mit ihrem Spüllumpen verfolgte.

„Gretel könnte doch die Schüsseln auf ihrem Kopf balancieren", lachte Fritz, „ihr Kopf ist ganz flach mit den Zöpfen drumherum." Jetzt flog der Lumpen nicht mehr in Richtung Friedrich sondern gegen Fritz.

„An die Arbeit, Gretel", befahl Rosa.

„Wartet, das kriegt ihr zurück", lachte diese, als sie hinausging um die leeren Teller aus der Schankwirtschaft zu holen.

Die Arbeit im Schankraum war nicht die einzige, zu der die Kinder eingespannt wurden.

So waren am Waschtag Fritz, Gretel und Rosa damit beschäftigt Schürzen, Tischdecken und Betttücher in einem Waschtrog, der auf einem Holzfeuer stand, zu waschen. Das Seifenwasser blubberte und schäumte als Fritz die Wäsche mit einem abgenutzten, hölzernen Stab im Trog herumrührte. Waren die Teile gewaschen und gespült, nahm Gretel sie heraus und drehte sie durch eine handgetriebene Mangel um das Wasser herauszupressen.

Leiterwagen

Heute luden Rosa und Gretel den Wäschekorb und die 2-jährige Anna, Gretels Schwesterchen, auf einen Leiterwagen mit hölzernen Radspeichen. Die Eisenreifen kratzten und klapperten erbärmlich auf dem Kopfsteinpflaster als sie ihn hinter sich hinaus zum Garten zogen.

Zuerst ging es die Brunnengasse hinunter. Gretel grüßte Frau Steinhauer als sie an der Bäckerei Steinhauer, in der ihr Vater beschäftigt war, vorbeikamen. Seit er dort arbeitete, sah er Rosa und die Kinder oft vorbeigehen. Diesmal knurrte er und dachte dabei:

‚Ja, spiel nur die perfekte kleine Hausfrau. Keine Ahnung warum ich die überhaupt geheiratet habe'. Nachdem er so tiefsinnig über seine Ehe nachgedacht hatte, drehte er sich um und widmete sich wieder der Zubereitung einer seiner köstlichen Sachertorten.

Als sie die Kreuzung mit der Forellenbacher Straße erreichten, sah Gretel einen Bauern aus Gerstenfeld, der gerade sein Pferd am Brunnen tränkte. Sie erkannte ihn gleich als einen der Hofbesitzer, bei denen Wilhelm Rossfeld Rinder und Schweine zum Schlachten kaufte.

„Darf ich das Pferd streicheln, Herr Brüchner?" fragte sie höflich. Natürlich durfte sie.

Währenddessen blickte Rosa unruhig umher auf die Passanten.

‚Ob sie es wohl alle wissen und nur so freundlich tun?' dachte sie bei sich. Gretel bemerkte ebenfalls einige Leute, die zu Rosa herüberschauten und miteinander flüsterten.

„Das ist Rosa Geyer von der ich Ihnen erzählt habe", wisperte Frau Luder Frau Pucher zu und beide starrten Rosa, Anna und Gretel nach. Rosa schielte nach der kleinen Anna, die auf dem Wäschekorb saß. ‚Seltsam', dachte Gretel, ‚warum zeigt Frau Luder auf Mama?'

‚Wenn ich nicht so feige wäre, könnte ich zurückgehen und Frau Luder zur Rede stellen. Aber auf der anderen Seite würde das nur noch mehr Aufmerksamkeit auf mich lenken', sorgte sich Rosa. Zusammen gingen sie auf das alte Forellenbacher Stadttor zu, das aus dem 18. Jahrhundert stammte. Überauen besaß drei solcher Tore, verbunden durch eine mittelalterliche Stadtmauer.

Die Toröffnung war gerade breit genug für einen zweispännigen Wagen und hoch genug für einen Reiter zu Pferd. Als sie jetzt durch das Tor gingen, schaute Gretel hoch und stellte sich vor, wie sie dort oben tapfer mit Pfeil und Bogen Überauen gegen den anstürmenden Feind verteidigte.

Rosa wandte sich nun nach links und zog den Leiterwagen bis zum Familiengarten außerhalb der Stadtmauer. Als sie ihn erreichten, sprang Anna herunter und begann im Dreck zu spielen während Rosa und Gretel arbeiteten. Sie schleppten den Korb zu der Stelle im Garten, an der das Gras kniehoch stand. Sie breiteten die weißen Leintücher aus, um sie in der Sonne zu trocknen und zu bleichen. Gretel hielt dabei die eine Seite, Rosa die gegenüberliegende und so ließen sie das Tuch langsam auf das Gras hinunter.

„So, das sieht gut aus", sagte Rosa stolz und wandte sich Gretel zu, „Du kannst mit Fritz später die Wäsche wieder holen und zum Stärken und Bügeln in den Goldenen Ritter zurückbringen". Gretel bejahte und malte sich aus, wie sie heute Nachmittag Fritz beim üblichen Rennen zum Garten um Längen schlagen würde.

Die Familie war für die Mahlzeiten wesentlich auf die Erträge des Gartens angewiesen.

Da heute verschiedene Gemüse reif waren, ernteten sie Karotten, Kopfsalat, Erbsen und rote Rüben und luden sie in Säcken auf den

Wagen. Mit dieser Fracht, Anna obenauf, ging es nun zurück zum Goldenen Ritter. Da Rosa nicht scharf auf eine neue Begegnung mit Frau Luder war, schlug sie den beiden vor: „Wisst ihr was, wir gehen durchs Pilzenweger Tor zurück, dann treffen wir mal andere Leute".

„Oh ja, Mama", antwortete Gretel und bog auf den Weg entlang der Stadtmauer zum anderen Stadttor ein. Am Goldenen Ritter angekommen hielten sie an der kleinen Tür vor der Rutsche, auf der sich Fritz Rossfeld vor ein paar Wochen so schmutzig gemacht hatte.

„Gretel", wies Rosa sie an, „du gehst in den Keller und fängst die Säcke mit dem Gemüse auf wenn ich sie hinunterlasse". Gretel rannte hinaus in die Brunnengasse, öffnete die kleine Tür und trat hinein. Drinnen zündete sie eine Kerze an und stieg die Treppe hinunter um das Gemüse aufzufangen. Sie kicherte und erinnerte sich, wie viel Spaß sie damals gehabt hatten als Fritz heruntergerutscht war. Sobald sie das Gemüse verstaut hatten, wuschen sie sich die Hände, kämmten die Haare und machten sich fein.

Vor dem Abendessen war Eile geboten, denn eine besondere Abendandacht in der St. Severinus Kirche stand an. Heute waren es Großvater Wilhelm, Tante Emma, Rosine Kiefer und ein paar Cousinen, die zur Kirche gingen. Die anderen Männer waren zu beschäftigt – für Kinder, Kochen und Kirche waren schließlich die Frauen zuständig.

Die St. Severinus Kirche steht direkt am Marktplatz unweit des Goldenen Ritter. Rosa und Joseph hatten Gretel und Anna hier taufen lassen. Gretel war am 12. August 1904 auf den Namen Eva Margarethe Geyer getauft worden, aber alle nannten sie nur Gretel. Um die vielen Gretels in Überauen auseinander halten zu können, setzte man einfach den Familiennamen davor und sagte Geyers Gretel.

Die Luft in der Kirche war heute von Weihrauchduft geschwängert. An den Wänden tummelten sich weißhäutige Putten zwischen vergoldeten Kreuzen und einer ebenfalls in Gold gehaltene Gottesmutter mit dem kleinen Jesuskind. Die bunten Fenster waren schmal und oben spitz auslaufend wie in einer alten gotischen Kirche.

Während Gretel kniete und ihr Gebet verrichtete, intonierte der Chor das „Lobet den Herren". Manchmal hatte Gretel das Gefühl zu träumen, aber heute konnte sie nur daran denken, wie sie die Burschen ärgern könnte, die sie aus der Schule und dem Ort kannte. Sie konnte sie ein paar Reihen hinter ihr zusammen mit Fritz Rossfeld und Max Waldberger sitzen sehen. Als sie sich nach ihnen umdrehte, streckten diese schnell die Zungen zu ihr heraus. ‚Na wartet', dachte sie und tat das Gleiche, aber Frau Meyer hinter ihr drohte ihr mit dem Zeigefinger und so musste sie sich zusammenreißen.

Gretel geht mit Rosa zur Messe

Während der Predigt sah sie sich nach weiteren Bekannten um, aber hauptsächlich beobachtete sie die Burschen. Die machten jetzt Schweineschnauzen indem sie ihre Nasen hochdrückten und die Augenlider herabzogen. Gretel platzte nahezu vor dem Bedürfnis Grimassen zurück zu schneiden, aber sie wusste dass Frau Meyer, eine gute Kundin der Metzgerei, sie bei ihrer Mutter verpetzen würde und verhielt sich deshalb anständig.

Als der junge Pfarrer Weible fertig war, schritt der Organist und Stammtischbruder Herr Jorg zur großen Orgel mit den schönen silbernen Pfeifen, die bis zur Decke der Kirche empor reichten. Gretel verstand nichts von Musik, aber sie liebte es, wenn die ganze Kirche vom himmlischen Klang der Musik Bachs und Mozarts erbebte.

Als der engelsgleich gelockte Messdiener sich hochreckte um die Kerzen zu löschen, sah man unter dem Messgewand die schmutzigen Stiefel, die er am Morgen noch beim Ausmisten des Kuhstalls getragen hatte. Sofort verflog alle Andacht und ein Kichern und Flüstern ging durch die ganze Gemeinde. Rosa schaute Gretel streng an und drückte ihr die Hand, während sie selbst das Lachen unterdrücken musste.

Der Messdiener selbst wusste nichts von der Ursache der Unruhe und wartete still auf den Einsatz der Orgel, aber nichts tat sich. Jedermann schaute sich um, und nervös flüsternd fragte man sich, was los war. Schließlich schickte Pfarrer Weible den Jungen mit den stinkenden Stiefel durch den Mittelgang nach hinten und hoch zur Empore wo der Blasebalg der Orgel stand.

„Was ist denn passiert"? fragte Frau Kübler ihren Mann.

„Keine Ahnung", erwiderte der und verrenkte sich den Nacken nach der Empore. Als der Messdiener hinter die Orgelwand kam, fand er den Bediener des Blasebalgs, Reinhold Fastnacht, selig schlafend auf seinem Stuhl.

„Reinhold, wach' auf", stieß er ihn an und der Junge wachte mit einem kurzen Grunzen aus seinem Traum vom Vergnügen der letzten Nacht auf, „Los, fang an zu pumpen!" Endlich begann der Jugendliche den langen hölzernen Hebelarm zu bewegen, der die Luft für die Orgel komprimierte, und diese erwachte zum Leben. Herr Jorg begann nun zu spielen und die herrliche Musik erfüllte den ganzen Kirchenraum.

Die Gemeinde sang jetzt aus vollem Herzen und der Gesang schwoll an, als sich hinter Rosa und Gretel eine schreckliche Stimme erhob. ‚Mein Gott', dachte Gretel, wir haben vergessen, dass Frau Meyer eine furchtbare Sängerin ist, aber trotzdem immer so laut singt, und zwar richtig LAUT!' Nun, in jeder Gemeinde findet man eben so einen Sänger oder eine Sängerin. ‚Am liebsten würde ich mich jetzt umdrehen und ihr mit dem Finger drohen', dachte Gretel teuflisch, aber als könnte Rosa Gedanken lesen, ergriff diese ihre Hand und lächelte wissend. Gretel wand ihr den Kopf zu und lächelte ebenfalls.

Nach dem Gottesdienst grüßte man Freunde und Bekannte vor der Kirche und dann ging es schnell zurück zum Goldenen Ritter um das Abendessen zu servieren.

„Heilige Maria Mutter Gottes, bitte verzeih' mir, dass ich zur Kommunion gegangen bin ohne vorher zu beichten", betete Rosa, „ich schäme mich ja so, aber ich weiß nicht mehr ein noch aus!" In diese verzweifelten Gedanken versunken folgte sie ihrer Familie zum Gasthof.

2. FRIEDRICH AUF FREIERSFÜSSEN

Tagein, tagaus war Friedrich Rossfeld damit beschäftigt seinem Vater in der Metzgerei zu helfen. Es war eine schwere, schmutzige Arbeit, aber das Fleisch, das sie produzierten und verkauften, war letztlich die stetige Einkommensquelle für die ganze Familie.

Es war ein Tag im Juli 1914 und Friedrich war gerade dabei das Schlachthaus zu reinigen, den blutigen Boden zu säubern und die Tierhälften im Kühlhaus zu verstauen. Er träumte davon nach getaner Arbeit ein Bad zu nehmen und dann auf dem Marktplatz seine Freunde zu treffen, wobei ihn allerdings die Mädchen, die oft auf den Stufen der Kirchentreppe saßen, noch viel mehr interessierten. Wilhelm betrachtete seinen schmucken Sohn und ihm war klar, dass dessen Gedanken nicht bei Rinderfilets oder Schweinemägen waren. Er schmunzelte und dachte ‚Wie doch jede Generation meint, Liebe und Sex neu erfunden zu haben, aber auch wir hatten beides zur Genüge erlebt.'

Nun war es nach 6 Uhr am Abend und beide waren erschöpft von der harten Arbeit.

Wilhelm wollte sich nur noch sauber machen und dann in den Schankraum des Goldenen Ritter verschwinden, in dem Rosa, Emma oder die kleine Gretel ihm das Abendessen und sein Bier servieren würden.

„Papa, ich nehm' jetzt ein Bad und geh' dann auf den Marktplatz, mal seh'n was da los ist", bemerkte Friedrich so nebenbei. Wilhelm hatte nichts anderes erwartet.

„Viel Spaß", antwortete er.

Als Friedrich auf dem Marktplatz erschien, waren ihm natürlich die ungeschriebenen Regeln klar, die für das „Poussieren" mit Mädchen in Überauen galten. Erlaubt war, sich mit einer Freundin zu treffen und zu flirten, solange die Eltern des Mädchens einen kannten. Manchmal bestand die Familie auch darauf, dass als „Anstandswauwau" eine Verwandte als Vertrauensperson bei einem Treffen dabei war. Friedrich war es völlig gleich, ob es sich dabei um eine Schwester, einen Bruder, eine Großmutter oder eine Cousine handelte, Hauptsache er konnte ein Mädchen treffen. Natürlich wollten alle Familien, dass ihre Tochter einen anständigen Jungen fände und dafür war es sehr praktisch, dass in Überauen Jeder Jeden kannte und alles über ihn wusste. Und Jeder wusste, dass Friedrichs Vater ein prosperierendes Geschäft besaß, dass Friedrich ein fescher Bursche war und damit einen guten Fang abgeben würde.

Auf dem Marktplatz traf Friedrich seine Kumpel, die auf dem Brunnenrand herumlümmelten. Es waren die üblichen Verdächtigen wie Ralf Aachener, Markus Schöneberger und Wolfram Diehl. Die Burschen taten so, als würden sie die Mädchen, die auf der Kirchentreppe saßen, überhaupt nicht interessieren, und natürlich taten die Mädchen genau das Gleiche mit den Jungs, die doch nur herumalberten. Markus Schöneberger war dabei, eine Zigarette zu schnorren, während Ralf Aachener versuchte, Friedrich die Mütze vom Kopf zu stoßen. Wolfram wiederum war damit beschäftigt, einen der Burschen so mit Wasser aus dem Brunnen zu bespritzen, dass dessen Hose aussah, als habe er sie verpinkelt. Alle hatten eifrig damit zu tun sich vor den Mädchen zu produzieren, während diese weiterhin völliges Desinteresse heuchelten.

Brunnen und Kirchentreppe

Bevor die Burschen sich endlich den Mädchen zuwandten, wurden sie plötzlich ernst als Wolfram auf einmal fragte: „Hat einer von Euch gelesen was in dem Krieg in Frankreich los ist?"

Markus Schöneberger hob abwehrend die Hände hoch: „Was immer dort passiert, ich hoff' sie lassen mich da raus!"

„Meinst Du, sie schicken uns irgendwann auch dahin? Alles was mich im Moment interessiert, ist eine Frau zu finden", sagte Friedrich ernsthaft. Die anderen begannen wieder zu lachen und hatten keine Lust auf eine ernsthafte Diskussion, lieber schauten sie nun zu den Mädchen hinüber.

Diese wussten genau, wie man in Kontakt mit den Burschen kommen konnte. Eine Möglichkeit war zum Beispiel, die kleine Schwester zu schicken und fragen zu lassen, wie es der lieben Mutter eines der Jungmänner so gehe. Das war ein wunderbarer Grund für diesen hinüber zu gehen und über das werte Befinden der Mutter zu berichten – und vielen Dank auch für die Anteilnahme. Im Übrigen war es den Mädchen durchaus erlaubt, den Jungs am Brunnen über die Ödnis des Marktplatzes zuzulächeln.

Heute hatten die Burschen aber einen eigenen Plan. Friedrich Rossfeld ging mit seinem Freund Wolfram auf die Mädchengruppe zu, in dem auch seine Schwester saß, und fragte sie, wann sie zum Abendessen daheim sein sollten. Auf diesem Weg konnte er gefahrlos das Niemandsland zwischen Brunnen und Kirche überbrücken und hatte gleichzeitig einen Grund, mit Wolframs Schwester Frieda zu sprechen. War erst einmal ein Anfang gemacht und das Eis gebrochen, kamen auch die anderen Burschen herüber geschlendert.

Heute fungierte die Tante von Fräulein Blumentritt als Anstandsdame für die Mädchen und so konnte Friedrich ausgiebig mit den jungen Damen Haferstroh, Blumentritt, Brüchner und anderen sprechen und schäkern. Er hatte ja noch keine ernsthafte Freundin gefunden. Allerdings hatte er besonders auf Frieda Diehl ein Auge geworfen. Später, als er zurück zum Goldenen Ritter ging, dachte er wieder einmal, dass es höchste Zeit war, eine Frau zu finden, schließlich wurde er ja auch nicht jünger.

Gretel wusste natürlich, dass Friedrich mit den Mädchen bei der Kirche und auf dem Marktplatz liebäugelte. Als Frau Brüchner mit ihrer Luise am Tag darauf die Metzgerei betrat, sauste sie nach hinten in den Hof zu Friedrich ins Schlachthaus.

„Friedrich, ich weiß ja, das interessiert Dich nicht, aber Luise Brüchner ist mit ihrer Mutter im Laden und kauft ein. Ich wollt' Dir das nur sagen", kicherte sie. Friedrich, über und über mit Blut und Kot verschmiert, schielte zu Wilhelm hinüber.

„Ach, Du könntest doch die Schüssel mit Rauchwurst in den Laden tragen solang dort Kunden sind", schlug dieser vor und lächelte verschmitzt.

Mit einem Schwung warf Friedrich den schmutzigen Schurz fort, wusch sich geschwind, griff nach der Schüssel und rannte über den Hof dem Laden zu. Gretel und Rosa taten so, als wäre es ganz normal, dass er statt Gretel die neue Ware herüberbrachte.

„Grüß Gott, Frau Brüchner, grüß Dich, Luise", stammelte Friedrich und begann die Würste sorgfältig hinter der Theke zu verstauen, was eigentlich nicht seine Aufgabe war. Luise warf ihm gelegentlich einen verstohlenen Blick zu während Frau Brüchner mit Rosa plauderte. Die beiden waren sich natürlich im Klaren, dass sie ihren Tratsch ein bisschen ausdehnen mussten um Friedrich und Luise die Gelegenheit zu geben miteinander zu sprechen.

Endlich fasste Friedrich all seinen Mut zusammen und fragte: „Übrigens, gehst Du auch zur Kirchweih, Luise?" Diese blickte ihre Mutter fragend an und antwortete dann: „Ja, warum? Bist Du auch dort?" „Ja", sagte der und mehr fiel ihm im Moment nicht ein. Rosa sprang für den verhinderten Romeo ein: „Natürlich ist Friedrich dort wie wir alle, Luise. Ihr könnt uns ja einen Platz an Eurem Tisch freihalten". Friedrich und Luise blickten sich nun lächelnd an, glücklich über die Aussicht auf ein „Rendezvous" und dass jemand die Situation gerettet hatte. Schnell eilte Friedrich zurück ins Schlachthaus, warf seinen verschmutzten Schurz über und kehrte gedankenverloren und vor sich hin lächelnd an seine Arbeit zurück.

„So, hat alles geklappt?" fragte Wilhelm.

„Ja, Papa", kam die Antwort.

Nach ein paar Sekunden fuhr Wilhelm fort: „Hab' ich richtig gesehen, war das die hübsche kleine Brüchner mit ihrer Mutter?"

„Ja, Papa".

„Na, hoffentlich hast Du einen besseren Treffpunkt mit ihr ausgemacht als in der Metzgerei", lachte Wilhelm.

„Ich treff' sie auf der Kirchweih, Rosa sei Dank!" grinste Friedrich triumphierend.

Wochen und Monate vergingen während denen Friedrich mit allen möglichen Mädchen flirtete und von einer höchst romantischen Zukunft träumte. Wenig ahnte er von der Zukunft, die diese Welt, Überauen und ihn selbst erwartete.

3. WEIHNACHTEN IN ÜBERAUEN, 1914

Das Jahr 1914 ging seinem Ende zu, die Schulferien standen bevor und Gretels Vater war damit beschäftigt, in der Konditorei Steinhauer Weihnachtsplätzchen für diejenigen Hausfrauen zu backen, die das nicht selbst konnten oder wollten. Im Goldenen Ritter hatten Rosa und Tante Emma damit zu tun, den Schankraum weihnachtlich herzurichten, wobei ihnen die Kinder Gretel, Fritz, Anna und Rosine Kiefer eifrig zur Hand gingen. Die Dekoration bestand hauptsächlich aus Tannenzweigen, Holzfiguren und Strohsternen und die Tische wurden von den beiden Erwachsenen mit gestickten Tischtüchern gedeckt, die über die Jahre von den weiblichen Familienmitgliedern gefertigt worden waren.

Als am Abend alles fertig und geputzt war, zogen sich Rosa und Joseph mit Gretel und Anna zu einer kleinen Adventsfeier in ihr Zimmer zurück. An den vier Sonntagen vor Heiligabend versammelte man sich um den Adventskranz, der auf dem kleinen Tisch in der Ecke stand, und der Vater zündete jedes Mal eine weitere Kerze an bis der Heilige Abend bevorstand.

„Mama, ich möchte auch mal eine Kerze anzünden", schlug Gretel vor. Natürlich bestand die kleine Anna darauf, das ebenfalls zu dürfen, wobei ihr Joseph die kleine Hand führte.

‚Joseph ist so nett heute Abend, was ist wohl in ihn gefahren?' dachte Rosa als sie ihm zusah wie er den Mädchen beim Kerzenanzünden half, ‚Ich wollte, wir wären immer noch so verliebt, wie bei unserer Hochzeit. Jetzt ist er einfach nur noch kalt'. Der jedoch dachte, ‚Ja, sitz' nur da wie eine Muttergottes, ich kenn' Dich inzwischen', riss sich aber zusammen, um den Kindern die festliche Stimmung nicht zu verderben. Gretel und Anna beobachteten inzwischen die flackernden Schatten, welche das Kerzenlicht von der Familie an die Wände warf. Die Eltern hatten diese vor ein paar Wochen neu tapeziert und die Adventfeier fand nun zwischen gelben, mit kleinen rosa Rosen und grünen Blättern bemalten Wänden statt.

Während sie die Kerzen betrachtete, dachte Gretel an das kommende Weihnachtsfest.

Wann der Weihnachtmarkt wohl beginnen würde? Nun, sie musste nicht lange warten. Schon ein paar Tage später lud der Großvater sie und Friedrich zum Frühstück ein.

Während er seinen frisch gebrühten Kaffee schlürfte, brummte er: „Ich habe dieses Jahr für den Weihnachtsmarkt einen Stand besorgt, an dem die Familie unsere Würste und hausgemachte Plätzchen verkauft und ihr beide seid mir dafür verantwortlich."

„Das klingt gut!" sagte Friedrich, schließlich war das die beste Gelegenheit, die vorbeigehenden Mädchen anzusprechen.

Gretel war unsicher, was das für sie bedeutete: „Was muss ich denn da tun?" Wilhelm tunkte sein Brot in den Kaffee und schmatzte laut: „Joseph soll Rosa und Emma ein paar Rezepte für Plätzchen geben und die können sie dann einige Tage lang backen. Ich mache die Metzgerei weiter wie gewohnt und ihr beide könnt die Würste braten und das Gebäck an unserem Stand verkaufen."

„Klar, Gretel und ich sind ein tolles Team, wir schaffen das schon", rief Friedrich und Gretel gab heftig nickend ihre Zustimmung. ‚Welch ein Spaß mit Onkel Friedrich zusammen zu arbeiten!'

Nach Josephs Anweisungen begannen nun Rosa und Emma, Berge von Weihnachtsstollen, Haselnussbrötchen, Springerle, Wespennester, Zimtsterne und vieles mehr zu backen, sodass sich am ersten Tag des Weihnachtsmarkts der Verkaufstisch ihres Stands unter dem köstlichen Gebäck schier bog. Die Stehtische für die Kundschaft waren aufgestellt und Fritz entfachte die Holzkohle unter dem Grill und begann damit, die Thüringer Bratwurst, Schweins und Roten Würste darauf zu legen.

„Da bin ich wieder im Schlachthaus und muss mich ganz allein mit diesem verdammten Schwein herumplagen. Ich wünschte, Fritz würde seinen Arsch hierher bewegen und mir helfen", knurrte Wilhelm, „wahrscheinlich hängt er wieder mit seinen Kumpels auf dem Marktplatz herum und ich darf hier alles allein machen". Und dann stellte er sich vor, wie erträglich das harte Leben und die stumpfsinnige Plackerei wäre, wenn er nur abends beim Heimkommen seine Barbara wieder vorfinden würde.

—❈—

„Gut, Fritz, ich denke wir können jetzt anfangen", sagte Friedrich, die Hände in die Hüfte gestemmt, „du gehst jetzt zurück und hilfst Papa im Schlachthaus. Gretel, du verkaufst die Backwaren und machst die Kasse, ich grille die Würste."

„Toll, ich verwalte das Geld", sagte die, rieb sich die Hände und verschwand im Stand um für die ersten Kunden bereit zu sein. Doch sofort wurde ihr klar, dass sie viel zu klein war um den Käufern die Waren über den Verkaufstisch zu reichen. Schnell lief sie in den Goldenen Ritter hinüber und holte sich eine Gemüsekiste. Außer Atem vom schnellen Laufen konnte sie gerade noch auf diese hinaufsteigen um die erste Kundin zu begrüßen.

„Guten Morgen, Frau Haferstroh, womit kann ich dienen?"

Es machte mächtig Spaß, all ihre Bekannten zu treffen und die Backwaren gingen weg wie im Nu. Auch Friedrich kam kaum nach mit dem Würste grillen, die er in einem Metzgerpapier zusammen mit Senf und einem Brötchen servierte. Das Fleisch der Metzgerei Rossfeld war in Überauen für seine Qualität bekannt und sehr gefragt. Man stand um die Tische und plauderte und da es im Freien sehr kalt war, verschlang jeder seine Wurst so schnell wie möglich bevor sie kalt wurde und spülte sie mit einem Bier oder einer Flasche süßem Sprudel der beliebten heimischen Marke hinunter.

Christkindlmarkt in Deggendorf

Die erste Stunde war ohne Probleme verlaufen, als Edith Luder mit ihren Freundinnen auftauchte, wie immer schlecht gelaunt.

„Ja, wen haben wir denn da? Das Mädchen aus dieser seltsamen Familie. Heutzutage darf wohl jeder hier Esswaren verkaufen?" stänkerte sie und musterte Gretel mit kaltem Blick. Diese fragte sich, ‚Was hat die nur gegen mich und von was redet die denn? Gott sei Dank ist mir egal was die denkt und niemand braucht sie, ich habe nette Freunde und eine tolle Familie.' Sie wandte sich an die nächste Kundin ohne Edith weiter zu beachten.

„Guten Morgen, Frau Fastnacht. Wie wär's mit ein paar Plätzchen?" säuselte sie. Dabei beobachtete sie jedoch weiter Edith und deren Freundinnen, die nun mit Georg Pucher zusammenstanden. Sie lästerten, zeigten herüber und machten sich über sie und Friedrich lustig.

„Ach Georg, ich freu' mich so Dich zu treffen, hast Du gesehen, dass Gretel Geyer und ihr Taugenichts von Onkel dort Esswaren verkaufen? Es ist eine Schande!", bemerkte Edith hochnäsig und verschwand endlich mit ihrer unausstehlichen Gesellschaft.

'Ja, ja, los geht's, Plätzchen backen in jeder freien Minute! Das kann ich gerade brauchen, wenn gleich die Mittagsgäste hereindrängen und die ganze Kocherei an mir hängen bleibt', murrte Emma. 'Sonst macht mir das ja nichts aus, aber jetzt würde ich doch lieber auf dem Weihnachtsmarkt herumbummeln und nach netten Männern Ausschau halten'.

„Ihr Mädchen könnt doch nachmittags die Plätzchen für den Weihnachtsmarkt backen", imitierte Rosa ironisch die Stimme Wilhelms, während sie die Zwiebeln für die Soßen schnippelte. 'Mein Leben ist derart beschränkt, ich ersticke hier noch, am liebsten würde ich alles hinschmeißen und irgendwo neu anfangen'.

Auf dem Weihnachtsmarkt war ebenfalls Mittag, der Trubel des Vormittags war abgeklungen bis es zum frühen Nachmittag wieder belebter wurde. Als Gretel gerade eine Tüte Plätzchen an Frau Kübler verkaufte, schlichen sich Waldbergers Ernst und Fritz Rossfeld von hinten an und stopften ihr eine Ladung Schnee in den Kragen.

„Fritz, Du sollst doch Opa Wilhelm helfen! Schluss jetzt mit dem Unfug!" kreischte Gretel, nahm den Arm ihrer Busenfreundin Fastnachts Betti und eilte den laut lachenden Burschen nach. Friedrich Rossfeld war nun allein am Stand und füllte die Plätzchentüten für Frieda und Frau Diehl, die lächelnd den davonrennenden Kindern nachschauten.

„Ach, lasst sie laufen und ihren Spaß haben, es sind ja noch Kinder", lachte Friedrich.

Indessen ging eine wilde Jagd über den Marktplatz los. Der schmutzige, nasse Schnee spritzte in alle Richtungen, aber so schnell die Mädchen auch rannten, die Buben waren schneller. So konnten sie auch kurz anhalten und den Verfolgerinnen die Zunge herausstrecken.

„Wartet, denen geben wir's!", rief Gretel Betti zu und lachend ging es weiter. Waldbergs Ernst und Fritz kehrten beim Brunnen um und liefen dem Rathaus zu, wo sie am Eingang stehen blieben und, um die Mädchen zu necken, rhythmisch sangen: „Ihr kriegt uns nicht! Ihr kriegt uns nicht!" Gretel dachte kurz nach.

„Das glaubt ihr bloß, komm Betti!" flüsterte sie. Schnell rannten sie um das kleine Fachwerkhaus im Garten des Rathauses herum und hielten kurz in dem schneebedeckten Vorgarten an.

„Duck' Dich hinter den Zaun!" zischte Betti. Die Burschen sangen noch immer „Na, Na, Na, Na, Na, Na!" am Eingangstor, schauten aber nach draußen auf den Marktplatz und sahen so nicht was sich hinter ihnen zusammenbraute. Gretel und Betti hatten schon einen herrlich großen Schneeball für ihre Attacke geformt, aber in letzter Sekunde hörte sie Ernst und beide Burschen drehten sich um.

„Keine Chance!" lachten sie und warfen selbst ihre Schneebälle. Dann ging die wilde Jagd durch die Gassen zwischen den Ständen weiter, immer wieder unterbrochen um neue Schneebälle zu formen und abzufeuern, während sich immer mehr Kinder daran beteiligten. Gretel wurde langsam müde, sodass sie plötzliche stolperte und mit dem Gesicht voraus auf das matschige Kopfsteinpflaster fiel.

„Meine Mutter bringt mich um wenn ich mit zerrissenen Strümpfen heimkomme", stöhnte Gretel, während sie unter der Plane durch in den Verkaufsstand schlüpfte.

„Na, hat's Spaß gemacht, die Lausbuben zu jagen?" lachte Friedrich. Lächelnd, das Gesicht mit nassem Schnee bedeckt, ein Paar zerrissenen Strümpfen an den Beinen, antwortete Gretel errötend: „Dieser Ernst Waldberger macht mich noch ganz verrückt!"

Friedrich lachte laut auf, denn er wusste, dass Liebe für 11-jährige gleichbedeutend war mit Mädchen jagen Jungens und Jungens jagen Mädchen.

4. EIN JANUARTAG, 1915

An einem eisigen Januarmorgen erwachte Gretel über dem Gastraum des Goldenen Ritter in ihrem Schlafzimmer, das sie mit Anna teilte. Obwohl die Mutter den kleinen Kohleofen neben dem Kamin bereits angezündet hatte, war es doch noch immer kalt. Gretel mochte es, sich unter das warme, dicke Federbett zu kuscheln und ihre Augen durch den Raum wandern zu lassen.

Im dem trüben Morgenlicht bewunderte sie die blassgelbe Tapete mit den rosa Röschen und den grünen Blättern, die an diesem kalten Morgen etwas vom Frühling hereinbrachten. Sie rollte auf die Seite und ihr Blick fiel auf den Kohleneimer und die Schaufel. ‚Hm, ich darf nicht vergessen, neue Kohlen aus dem Keller zu holen und nach der Schule die Asche aus dem Ofen zu kratzen‘. Sie sah sich schon, wie sie diese dann auf der vereisten Straße und den Stufen zum Goldenen Ritter ausstreuen würde. Irgendein Familienmitglied war immer dafür verantwortlich die Stufen feucht zu wischen und die Asche sollte verhindern, dass die Gäste ausglitten.

Endlich überwand sie sich und sprang aus dem Bett. Lächelnd wickelte sie sich schnell in den warmen Hausmantel wobei sie sich daran erinnerte, wie sie ihn mit Vater eingekauft hatte.

Die Geschwister Blumentritt hatten einen Textilladen gleich um die Ecke am Marktplatz direkt neben der Kirche, und beide waren wahre Verkaufsgenies.

„Guten Morgen“, grüßten Joseph und Gretel und „Guten Morgen“, grüßten die Beiden höflich zurück. Die zwei Schwestern, denen der Laden auch gehörte, waren dafür bekannt, dass neue Ware erst dann wiederbeschafft wurde, wenn die alte verkauft war, egal wie lange diese auch auf Lager gelegen hatte. Trotzdem fand Gretel einen hübschen, warmen, dunkelroten Flanellmantel, der mit den Bildern kaiserlicher Hofdamen bedruckt war. Sie hatte das Gefühl, noch nie etwas Eleganteres gesehen zu haben.

„Meine Güte, der steht Dir ja einfach wunderbar“, schwärmte die jüngere Frau Blumentritt.

„Vielen Dank", antwortete Gretel und lächelte sich im Spiegel zu. Frau Blumentritt hätte sogar den hässlichsten Fetzen noch wunderbar gefunden.

Während sie sich immer noch an den Einkauf erinnerte, hüpfte Gretel im ihrem Schlafzimmer herum, um in ihre Hausschuhe zu schlüpfen und dankbar dachte sie, ‚Oh, wie ich diese warmen Pantoffeln liebe'. Dann sauste sie los hinunter zur Toilette. Sie konnte sich darauf verlassen, dass diese immer von einem Familienmitglied sauber gehalten wurde, was auch für das Bad nebenan galt, in dem in der Ecke ein holzbefeuerter Boiler thronte, der das warme Wasser lieferte.

Gang mit Fensterfront

Gretel hastete nun zurück ins Schlafzimmer. Dabei musste sie über den unbeheizten Gang mit der Fensterfront, durch die man alles sehen konnte, was auf dem Hof geschah. Dort spannte gerade Großvater Wilhelm die Pferde vor den Viehwagen. ‚Wenn ich nur in dem Viehwagen mitkönnte, hinaus zu den Bauernhöfen', dachte sie, ‚doch die Schule muss halt nun mal sein. Mit Großvater unterwegs zu sein macht aber viel mehr Spaß!'

Bauernwagen

Zurück im Schlafzimmer weckte sie Anna auf, brachte sie hinunter zur Toilette und begann sie dann anzuziehen. Beide trugen sie im Winter weiße Baumwollunterwäsche und lange Strümpfe unter den langen, warmen, wollenen Kleidern. Heute wählte Gretel für die Schule ein Kleid mit gestickten Blumen, einem Spitzenkragen und großen Perlmutterknöpfen hinunter bis zur Taille. Wenn sie von der Schule heimkam würde sie eine gestärkte weiße Schürze darüber ziehen, um es bei der Arbeit in der Metzgerei und im Gastraum des Goldenen Ritter nicht zu beschmutzen.

Das Anziehen der langen Strümpfe dauerte immer etwas lang, aber schließlich konnte sie sich auch um die von Anna kümmern.

„Ich möchte blaue Strümpfe", quengelte Anna.

„Heute kriegst Du die hübschen grauen, die blauen sind in der Wäsche", erklärte Gretel.

Anna schmollte eine Weile, beruhigte sich aber schnell.

Bevor sie mit Anna zum Frühstück hinunter in die Küche ging, lugte Gretel noch geschwind aus dem Fenster, das hinaus auf die Brunnengasse ging. Die Straße war eng, allenfalls sieben Meter breit, und bereits voller Menschen die eifrig ihren Geschäften nachgingen. Sie kauften ein, gingen zur Arbeit oder in die Kirche und das Rathaus gegenüber war auch bereits geöffnet.

Gretel rieb an den schönen Eisblumen am Fenster, während sie gleichzeitig ein Auge auf Anna hatte, die ihre Händchen am Ofen wärmen wollte. Sie hauchte gegen die eisig kalte Fensterscheibe um eine Öffnung zum Hinausschauen aufzutauen, als sie Frau Luder bemerkte, die aus einem Fenster im Rathaus gegenüber herüberblickte. Die Entfernung war kurz und Gretel konnte einfach nicht widerstehen ihr frech die Zunge herauszustrecken, wobei sie so tat, als schleckte sie nur das geschmolzene Eis vom Fensterglas. Es war offensichtlich, dass Frau Luder sie gesehen hatte, denn sie machte ihr übliches, schnippisch verklemmtes Gesicht und trat vom Fenster zurück. Gretel grinste. Sie war zwar dazu erzogen, Älteren gegenüber höflich zu sein, aber sie hasste die arrogante Art, mit der Frau Luder hinter dem Rücken von Rosa über diese lästerte. Und im Übrigen behandelte sie Tante Emma von oben herab, wenn diese auf dem Rathaus erschien um die Steuern zu bezahlen. Ja, sie verdächtigte die Rossfelds sogar gelegentlich des Steuerbetrugs. ‚Das ist vielleicht eine blöde Kuh', dachte Gretel bei sich.

„GRETEL!" rief ihre Mutter vom Fuß der Treppe, „kommt ihr endlich herunter oder Du kommst zu spät in die Schule!" Der Befehl schallte die Treppe hinauf, durch den Gang bis ins Schlafzimmer. Gretel war klar, dass sie sich beeilen mussten und schob Anna hinunter in die Küche, wo schon das Frühstück auf sie wartete.

„So, Gretel, Zeit für die Schule!" sagte Joseph und zupfte sie an ihrem Zopf. Die drehte sich um und lächelte, sie mochte es wenn ihr Vater sie neckte. Ihre Mutter begann derweil mit der Zubereitung des Tagesessens, Rossfelds berühmtem Schweinebraten mit Kartoffelknödel, Blaukraut und Soße.

Während die beiden Kinder ihren Haferbrei aßen, schnippelte Rosa automatisch die Kartoffeln – eine Routine, die ihr zur zweiten Natur geworden war. ‚Ich frage mich‘, dachte sie bei sich, ‚ist das denn noch ein Leben, nichts als reiben, rühren, mischen? Wie hab‘ ich mir das Leben anders vorgestellt als ich noch ein Mädchen war!‘

Auch Emma hing Tagträumen nach während sie das leckere Fleisch zubereitete und die mitgebratenen Zwiebeln und Suppengrün durch ein Haarsieb passierte, um sie zum Eindicken ihrer köstlichen Soße zu verwenden. ‚Ich werde richtig ALT. Ich bin jetzt schon 21 und immer noch nicht verheiratet! Bald bin ich eine alte Jungfer, immer hier in der Küche und keiner will mich mehr‘.

Als Rosa und Emma aus ihren Gedanken erwachten, schaute Gretel gerade auf die Kuckucksuhr an der Wand und sah, dass sie nur noch 8 Minuten bis zum Schulbeginn hatte. Schnell schnappte sie Tasche, Mütze, Handschuhe und Schal und schoss zur Küchentüre hinaus.

Gretel (mit weißer Schleife) im Kindergarten

Die Schule war ein schönes Gebäude direkt hinter der St. Severinus Kirche. Als Gretel dort ankam, war der Lehrer Herr Bästlein gerade dabei, mit der Handglocke den Unterrichtsbeginn einzuläuten. Schnell verstauten die Kinder ihre Mäntel in der Garderobe, nahmen ihre Plätze ein und packten Schiefertafel und Griffel oder Hefte und Schreibfedern aus.

Herr Bästlein kam herein, gab den älteren Schülern im anderen Klassenzimmer ihre Aufgaben und ging dann ins Zimmer der Unterklassen. Er war als strenger Lehrer bekannt und gefürchtet. Trotzdem, jedes Mal wenn er an der Tafel den Kindern den Rücken zukehrte, hatte Waldbergers Ernst nichts Besseres zu tun als Gretel gegen den Ellbogen zu stoßen, damit Tintenflecken in ihr Heft spritzten. Außerdem war auch ihr Halbonkel Fritz Rossfeld im Klassenzimmer, ein ausgemachter Frechdachs – aber so was von lustig.

Gretel lächelte als sie trotzdem versuchte sauber zu schreiben, ‚Oh dieser Blödmann von Ernst. Warte, den werd' ich vielleicht nachher auf dem Schulhof herumjagen!' Solange sie nicht miteinander schwatzten, durfte Gretel mit ihrer Freundin Fastnachts Betti zusammensitzen.

Mit Betti jagte sie also während der Pause Ernst und Fritz über den Schulhof, was so lange Spaß machte, bis der Oberrabauke Georg Pucher sich einmischte und versuchte, einen von ihnen zu stoßen, zu treten oder stolpern zu lassen.

„Am liebsten würde ich dem seine Schweineschnauze polieren", platzte Fritz laut heraus.

„Und ich zeig' ihn bei Herrn Bästlein an, wenn er mich noch einmal tritt", schwor Fastnachts Betti. In Wirklichkeit aber hatte Georg, wie alle Rabauken, alle so eingeschüchtert, dass sich das keiner traute. Aber nicht alles drehte sich um Georg, die Pause war beendet, Herr Bästlein läutete seine Glocke und alle marschierten brav wieder auf ihren Platz.

Der Lehrer begann den Unterricht mit der Behandlung deutscher Hauptwörter als Fritz plötzlich streckte. Das war unerhört, denn NIEMAND durfte es wagen den Lehrer zu unterbrechen.

„Du störst den Unterricht, was willst Du?" schnauzte Herr Bästlein.

„Entschuldigung, ich muss auf's Klo!" sagte Fritz und die Klasse hielt die Luft an. Undenkbar, jeder wusste dass man in der Pause auf die Toilette zu gehen hatte. Herr Bästlein antwortete kühl: „Gut, du kannst gehen, aber in der nächsten Pause bleibst Du im Klassenzimmer!"

Fritz verließ schnell den Raum und rannte den Gang hinunter zur Toilette. Er atmete tief durch, denn länger hätte er es nicht verhalten können und außerdem langweilte ihn das öde Thema. Wen interessierten schon diese ewig wechselnden Artikel: der, die, das, den, dem, maskulin, feminin und sächlich – bla, bla, bla.

Nachdem er sein Geschäft erledigt hatte und auf dem Weg zurück zum Klassenzimmer war, nagte die Ungerechtigkeit an ihm, in der nächsten Pause als Gefangener vom Spaß auf dem Schulhof ausgeschlossen zu sein. ‚Ich musste doch nur pinkeln, weil ich es in der Pause vergessen hatte und jetzt soll ich dafür drinnen sitzen bleiben.‘ Mit jedem Schritt näher zum Klassenzimmer wuchs die Versuchung in ihm, sich durch einen gewaltigen Unfug zu rächen, und schon tauchte im seinem Geist der perfekte Plan dafür auf.

Er fummelte in den tiefen Taschen der knielangen Lederhosen herum bis er seine selbstgebastelte Spinne fand. Voll Schadenfreude zog er das struppige Spielzeug heraus und schüttelte es auf. Die Beine bildeten Bindfäden aus der Metzgerei, der eklige Leib bestand aus Resten von haariger Kuhhaut mit Faden zu einer Kugel zusammengehalten, aber die Krönung des Ganzen waren die aufgeklebten großen, gläsernen Perlenaugen. ‚Hoffentlich hab‘ ich auch nicht vergessen, die Klebstoffflasche wieder zu zu machen, sonst entdeckt Tante Rosa noch, dass ich an ihrem Schreibtisch war und die Perlen geklaut habe‘, dachte er.

Als er die Treppe zum Obergeschoss erreichte, fiel ihm der Abzug in der Decke des Klassenzimmers ein, der dazu diente, die warme Luft in den darüber liegenden Raum zu leiten und diesen so zu heizen. Immer zwei Stufen auf einmal nehmend stürmte er die Treppe hinauf, öffnete vorsichtig die Tür und verschwand in dem Durcheinander des Speichers.

Irgendwo muss doch hier eine Schnur sein, dachte er, schaute sich um und fand schließlich eine Fadenrolle, die wohl dazu diente, kleinere Reparaturen an Kleidern zu machen.

Fritz konnte es nun kaum erwarten seinen herrlichen Plan auszuführen. Beim Abzug angekommen, schielte er durch das Gitter hinunter auf die Köpfe der Kinder und konnte sich kaum das Lachen verkneifen über seinen tollen Streich. Herr Bästlein leierte unterdessen unbeirrt seine deutschen maskulinen Hauptwörter herunter, während die Schüler still vor sich hin träumten, sich dabei aber den Anschein höchster Aufmerksamkeit gaben.

Sorgfältig ließ Fritz jetzt die haarige Spinne an dem Faden durch den warmen Abzug hinunter. Als diese das Blickfeld einiger der Schüler erreichte, waren diese zunächst wie gelähmt und wollten Herrn Bästlein darauf aufmerksam machen, trauten sich aber nicht ihn zu unterbrechen. Währenddessen fuhr das garstige, struppige Ungeheuer ungerührt mit seinem wackeligen Abstieg fort. Schließlich sahen alle Kinder die Spinne und obwohl niemand auffallen wollte, war doch ein nur mühsam unterdrücktes Kichern zu vernehmen.

Der Schulhofrabauke Georg Pucher dachte bei sich, wie schön es wäre, Herrn Bästlein jetzt auf den Streich Fritz Rossfelds aufmerksam zu machen, schließlich wäre der Spaß erst richtig gut wenn dieser gleich bestraft würde. Auf der anderen Seite könnte man aber die Sache auch bis zum Ende genießen und Fritz würde schon bald genug seine Prügel beziehen, ‚Also ich warte und schau' was passiert'.

Herr Bästlein drehte sich zu den Schülern um und aber zack, mit einem Ruck sauste die Spinne hoch und aus seinem Gesichtsfeld heraus. Kalt fragte er: „Was ist denn heute los?", und drehte sich wieder zur Tafel um während in seinem Rücken die grausige Spinne erneut vom Abzug heruntersank und die Kinder das Lachen nun kaum mehr zurückhalten konnten. Jetzt fuhr Herr Bästlein plötzlich herum und fand das grässliche Untier direkt vor seiner Nase baumeln.

„IIIIeeeh!" entfuhr es ihm unwillkürlich und natürlich brach jetzt die ganze Klasse in ein hysterisches Gelächter aus und alle Schuldisziplin war endgültig zusammengebrochen.

Für Fritz war der Triumph zunächst ziemlich kurz, denn natürlich verabreichte ihm Herr Bästlein eine so gehörige Tracht Prügel, dass ihm Hören und Sehen verging. Georg Pucher genoss diese Prozedur. Viel schlimmer für Fritz aber war, dass er sicher sein konnte, Wilhelm Rossfeld würde von dem Vorfall und seinem beschämenden Verhalten erfahren, denn ORDUNG MUSS SEIN!

Fritz musste also nicht nur an diesem Tag sondern noch an vier weiteren die Pausen im Klassenzimmer verbringen. Des Weiteren musste er einen Aufsatz darüber schreiben, warum ein solches Betragen absolut nicht tolerierbar war und zu allem Übel sollte sein Vater den auch noch unterschreiben. Fritz bemühte sein bestes Deutsch beim Formulieren der Entschuldigung, war aber trotzdem stolz wie ein Spanier auf seinen Streich. Sein Ruhm war im Moment nicht zu übertreffen. Er war der Held des Tages.

Auf ihrem Nachhauseweg an diesem denkwürdigen Tag ging Gretel zusammen mit Cousine Rosine wie immer an der St. Severinus Kirche vorbei Richtung Marktplatz. Der Laden der Blumentritt Geschwister war gegenüber an der Ecke der Brunnengasse. Alles war wie immer in Überauen. Jeder kannte Jeden und Jeder wusste alles über Jeden. Bevor sie die Tür zum Goldenen Ritter aufmachte war ihr schon klar, dass Großvater bereits darüber Bescheid wusste, was Fritz in der Schule verbrochen hatte.

„Der sitzt ganz schön in der Patsche", kicherte Gretel in sich hinein.

5. GRETELS ERSTKOMMUNION

An Ostern 1915 war Gretel bestens auf ihre Erstkommunion in der St. Severinus Kirche vorbereitet. Über Monate hatte sie im Kommunionunterricht bei Pfarrer Weible zusammen mit den gleichaltrigen Kindern ihrer Klasse den Sinn dieses Sakraments erfahren und den Ablauf der Zeremonie geprobt. Jetzt waren sie, ihre Großfamilien und die Gemeinde für das Fest bereit.

Vor der Schule warteten die Kinder auf den Beginn der Feier und hatten ihren Spaß. Man lachte, flirtete ein bisschen und neckte sich, als plötzlich ein Schatten in Form von Edith Luder auf die fröhliche Gesellschaft fiel und die gute Stimmung dämpfte. Tückisch schlich sie sich von hinten an Gretel heran und kniff sie heftig in den Arm.

„Autsch, wer war das?" kreischte diese vor Schreck und Schmerz.

„Ach, hab' Dich bloß nicht so!" zischte Edith, „für mich bist Du doch nur ein Niemand. Verschwind bloß mit Deinen blöden Freundinnen und lass mich durch!"

„Gut, ich verschwinde, aber bloß um von so was wie Dir wegzukommen", knurrte Gretel. „Du kannst froh sein, dass ich mein schönes Kommunionkleid anhabe, sonst würde ich mit Dir die Straße fegen!" Alle lachten bei der Vorstellung wie Gretel mit Edith die Pflastersteine polieren würde.

Edith ihrerseits gab zurück: „Oh, Du machst mir ja richtig Angst!" und tat so als hielte sie die Hände erschreckt vors Gesicht. Gleich darauf zischte sie aber: „Ich kann mich jetzt nicht mit kleinen Kindern abgeben, aber warte nur, das kriegst Du zurück!" und sie funkelte alle böse an als sie an ihnen vorbeiging um dann süß mit ihrer Anstandsdame zu plaudern, die keine Ahnung davon hatte, auf was für eine Tyrannin sie da aufpassen sollte.

Fritz platzte heraus: „Ich wundere mich wirklich, warum die Erwachsenen nicht merken, was für ein Miststück diese Edith Luder ist", und damit löste sich die Spannung bei allen in ein befreiendes Gelächter auf.

„Schaut mal, der Ernst", neckte ihn Gretel, „der hat ja noch was anderes zum Anziehen als seine Knickerbocker."

Dieser warf sich direkt in Positur und lachte: „Wartet nur, bis ihr erst meine Sonntagssachen seht!"

Gretels Erstkommunion

Als die Jungs und Mädchen endlich feierlich durch das Kirchenschiff in die St. Severinus Kirche einzogen, versuchten sie so fromm und erwachsen wie möglich auszusehen und Herr Jorg spielte dazu die Orgel, dass man meinen konnte, das ganze Gebäude sänge mit.

Zum Höhepunkt der Feier knieten die Kinder an der Kommunion-bank nieder um das Fleisch und Blut Christi in Form einer Hostie in tiefer Ehrfurcht zu empfangen. Jedes Kind hatte eine eigene Kommunions-kerze, die jetzt angezündet und von Pfarrer Weible gesegnet wurde, worauf alle in feierlicher Prozession durch den Mittelgang zum Portal zurückgingen, die Musik brauste auf, ein Augenblick voller Emotionen.

Joseph und Rosa hingen ihren eigenen Gedanken nach als Gretel, ganz von Frömmigkeit erfüllt, an ihnen vorbeischritt. ‚Wie groß sie doch geworden ist, die Kleine. Ach, es wird nicht lange dauern und dann wird sie den gleichen Mittelgang zu ihrer Hochzeit hereinkommen‘, dachte Rosa unter Tränen der Rührung, ‚wie schnell doch die Zeit vergeht. Was wird wohl aus mir noch werden?‘ Die Vorstellung, wie schnell das Leben an ihr vorbeigeht bewegte sie so sehr, dass sie noch lange weinend in ihrer Bank verharrte. Auch Joseph neben ihr dachte über das Leben nach: ‚Ich fasse es kaum, dass unsere Gretel schon so erwachsen ist. Das Leben ist ja schwer genug. Ich bete nur, dass ihres leichter sein wird als meines‘.

Draußen vor der Kirche und auf dem Marktplatz hatte sich inzwischen die Gemeinde versammelt. Das war ein Lachen und Händeschütteln, während die Kinder noch immer unter dem Eindruck der Feier standen und das Gefühl hatten, einen neuen Lebensabschnitt zu beginnen. Jetzt begann das Erwachsensein und sie waren nun vollwertige Mitglieder der St. Severinus Gemeinde.

Als die große Rossfeldfamilie zurück zum Goldenen Ritter ging, um dort den weltlichen Teil der Fests zu feiern, waren Joseph und Rosa noch immer tief in Gedanken versunken. ‚Was soll ich denn tun? Was wird bloß aus mir?‘ sorgte sich Rosa. Und Joseph fragte sich, als er über das Kopfsteinpflaster ging, ob sein Leben je besser würde und ob er je herausfinden würde, was das Richtige zu tun wäre.

6. FRIEDRICH ZIEHT IN DEN KRIEG

Draußen tobte der Krieg. Alle hatten gedacht, er dauere nur ein halbes Jahr und die siegreich heimkehrenden Truppen könnten Weihnachten zuhause im Kreis ihrer Familien feiern. Nun tobte er schon zwei Jahre lang. Im Osten wie im Westen lag man sich in Schützengräben gegenüber und mit der neuen Maschinengewehrwaffe wurde blutige Ernte gehalten. Anfang des Jahres 1916 tobte eine monatelange Schlacht bei Verdun, vor der Festung Douaumont, auf „Höhe 304" und dem „Toten Mann" liefen die Soldaten in die „Blutmühle", ohne dass auch nur ein Meter gewonnen wurde – und schon bereitete man an der Somme eine neue Offensive vor. Der Kaiser brauchte neues „Menschenmaterial", um es, wie die Heeresleitung sich ausdrückte, in die „Feuerwalze" zu schicken.

Nur Überauen glich noch einer beschaulichen, sicheren Insel in stürmischer See – noch!

Immerhin war 1915 vergangen, ohne dass Friedrich einberufen worden war.

„Ich hab' in der Zeitung gelesen, der Krieg laufe nicht schlecht für uns und der Sieg steht kurz bevor. Was denkt ihr darüber?" fragte Herr Meyer den Stammtisch. Wilhelm war natürlich in ständiger Angst, dass Friedrich eingezogen werden würde, gab sich aber dennoch eine nationalistische Note um nicht für unpatriotisch zu gelten.

„Man hört ja die unterschiedlichsten Dinge. Jedenfalls erzählen die Jungs, die von der Front zurückkehren, von den Schützengräben voller Schlamm, den Ratten überall so groß wie Katzen, alle Mann voller Läuse und dem unaufhörlichen gegenseitigen Abschlachten!"

Herr Jorg schüttelte den Kopf: „Ich hab' immer noch nicht den leisesten Dunst, was wir eigentlich mit diesem Krieg erreichen wollen. Weiß denn hier irgendjemand, warum wir hunderttausende von jungen Leuten in den Tod schicken?"

Friedrich war gerade dabei, ein paar Krüge Bier zu servieren und sagte, als er die Diskussion hörte: „Naja, ich habe auch keine Ahnung um was es eigentlich geht und hab' auch keine große Lust zu gehen, aber wenn's denn sein muss, dann geh' ich halt."

„ Also, wenn Du ein richtiger Mann wärst, hättest Du Dich schon lang freiwillig gemeldet statt hier zu sitzen und abzuwarten bis sie Dich einziehen!" provozierte Herr Meyer.

„Ja warum haben SIE sich nicht schon lange gemeldet?" fragte Wilhelm spitz und die Diskussion hörte auf bis Friedrich wieder außer Hörweite war.

Im Frühjahr 1916 kam dann doch der gefürchtete kaiserliche Stellungsbefehl für Friedrich. Obwohl er eigentlich erwartet worden war, schockte er doch alle, schließlich bedeutete er das Todesurteil für viele, die ihn erhielten.

Am nächsten Morgen saßen Wilhelm, Rosa, Joseph und Emma in aller Frühe schon um den Küchentisch beim Kaffee. Gretel und Anna schliefen noch oben und auch Friedrich war noch nicht erschienen. In der Stille hörte man zunächst nur das Klappern der Löffel beim Umrühren.

Schließlich unterbrach Wilhelm das Schweigen: „Mein Gott, ich hab' solche Angst, dass Friedrich nicht wieder heimkommt. Da sitz' ich nun und kann nichts dagegen machen."

„Ach ja", seufzte Emma, „zuerst haben wir Mama verloren, dann mein kleines Brüderchen Josef und jetzt ist Friedrich in Gefahr. Das ist einfach nicht gerecht!"

Wieder die hilflose Stille, in die hinein nun Rosa sagte: „Und ich mach' mir nur Sorgen über mein eigenes Leben und meine Ehe, ihr wisst ja." Joseph starrte verlegen in seine Kaffeetasse als Rosa fortfuhr: „Und jetzt hab' ich so furchtbare Angst, dass Friedrich vielleicht verwundet oder gar getötet wird. Ich fühl' mich auch so hilflos, weil man ja nichts daran ändern kann." Sie zog ihr Taschentuch heraus, um ihre Tränen zu trocknen, und Emma begann auch zu weinen. Obwohl es Wilhelm ebenfalls danach war, riss er sich doch zusammen um für Friedrich Stärke zu zeigen.

Oben in seinem spärlich möblierten Zimmer saß unterdessen Friedrich auf dem Rand seines Betts, den Kopf zwischen den Händen und dachte nach. ‚Da hängt mein Sonntagsanzug, vielleicht werde ich bald in ihm beerdigt. Irgendwie hab' ich das Ganze immer noch nicht verdaut.' In Gedanken stand er auf und blickte in den Hof hinunter. ‚Vielleicht sollte ich einfach abhauen und alles hinter mir lassen'.

Hasso, der Hofhund schaute ihn von unten an und begann zu bellen. ‚Oder sollte ich nach Coburg fahren und einen Zug in die Schweiz nehmen‘, überlegte Friedrich weiter, ‚aber dann bring‘ ich ja Schande über die ganze Familie. Ganz Überauen wird sich das Maul zerreißen über den Feigling Friedrich Rossfeld. Nein, ich werde in den Kampf ziehen, wenn ich auch ums Verrecken nicht weiß, wofür. Aber muss ich vielleicht sterben und hab‘ noch nicht einmal ein Mädchen gehabt?‘

Eine Weile starrte er noch in den Hof hinunter, wo sich Hasso inzwischen wieder beruhigt hatte, drehte sich dann um und ging gefasst hinunter zum gewohnten gemeinsamen Frühstück mit Papa und der Familie.

Einige Wochen später wurden alle Eingezogenen ins Rathaus bestellt und eingekleidet. Frau Luder und Herr Meyer, voll Stolz über ihre neue wichtige Rolle, waren gerade eifrig dabei, mit ihnen die Aufstellung für den Marsch zum Bahnhof zu üben. Mit Tränen in den Augen sah Gretel zu, wie die arrogante Frau Luder die jungen Männer herumkommandierte und die Reihen ausrichtete. ‚Ich kann es immer noch nicht glauben, dass sie Friedrich in den Krieg schicken und niemand was dagegen tun kann. Aber das Jammern hilft nichts, jetzt muss ich mich zusammennehmen und Friedrich unterstützen. Ich weiß, er hat fürchterliche Angst und muss sich noch mehr zusammenreißen, obwohl er sich am liebsten in die starken Arme seines Vaters verkriechen würde‘.

Friedrich jedoch hatte sich inzwischen gefangen. Er war nun schon ein tapferer Soldat, der seine Uniform bereits mit Stolz trug, seiner Familie alle Ehre machte und der sich vor allem freute, dass er nicht allein war. Auch seine Freunde Ralf Aachener, Markus Schöneberger und Wolfram Diehl waren gezogen und die vier versuchten, die Anspannung dadurch aufzulockern, dass sie, zum Abmarsch versammelt, mit den anderen Rekruten aus Überauen und Umgebung herumblödelten. Vorbei war die Zeit als sie mit den Mädchen auf dem Marktplatz schäkerten, jetzt gingen sie gemeinsam in einen Kampf von dem sie noch keine Vorstellung hatten und nur wussten, dass er alles bisher erlebte in den Schatten stellen würde.

Herr Meyer war es, der das Zeichen für den Abmarsch gab. Mit unsicherem Paradeschritt führte er die Schar über den Bürgersteig beim Rathaus zur Straße zum Bahnhof. Auf dem Kopfsteinpflaster war es schwer, gleichen Tritt zu fassen, aber alle gaben sich größte Mühe, einen militärischen Eindruck zu erwecken, vor allem da die Familien und Freundinnen mit ihnen marschierten und noch einmal die Hände halten wollten. Emma hing an Friedrichs rechtem Arm, am linken ging Wilhelm und dahinter Gretel mit Friedrichs Schwester Frieda. Am Straßenrand stand halb Überauen, ab und zu sah man eine schwarz, weiß, rote Deutsche Fahne und einige der Mädchen steckten den Burschen Blumen in die Mündung ihrer geschulterten Gewehre, während die Blaskapelle versuchte, mit dem Rhythmus der Marschierenden Schritt zu halten.

Schließlich endete die geisterhafte Parade am Bahnhof und die jungen Rekruten waren froh als sie endlich im Zug Platz nehmen konnten. Alle hingen sie nun aus den Fenstern, um noch einen letzten Blick auf ihre Familien und ihre Heimatstadt werfen zu können.

„Pass auf Dich auf!" rief Wilhelm, aber der Ruf ging im Lärm der Zurückbleibenden und dem Zischen der Dampflokomotive unter.

Bahnhof um 1902

Mit langsam beginnendem, immer schneller werdendem stoßweisem Schnauben und Stampfen setzte sich die Dampflokomotive in Bewegung, nahm Fahrt auf und fuhr aus dem Bahnhof. Verwandte, Freundinnen, Freunde und Nachbarn – alle standen wie gelähmte und starrten dem davoneilenden Zug nach bis er, immer kleiner werdend, schließlich in der Ferne verschwunden war. Danach gingen, Gretel und die ganze Gesellschaft schweigend, jeder seinen eigenen Gedanken nachhängend, zurück Richtung Marktplatz, von wo die Frauen noch in die Kirche gingen, um für eine unversehrte Rückkehr ihrer Angehörigen zu beten.

Gretels Gebet unterschied sich kaum von dem der anderen: „Heiliger Sankt Nepomuk, bitte beschütze Friedrich und alle anderen, sodass sie bald heil und gesund wieder heimkommen!" 'Ich wünschte, ich wüsste noch ein besseres Gebet zu ihrem Schutz, vielleicht einen magischen Zauber oder so was wie im Märchen', dachte sie bei sich. Dabei war sogar der kleinen Gretel klar, dass in ganz Europa Mütter, Väter und Kinder die gleichen Bitten empor sandten, ihre Lieben in diesem grausamen und sinnlosen Krieg zu beschützen.

Tief in Gedanken ging sie schließlich aus dem kühlen Dunkel der Kirche hinaus auf den sonnenbeschienenen Marktplatz. Alles war wie immer in schönster Ordnung, hier war das Rathaus, da der Laden der Blumentritt Schwestern, dort drüben der Gasthof Schwan und hinter ihr die St. Severinus Kirche. Als sie den kurzen Weg über die Brunnengasse zum Goldenen Ritter ging, konnte sie sich überhaupt nicht vorstellen, dass ihre kleine Welt hier sich irgendwie verändern könnte. Aber schon begann ihre Kindheit zu Ende zu gehen, gewaltige Umwälzungen standen bevor, nichts würde noch so sein wie früher und auch ihr Leben würde nicht davon verschont bleiben.

7. IM WESTEN NICHTS NEUES

Der Krieg ging weiter. Die Seeblockade der Engländer spürte man nun auch an der deutschen Heimatfront. Im Mai 1916 versuchte die deutsche Hochseeflotte, diese Blockade zu durchbrechen und in der Schlacht am Skagerrak wurden der Grand Fleet erhebliche Verluste beigebracht. Der Kaiser ließ zu diesem Anlass triumphierend Postkarten mit seinem Portrait drucken, die Seeblockade ging aber unvermindert weiter. Im „Steckrübenwinter" 1916/17 verhungerten hunderttausende von Deutschen trotz Lebensmittelkarten. Im Januar 1917 erklärte die Marine den uneingeschränkten U-Bootkrieg, der letztendlich nichts brachte außer der Kriegserklärung der USA im April. Im Februar gab es eine Revolution in Russland, der Zar wurde abgesetzt und die Sozialrevolutionäre kamen an die Macht. Das machte Hoffnung auf einen Waffenstillstand im Osten. Die Kriegsführung hatte auf beiden Seiten inzwischen jede Menschlichkeit verloren – „Abnutzungsschlacht" war die Strategie und die „Feuerwalze" die Taktik. Im Frühjahr 1917 starteten die Franzosen am Chemin des Dames und die Engländer in Flandern Großoffensiven, die im Maschinengewehrhagel der Deutschen nach fürchterlichen Verlusten abgebrochen werden mussten. Alle warteten auf das Erscheinen der Amerikaner, die ersten kamen dann im Juni. Und Friedrich Rossfeld war mitten drin in dem Abschlachten.

All das erreichte Überauen kaum, das Leben ging seinen gewohnten Gang. Trotzdem war da ein nicht zu bestimmendes Unbehagen bei den Menschen, schließlich informierte der Bote von Überauen so ausführlich und wahrheitsgemäß wie es die Zensur erlaubte.

In Emmas Küche saß man still zusammen, nur das Ticken der alten Kuckucksuhr war zu hören. Jeder hing seinen Gedanken nach. Es war Gretels Privileg, die Kalenderblätter abzureißen, darüber war nun die Adventszeit gekommen und der Weihnachtsschmuck lag schon hingerichtet da und harrte der Dekoration. Bevor aber Rosa und Emma ans Werk gehen konnten, kam ein Feldpostbrief von Friedrich.

„Wenn ich ihn vorlese solltet ihr wissen, dass er zensiert wurde. Wir werden also nicht die ganze Wahrheit erfahren. Aber sei's drum, Hauptsache Friedrich lebt und kann uns schreiben," brummte Wilhelm, öffnete den Brief und in der Tat, das Erste was ihm auffiel war der Stempel der Zensurstelle und einige geschwärzte Passagen.

Laon, 9.12.1916

Lieber Papa, liebe Familie!

Wie ihr seht lebe ich noch. Es war [XXXXXXXX]. Aber zunächst vielen Dank für Euer Paket, es kam gerade zur rechten Zeit, vor allem die warmen Socken, vielen Dank, Rosa – natürlich nicht zu vergessen die Würste und Konserven. Wie immer wurde alles mit den Kameraden geteilt. Die Päckchen kommen ja immer seltener, ich habe aber den Eindruck, dass wir trotzdem fast mehr zu essen haben als ihr daheim. Vor allem wenn wir nach Tagen aus unseren Schützengräben kriechen, dann gibt's manchmal Extrarationen, weil wir nur noch [XXXXXXXXXX] sind.

Gerade ist es relativ ruhig, aber die letzten Wochen waren schlimm. Ununterbrochenes Artilleriefeuer Tag und Nacht, wir konnten vier Tage nicht aus den Gräben. Da lagen wir in der Kälte im Schmutz und hatten nichts mehr zu nagen und zu beißen, nur noch den Kopf einziehen, wenn wir das Pfeifen der Granaten hörten. Wenigstens haben wir jetzt die neuen Stahlhelme bekommen, die alten Pickelhauben waren gut um einen Säbelhieb abzuwehren, aber schützten weder vor Kugeln noch Splittern. Was hab' ich mich da nach meinem warmen Federbett und der Ruhe in Überauen gesehnt. Das Schlimmste aber kam am Schluss, als plötzlich der Beschuss aufhörte und nun Massen von Franzosen aus ihren Gräben heraus auf uns zustürmten. Ich musste nur mein Maschinengewehr hin und herschwenken und sie fielen wie die Ähren, es war als würde ich mit der Sense den Weizen mähen. Und da lagen sie tot oder verwundet und schrien, einer rief die ganze Nacht „Maman, Maman". Wir waren alle froh, als er endlich aufhörte.

Manchmal werden wir abgeordnet um ein Massengrab auszuheben. Ihr könnt Euch vorstellen wie anstrengend das ist bei dem gefrorenen Boden. Die Leichen werden eng aneinander hineingelegt, unser Militärpfarrer murmelt irgend was, unser Leutnant erzählt uns, sie seien für Kaiser und Vaterland gestorben und der Trompeter spielt „Ich hatt' einen Kameraden", ich kann's nicht mehr hören.

Aber ich halte durch und tu' meine Pflicht, obwohl ich immer weniger verstehe [XXXXXXXXXXXXXXXXXX]. Wie geht es Euch, ihr bereitet

Euch sicher auf Weihnachten vor. Ich hoffe, hier wird es auch etwas ruhiger, wir sind ja alle Christenmenschen, wenn wir uns auch gegenseitig abschlachten. Ich hab' hier einen Feldwebel, der seit Kriegsbeginn dabei ist. Er hat uns erzählt, was er Weihnachten 1914 in Flandern erlebt hat. Am Heiligen Abend saßen sie im Schützengraben nur 50m von den Tommys und „feierten". Als sie laut „Stille Nacht" sangen, fielen plötzlich die drüben ein mit ihrem „Silent Night". Er erzählte, dass ihr Unteroffizier aufstand und hinüber rief: „We not shoot; you not shoot", worauf die antworteten „Ok" und aus ihren Gräben herauskamen. Und so wurde gemeinsam gefeiert und gesungen und am nächsten Tag organisierten sie sogar ein Fußballspiel Deutschland – England, wo die bloß den Ball her hatten? Sowas passierte halt nur am Anfang des Kriegs. Ich wollte wir könnten unseren Konflikt mit einem Fußballspiel austragen.

Wir leben hier einfach von Tag zu Tag, Nachdenken [XXXXXXX]. Nur manchmal nachts denk' ich an Überauen, an Euch und die Mädchen. Hier gibt es natürlich Krankenschwestern, aber die sind völlig kaputt von ihrer Arbeit, mit denen kannst Du nichts anfangen.

Schreibt mir bald wieder. Ich hoffe, ich schaff's wieder heim zu kommen und kann Euch alle umarmen. Ich tu' das jetzt einfach in Gedanken, ich weiß ja, dass ihr alle für mich betet, vielleicht hilft's ja.

Viele Grüße und Küsse, Euer Friedrich

Tempus fugit, die Zeit flog und schon war es Frühling 1917. Die Sonne schien, die Veilchen blühten und dufteten und die Lerchen sangen wie immer. Friedrich kämpfte immer noch in Frankreich und keine Messe verging, ohne dass die Gemeinde für die Soldaten betete. Die Familienmitglieder wechselten sich beim Briefeschreiben an Friedrich ab und so oft wie möglich lagen diese einem Paket mit Lebensmitteln und warmen Sachen bei, es grenzte schon an Wunder, dass alles auch ankam. Anfang April saßen Wilhelm und Gretel in der Stube und schrieben mal wieder einen Brief an Friedrich.

Überauen, 05.04.1917

Lieber Friedrich!

Hier in Überauen gibt es wirklich nichts Neues. Deshalb will ich Dir mal schreiben wie es in den letzten Monaten hier zuging. Inzwischen heißt der letzte Winter nur noch der „Steckrübenwinter". Die Ernte letztes Jahr war kümmerlich. Es fehlte vor allem an Arbeitskräften, die jungen Bauernburschen und ihre Pferde sind alle eingezogen, Frauen und Kinder können sie nicht ersetzen. Dazu kam noch die völlig verregnete Kartoffelernte, mit anderen Worten: es gab nicht genug zu essen, und die Hauptnahrungsmittel wurden rationiert (1000 kcal pro Person). Jedenfalls wurde Überauen jeden Samstag und Sonntag von Hamsterern überschwemmt. Aus Schweinfurt kamen sie mit dem Rad und der Zug aus Würzburg war überfüllt mit Leuten, die sogar von Bamberg hierherkamen. Vom Bahnhof zogen sie dann zu Fuß auf die Dörfer.

Auch die Bauern durften nur einen Bruchteil ihrer Ernte behalten und unsere Metzgerei wurde immer mal wieder kontrolliert – na, Du kannst Dir denken, was da so alles getrickst wurde. Übrigens unsere „Freundin" Luder ist von Amts wegen beauftragt, alles zu überwachen. Im Januar ließ sie den Zug nach Würzburg von unseren beiden Gendarmen kontrollieren. Die haben dann mit dem Schaffner hin und zurück Schafkopf gespielt und gemeldet, dass kein Verstoß registriert werden konnte. Die Luder, das Luder, ist schier verrückt geworden, aber was will sie machen.

Als ich heute Morgen Feuer machte, fiel mir ein Bote von Überauen vom Januar in die Hände, da waren Steckrübenrezepte drin, halt Dich fest: Steckrübensuppe, Steckrübenauflauf, Steckrübenkoteletts. Steckrübenpudding, Steckrübenmarmelade und Steckrübenbrot. Ich hoffe, Ihr kriegt was Besseres. Jetzt mach' ich Schluss, Gretel sitzt neben mir und ist ganz zappelig, weil sie Dir auch schreiben will.

Ich denk' an Dich Tag und Nacht und schicke Dir meinen väterlichen Segen!

Dein Dich liebender Vater

Wilhelm

Hallo Friedrich!

Gestern hab' ich in Rechnen eine 6 gekriegt, Herr Bästlein hat mich gelobt und gesagt, dass ich sicher eine gute Verkäuferin werden könnte. Wie Opa Wilhelm geschrieben hat, hat unsere ganze Klasse im Herbst mehr auf dem Feld als in der Schule gearbeitet. Wir mussten Garben bündeln und Ähren lesen, dann Kartoffeln ernten, da waren viele davon verfault, die haben die Schweine gefressen. Dann haben wir Gurken vom Acker geholt und später dann noch Schlehen gepflückt. Das hat mehr Spaß gemacht als in der Schule zu Büffeln. Wir haben für die Soldaten Socken gestrickt, ich habe sechs Paar graue fertig gebracht. Mama hat mir einen roten Wollfaden gegeben, mit dem hab' ich in jeden ein kleines Kreuzchen genäht. Vielleicht kriegst du ja ein Paar davon, dann weißt du, die sind von mir.

Papa jammert immer, dass es kaum mehr Mehl gibt. Manchmal kommt ins Brot sogar Sägmehl, aber nicht für uns. Sonst geht es uns gut. Ich hoffe dir auch. Neulich hat einer am Stammtisch erzählt, der Kaiser und die Generäle seien alle Verbrecher, ich hab' ihm aber nicht geglaubt. Jetzt wird's Zeit für's Abendessen. Wir haben dich alle lieb. Anna und ich beten jeden Abend zum lieben Gott, dass er dich beschützt. Wir hoffen er macht das auch weiter. Der Herr Geistliche Rat Weible hat gesagt, Gott ist auf unserer Seite, der muss es ja wissen.

Heute Abend beten wir wieder für dich,

Deine Gretel

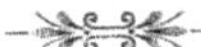

Jeden Tag wurde auf dem Bahnhof und im Rathaus ein Bericht über den Kriegsverlauf angeschlagen und eventuell auch der Name eines Gefallenen aus dem Landkreis. Als die Namen Ralf Aachener und Markus Schöneberger auf der Liste erschienen, verschwieg man es Friedrich, der hatte genug mit sich selbst zu tun.

Dann, es war am 13. April, stürzte eine völlig aufgelöste Frau Meyer vom Rathaus in die Küche des Goldenen Ritter, ein Papier in der Hand und schluchzte: „Der Friedrich, mein Gott, der Friedrich ist gefallen. Ich hab's gerade als Telegramm bekommen. Er ist in Frankreich gestorben". In der Küche war zuerst Totenstille, alle waren wie gelähmt, dann brach sich der Schmerz eine Bahn und die Tränen rannen ungehemmt.

Fritz war inzwischen ins Schlachthaus gerannt, wo Wilhelm Rossfeld gerade an der Wurstmaschine arbeitete und rief: „Papa, Papa, der Friedrich, der Friedrich".

„Was ist mit dem Friedrich?" fragte Wilhelm, der das Gefühl hatte als wäre ihm ein Messer in den Bauch gerammt worden, „Was ist mit Ihm?" schrie er und schüttelte den armen Fritz.

„Der ist tot!" stotterte der unter Tränen. Wilhelm nahm seinen noch lebenden Sohn in den Arm und ging mit ihm in die Küche.

Dort versuchte inzwischen jede, die andere zu trösten, selbst Frau Meyer, die sonst immer abseits stand, teilte den gemeinsamen Schmerz. Wilhelm ging wortlos auf sie zu und nahm ihr das Telegramm aus der

Hand. Durch die tränen gefüllten Augen erkannte er nur „Friedrich Rossfeld" und „für Kaiser und Vaterland" und „Heldentod".

„Ihr verdammten Schweine, ihr habt meinen Friedrich auf eurem Gewissen, ich verfluche euch!" schrie er, sank auf einen Stuhl und saß, die Ellenbogen aufgestützt und den Kopf zwischen den Händen unbeweglich auf das Telegramm starrend da, bis auch er in erlösende Tränen ausbrechen konnte.

Gretel war die einzige, die es wagte, zu ihm zu gehen und ihn zu umarmen und so saßen sie beide, der Alte und die Junge, eine Weile da und die anderen standen stumm um beide herum. Schließlich erhob er sich, umarmte alle und murmelte: „Das ist einfach zu viel für mich, zuerst Barbara, dann der kleine Josef, jetzt Friedrich, was hab' ich denn getan, dass Gott mich so straft?"

Das Leben musste weitergehen. Die Rossfeldfamilie machte sich am Sonntag darauf für die Totenmesse zurecht und setzte sich in die vorderste Bank der St. Severinus Kirche. Die war diesmal übervoll, da auch die Männer – die hielten sich sonst während dem größten Teil der Messe vor der Kirche auf – heute in der Kirche verharrten. Während Pfarrer Weible die gleiche Predigt herleierte wie beim Gottesdienst für die im letzten Jahr Gefallenen, hingen alle ihren eigenen Erinnerungen an Friedrich nach – für Wilhelm der tüchtige Sohn, für Emma der verlässliche Bruder, für Gretel der lustige Onkel und für die Mädchen der schmucke Bursche, mit dem sie nun nicht mehr auf dem Marktplatz flirten konnten.

Schließlich schloss Pfarrer Weible mit dem 23. Psalm: „Und ob ich schon wandere im finsteren Tal fürchte ich kein Unglück; denn Du bist bei mir, Dein Stock und Dein Stab geben mir Zuversicht!" und alle erfasste eine so namenlose Trauer und Rührung, dass die Gebete der Gemeinde seit langem einmal wieder aus ganzem Herzen kamen.

Dann stimmte Herr Jorg das „Dies Irae" und das „Lacrymosa" aus Mozarts Requiem an. Gut, dass er es so intensiv geübt hatte, denn mit den Tränen in seinen Augen hätte er nie die Noten lesen können und so durchflutete er die Kirche mit der herrlichsten Musik, die seine Orgel hergab. So liegt oft das Schönste und das Traurigste dicht beieinander.

Zurück gingen sie nun zum Goldenen Ritter über den Marktplatz und alles schien wie immer. ‚Wie kann das nur sein?' wunderte sich Gretel, ‚Es ist als würde ich träumen.' Ja, alles blieb wie es war, Jeder kannte Jeden, Jeder wusste alles über Jeden, aber heute war ganz Überauen zumindest für einen Tag eine große trauernde Familie.

Zwei Wochen später kam ein Briefumschlag, in dem der letzte Brief von Wilhelm und Gretel ungeöffnet lag, und auf seinem Umschlag war gestempelt: „GEFALLEN".

So war also Friedrich Rossfeld aus Überauen auf den Schlachtfeldern Frankreichs für Kaiser und Vaterland den Heldentod gestorben und lag nun in einem überfrorenen Massengrab neben seinen Kameraden und das Kreuz mit seinem Namen war nur eins in einer Reihe, die sich beinahe bis zum Horizont hinzuziehen schien. Aber unweit davon waren auch unübersehbar die Kreuze für die Söhne der Familien aus Toulon, Reims, Rouen und Paris, in Flandern die der englischen Soldaten und in Polen die der Russen und, und, und – nichts als Leid und Tränen in ganz Europa. „Der Krieg, der alle weiteren Kriege unmöglich macht!" Wenn er es nur gewesen wäre, dann hätte er wenigstens EINEN Sinn gehabt!

Die ersten zwei Verse aus *Auf Flanderns Feldern:*

Auf Flanderns Feldern blüht der Mohn
Zwischen den Kreuzen, Reihe um Reihe,
Die unseren Platz markieren; und am Himmel
Fliegen die Lerchen noch immer tapfer singend
Unten zwischen den Kanonen kaum gehört.

Wir sind die Toten. Vor wenigen Tagen noch
Lebten wir, fühlten den Morgen und sahen
Den leuchtenden Sonnenuntergang,
Liebten und wurden geliebt, und nun liegen wir
Auf Flanderns Feldern.

8. MAXIMILIAN KOMMT NACH ÜBERAUEN, 1918

Im November 1917 ereignete sich die vom deutschen Generalstab erhoffte Revolution in Russland, die Bolschewiki unter Lenin kamen an die Macht und der Zar mit seiner ganzen Familie wurde erschossen. Dies führte im März 1918 zum Frieden von Brest-Litowsk, in dem die Deutschen Russland einen „Frieden" aufoktroyierten, den sie später in Versailles bitter bezahlen mussten. Im August schließlich kam es zu einer gewaltigen Schlacht an der Somme, in der die Briten zum ersten Mal ihre neuen Tanks einsetzten und mit Hilfe der frischen, wohlgenährten Amerikaner die halbverhungerten und erschöpften deutschen Truppen überrannten. Anfang November schließlich meuterten die Matrosen in Kiel, am 9. November kam es zur Revolution in Berlin, der Kaiser verkrümelte sich feig in das neutrale Holland und am 11. November unterzeichnete Deutschland die Kapitulation. Der Krieg war aus.

Doch zurück nach Überauen. Der Tod Friedrichs beschäftigte Gretel und die ganze Familie noch lange, man trauerte um ihn und er wurde von allen sehr vermisst. Aber so ist das Leben, ein ewiges Auf und Ab, und auch wenn man meint, es gehe nicht mehr weiter, die Hoffnung stirbt doch zuletzt.

Wilhelm Rossfeld verbrachte oft Stunden im Gedenken an seinen gefallenen Sohn, aber er wusste auch, dass er an die Zukunft denken musste. 'Was wird, wenn ich alt bin und nicht mehr kann? Wer soll die Metzgerei übernehmen? Wer hält die Familie zusammen und sorgt für gute Ehefrauen und -männer? Ach, Friedrich, ich könnte den ganzen Tag heulen, aber das bringt nichts, ich muss was tun!' Und während es draußen bereits Winter war und er gerade mit gewohnter Routine ein Schwein zerlegte, fasste er einen Entschluss.

Unter der Rubrik "HILFE GESUCHT" fand er in der Zeitung Anzeigen von Handwerkern, die Gesellen und Lehrlinge suchten, aber diese waren rar. Eine ganze Generation von jungen Männern hatte man in den letzten Jahren im Krieg verheizt. Wo konnte man einen gesunden, motivierten Burschen finden? Nicht in Überauen und Umgebung, da hatte er schon gesucht. Also entschied er sich auch eine Anzeige aufzugeben: „Guteingeführte Metzgerei sucht Gesellen oder Lehrling zur Ausbildung“.

Und, oh Wunder, nach einigen Tagen erhielt er tatsächlich den Brief eines jungen Mannes namens Maximilian Bergmeister, ausgebildeter Metzger, der an der Stelle interessiert war. Wilhelm schrieb sofort zurück und lud ihn zu einem Gespräch ein. Noch war er im Zweifel, ob der Bursche überhaupt erscheinen würde und wenn ja, wird er zu uns passen? Außer, dass er Hilfe in der Metzgerei benötigte, hoffte er insgeheim, dass Emma und der Bewerber aneinander Gefallen finden könnten. Er lächelte in sich hinein, ‚Das wäre, wie mann so schön sagt, zwei Fliegen mit einen Schlag getroffen‘.

Emma wusste noch nichts über Maximilians Bewerbung, vielmehr grübelte sie immer öfter über ihr eigenes Leben nach. ‚Jetzt bin ich schon 24 und hab‘ immer noch keinen Mann gefunden‘, dachte sie, während sie automatisch das Essen für die Mittagsgäste zubereitete.

‚Wenn das so weitergeht, bleib‘ ich eine alte Jungfer, während die anderen sich verlieben, heiraten und Kinder kriegen. Wie soll ich auch jemanden kennenlernen, wenn ich nie von diesem Herd wegkomme? Es ist ja, als existiere ich gar nicht für die Außenwelt‘. Sie war frustriert und wütend, vor allem aber hatte sie niemanden, dem sie sich offen anvertrauen konnte. Sie sah einfach keinen Ausweg aus ihrer Zwangslage. Wie konnte sie auch ahnen, was das Schicksal für sie bereithielt. Am Abend saß Wilhelm bei einem Bier in der Küche und teilte seiner Familie mit, dass ein junger Metzger zu einem Vorstellungsgespräch kommen würde.

„Was kann denn der tun, was wir nicht auch können?“ fragte Fritz mit hochgezogenen Augenbrauen.

„Du wolltest ja nie Metzger werden“, antwortete Wilhelm, „Du hast doch einen Aber vor Blut und Gedärm. Ich brauche jemand, der unser Handwerk mit Herz und Hand betreibt!“

„Emma will vor allem wissen, ob er gut aussieht“, krähte Gretel. Alle, selbst Emma mussten lachen.

„Er hat kein Bild mitgeschickt und im Übrigen interessiert mich das nicht, wenn er nur tüchtig ist“, gab Wilhelm vor.

„Wahrscheinlich hat er einen fettigen Schnauzer und Pickel", vermutete Rosine Kiefer und strich sich über ihre nackte Oberlippe. Auch sie bekam ihren Lacher und irgendwie waren alle froh, wieder einmal von Herzen heiter und unbeschwert zusammen zu sitzen.

„Und wenn er zu blöd und uns keine Hilfe ist?" fragte Gretel.

„Kein Problem, das werd' ich sofort merken, lasst mich nur machen", erwiderte Wilhelm bestimmt.

„Also es wäre ja schon nett, einen jungen Mann hier zu haben", sagte Emma errötend, „aber hoffentlich ist er auch fleißig!"

Darauf meinte Wilhelm abschließend: „Er kommt für ein paar Tage her. Wenn ich mit ihm fertig bin, kann ihn jeder von Euch ihn ausquetschen, das hilft uns einen Eindruck von ihm zu gewinnen – aber ich hab' das letzte Wort bei der Entscheidung", und nach dieser Familiendiskussion setzte sich Wilhelm für ein paar Augenblicke im Hof auf die Bank unter dem Weinstock um seine Pfeife zu rauchen und mit seinen Gedanken allein zu sein.

In Überauen gibt es natürlich nichts, was geheim bleibt, Jeder kennt Jeden und Jeder weiß alles über Jeden. Als Maximilian Bergmeister aus dem Zug ausstieg und die Bahnhofstrasse hinunterging, standen daher die Anwohner auch schon hinter den Vorhängen, in den Toreinfahrten oder hatte etwas Wichtiges an ihrer Fassade zu betrachten. Alle waren gespannt, wer da wohl kommen würde.

Edeltraut vom Telegraphenbüro schickte ihren kleinen Bruder voraus um Gretel zu informieren. Der richtete auch pünktlich aus, dass ein junger, fremder Mann mit dem Zug angekommen sei.

„Wie sieht er denn aus? Ist er hübsch?" fragte Gretel begierig. Der Junge schaute etwas verwirrt und antwortete vorsichtig: „Na ja, wenn der, den ich gesehen habe als er ausstieg, der Metzger war, der war in Ordnung, denk' ich."

„Schön, sag Edeltraut vielen Dank, da hast du ein Bonbon," verabschiedete Gretel den Jungen und kreischte: „Edeltraut hat den Neuen Metzgerjungen ankommen sehen, alles nach oben!"

„Gretel, Emma, benehmt Euch doch nicht wie Fischweiber und hängt nicht aus dem Fenster", warnte Rosa, um dann selbst in den Gastraum zu schlüpfen und durch die Gardinen hinaus zu spähen.

Der Rossfelder Clan hatte sich kaum oben versammelt um mehr oder weniger schamlos nach dem Ankömmling auszuschauen, als dieser auch bereits auf dem Marktplatz auftauchte und sich nach dem Goldenen Ritter umsah.

Auch die hinterhältige Edith Luder wusste natürlich, dass sich ein junger Metzger bei Wilhelm Rossfeld beworben hatte. Hinter den Wohnzimmergardinen versteckt, beobachtete sie Maximilian, der selbstsicher der Metzgerei zustrebte. ‚Hm‘, dachte sie, ‚gut sieht er ja aus, zu schade, dass er nur ein einfacher Handwerker ist‘.

Maximilian hatte inzwischen das große Eingangstor erreicht und hielt kurz an um neugierig die kleine Bogentür zum Keller zu betrachten, in dem Gretel und die Kinder Verstecken gespielt hatten. 'Das sieht ja alles gut aus', dachte er, 'sowohl das Gasthaus als auch die Metzgerei, das könnte was werden.‘

Während sich Gretel, Emma, Rosine, Fritz und die anderen die Hälse nach Maximilian verrenkten, hantierte Wilhelm im Schlachthaus herum, um ja nicht neugierig zu erscheinen, einer musste ja einen kühlen Kopf bewahren.

„Da kommt er“, rief Rosine.

„Der sieht ja richtig fesch aus“, kicherte Gretel, „ich hoffe, er ist nicht schon verheiratet!“ Den Mädchen wurde es ganz anders bei dem Gedanken an einen attraktiven Junggesellen hier im Haus. Während sie so spekulierten, schlüpfte die kleine Anna vor den Vorhang um besser zu sehen. Maximilian schaute in dem Moment nach oben, tat aber so als sehe er niemanden und trat durch das Tor in den Hof.

„Ich geh‘ runter zu ihm“, rief Emma über die Schulter und lief durch den Fenstergang zur Treppe, die anderen blieben lieber auf ihrem Posten.

Maximilian war jetzt an der Eingangstür des Gasthauses angekommen und trat ohne Scheu in den Gang, in dem ihm Emma entgegen kam und ihn mit der Miene einer erfahrenen Geschäftsfrau, die sie ja auch inzwischen geworden war, begrüßte. Dabei machte sie sich aber große Sorgen um ihr Aussehen. ‚Mein Gott, ich hab‘ den ganzen Tag am Herd gestanden, meine Haare müssen ja ganz fettig sein und mein Schurz ist schmutzig‘. Aber Maximilian störte sich nicht daran. Er war harte Arbeit gewohnt und schätzte das auch bei anderen und in Emma sah er sofort die tüchtige Hausfrau. Außerdem war sie auch noch gut aussehend, mit einem hübschen Busen, schlanken Hüften und einem einnehmenden Lächeln was er als Experte sofort mit einem Blick erfasste. Ob sie wohl verheiratet war?

„Grüß Gott“, sagten beide gleichzeitig, und Emma fuhr fort: „Warten Sie bitte im Gastraum, Herr Bergmeister, ich sag‘ meinem Vater Bescheid. Möchten Sie vielleicht inzwischen ein Bier?“

„Ja, vielen Dank", erwiderte er höflich, wobei er jede ihrer Bewegungen mit Kennerblick verfolgte. Als sie ihm das Bier einschenkte, hoffte sie, dass er ihr Erröten nicht bemerkte.

„Wohl bekomm's", sagte sie in ihrem weichen fränkischen Akzent und Maximilian antwortete: „Das Bier ist jetzt gerade richtig nach der langen Zugfahrt."

„Das kann ich mir vorstellen, aber jetzt hol' ich meinen Vater," erwiderte Emma.

Sie verließ den Gastraum mit einem leichten Hüftschwung und ging an der Bank unter dem Weinlaub vorbei zum Schlachthaus, wobei sie inbrünstig hoffte, dass der junge Mann ihr rotes Gesicht nicht bemerkt hatte. ‚Er sieht wirklich gut aus', dachte sie und eine leise Hoffnung stieg in ihr auf.

„Papa, der Bewerber für die ausgeschriebene Stelle ist jetzt da", meldete sie.

„Oh, gut, hoffentlich ist er der Richtige", meinte er zweideutig und küsste sie auf die Stirn, „ich kann Hilfe wirklich gut gebrauchen. Ich will mir nur schnell die Hände waschen und einen sauberen Schurz anziehen. Ich treff' Euch dann in der Gaststube. Schenk mir inzwischen ein Bier ein." ‚Ich hoffe sehr der junge Mann stellt sich als zuverlässig heraus', dachte er, ‚ich werde' langsam wirklich zu alt für die Knochenarbeit'. Und wieder schmerzte ihn die Erinnerung an Friedrich, aber entschlossen unterdrückte er sie. ‚Ich muss jetzt an die Zukunft denken!'

Das Einstellungsgespräch lief gut, sein Arbeitsbuch und die Zeugnisse seiner bisherigen Arbeitgeber sprachen für sich und die Chemie stimmte auch zwischen den Beiden. Oben an der Treppe lauschten Fritz, Gretel, Anna und Rosine dem Gespräch und wenn dort eine Diele knarrte, ignorierten die beiden Gesprächspartner das taktvoll. Schließlich entschied sich Wilhelm und machte Maximilian, ohne mit der Wimper zu zucken, ein Angebot, welches er nicht ablehnen konnte und wollte. Man verstand sich so gut, dass Wilhelm dem Neuen spontan anbot, gleich hier zu bleiben und seine Sachen nachkommen zu lassen.

Und so zog Maximilian Bergmeister im Wirtshaus mit Metzgerei zum Goldenen Ritter ein.

⁂

Maximilians Ankunft brachte viele Veränderungen im Goldenen Ritter mit sich.

Für Emma begann eine Zeit beginnender Zuneigung zu Max, wie ihn jeder jetzt nannte. Wilhelm hatte endlich wieder einen tüchtigen Metzger an

seiner Seite, ohne dass aber das Bild seines Sohns Friedrich verblasste. Und
Rosa? Die allerdings, schleppte ihre Probleme weiterhin mit sich herum.

An einem Herbstmorgen stand sie wie gewöhnlich in der Küche, schälte
Kartoffeln und schnitt Gemüse klein. Emma leistete Max im Schlachthaus
beim zweiten Frühstück – Siedfleisch mit Brot und Salz – Gesellschaft. Rosa
lächelte schmerzlich. Sie freute sich für Emma und deren Aussicht auf ein
Leben mit Max, während sie die Trümmer ihres eigenen betrachtete und
keinerlei Ausweg aus ihrer verfahrenen Situation sehen konnte.

Dass Franz sich zurzeit mit gleichen Gedanken herumtrug, war ihr
nicht bewusst, sie hatte genügend damit zu tun sich auf sich selbst und
ihre Arbeit zu konzentrieren. Die Kartoffel ist schlecht, weg mit ihr in
den Eimer für die Schweine, jetzt die nächste und immer so fort. Nun
kam auch noch Emma glücklich, mit roten Backen, zurück an den Herd
zu ihrer Ochsenschwanzsuppe.

Rosa überlegte: ‚Die Ehe mit Joseph ist am Ende, er hat seit langem
kein Interesse mehr an mir, ich glaube fast, er hasst mich. Seit Jahren
hat er mich nicht mehr angefasst und wo er seine Befriedigung findet,
weiß ich nicht und es ist mir auch egal. Kein Wunder, dass ich mich zu
Franz hingezogen fühle, aber ob das wirklich Liebe ist oder nur so ein
Verhältnis, wie der Klatsch meint, ist mir selbst nicht klar. Was soll ich
nur tun? Diese Geheimniskrämerei, das Gerede und Getuschel machen
mich völlig fertig.‘

Rosa Geyer, 1900

‚Hier in diesem stockkatholischen Überauen ist eine Scheidung unmöglich, Joseph und ich sind für ewig aneinander gekettet. Andererseits ist das auch kein Zustand, ich leide wie ein Hund und dann diese quälende Schuld, Anna auf die Welt gebracht zu haben, obwohl ich sie doch von Herzen lieb habe. Und zur Beichte trau' ich mich einfach nicht, obwohl mich der Pfarrer Weible immer wieder darauf anspricht.'

‚Die ganze Familie weiß von der Sache, aber keiner sagt was. Sie würden mir auch gern helfen, weil sie mich lieb haben und trotz allem achten. Wilhelm hat genug damit zu tun, mit dem Tod seiner Frau, des kleinen Josefs und des großen Friedrichs fertig zu werden. Man kann seinen Schmerz mitfühlen und Emma hat auch nur noch Augen für Max. Sie wollen ja alle nur mein Bestes, aber was können sie tun? Nichts, ich selbst muss die Initiative ergreifen und endlich Bewegung in die Sache bringen.'

Also setzte sich Rosa hin und schrieb einen Brief an Franz, den sie in den Briefkasten beim Rathaus einwarf. Er war kurz und lautete lapidar: „Treff mich nächsten Dienstag Mittag um 2 Uhr in unserem Gemüsegarten!"

Am nächsten Morgen öffnete Franz in seiner Wohnung den Umschlag mit Rosas schicksalhaftem Schreiben. ‚Mein Gott, wie kann sie mir einen Brief schreiben, die Postbotin wird das doch überall herumerzählen. Am hellen Tag will sie mich treffen. Obwohl, vielleicht ist das ja am Unverdächtigsten. Keine Ahnung was sie sich von so einem Treffen verspricht, aber das könnte die Gelegenheit sein, reinen Tisch zu machen und ihr zu sagen, dass es Schluss sein muss mit uns.'.

Der entscheidende Tag war da. Emma hing aus dem Küchenfenster und flirtete mit Max, der auf der Bank davor saß.

„Emma, die gelben Rüben sind aus, ich geh' geschwind und hol' welche aus dem Garten für heut' Abend," sagte Rosa beiläufig und verließ den Hof, den Gemüsekorb am Arm. Max sah ihr kurz nach um sich dann wieder Emma zu widmen. 'Ich freu' mich so für die Beiden', dachte Rosa, obwohl deren Glück ihre eigene Situation nur noch schmerzlicher erscheinen ließ.

Bewusst, dass ihr viele Augen folgten, ging sie über den Marktplatz und die Forellenbacher Straße hinunter um zu vermeiden, eventuell Joseph zu begegnen, der manchmal unter der Tür zur Backstube eine Zigarette rauchte. In ihrem Kopf ging alles durcheinander: ‚Natürlich mag ich Franz sehr, wenn alles anders gelaufen wäre, hätten wir sogar zusammen sein können. Hoffentlich werden wir nicht entdeckt, ich würde sterben'. In solche Gedanken vertieft ging sie durch das Forellenbacher Tor und bog in den Weg zwischen den Gärten ein. ‚Nein, das auch noch', in ihrem Garten war Frau Steinhauer gerade dabei ihre Geräte zu verstauen, ließ diese aber stehen und kam zum Gartentor um sie zu begrüßen und eventuell ein Schwätzchen zu halten, da sie Rosa mochte.

„In der letzten Zeit war so viel los in unserem Laden, dass ich einfach nicht dazu gekommen bin, nach dem Garten zu schauen," sagte sie, „Wie geht's Ihnen denn, Frau Geyer, sind Sie krank, Sie sehen ja richtig blass und elend aus?"

„Ach Gott, Sie wissen doch wie das ist. Bei uns im Gasthaus ist auch der Teufel los und die letzten paar Nächte hab' ich kaum ein Auge zugemacht wegen diesem blöden Hund, der dauernd gebellt hat. Haben Sie den auch gehört? Ich glaub', ich melde das der Polizei! Ich will nur geschwind aus unserem Garten Gemüse und ein paar Blumen holen. Also ich muss los, viele Grüße an ihren Mann."

Rosa ging den Weg zum Garten weiter und hoffte, dass Frau Steinhauer ihre Geschichte mit dem Hund glauben und bald verschwinden würde, um sie nicht zusammen mit Franz zu sehen. Sie mochte Frau Steinhauer, aber sie wusste nicht, wie ihr Gespräch mit Franz verlaufen würde. Im Garten angekommen, stellte sie ihren Korb ins Gras und ging in den Geräteschuppen um eine Hacke zu holen. Durch die halb geöffnete Tür, spähte sie hinüber um zu sehen, ob Frau Steinhauer noch in ihrem Garten war, aber die hatte schon den Heimweg angetreten, die Luft war rein. Mit der Hacke fing sie an, Unkraut zu jäten um sich die Wartezeit zu verkürzen, denn trotz eines schlechten Gewissens konnte sie es doch kaum erwarten, Franz zu sehen.

Ein paar Minuten später schlenderte Franz den Weg entlang und lehnte sich lässig gegen das Gartentürchen. *Mein Gott, warum muss er nur so gut aussehen mit seinen zum Küssen einladenden Lippen...* Rosas Herz schlug höher als sie ihn laut mit „Grüß Gott, Herr Waldberger, wie geht's uns denn heute?" begrüßte, um mögliche Zuhörer zu täuschen. Als sie sich ihm näherte, sah er in ihrem müden Gesicht die Spuren von Tränen, konnte sich aber nicht zurückhalten zu sagen: „Mein Gott, wie schön Du bist", dabei hatte er sich eigentlich vorgenommen ernst und zurückhaltend zu bleiben.

„Franz, bitte lass uns ernsthaft reden, ich weiß nicht mehr Ein noch Aus. Ich bin ganz krank vom ewigen Grübeln was aus uns wird und sehe einfach keinen Ausweg."

Rosas Liebhaber Franz

Franz nahm all seinen Mut zusammen und sagte: „Rosa, ich bin zu einem Entschluss gekommen. Es hört sich grausam an, ist aber der einzige Weg aus unserem Dilemma. Wir sollten uns nicht mehr sehen! Für uns beide gibt es keine gemeinsame Zukunft! Ich muss mich also nach jemand anderem umsehen, ich kann doch nicht ewig allein bleiben. Ich weiß, das klingt egoistisch, ist aber letztlich das Beste für uns beide, auch für Anna. Für sie sind Dein Mann und Du die Eltern. Gibt es denn keinen Weg Eure Ehe wieder zu reparieren?"

Rosa starrte ihn ungläubig an, fasste sich dann jedoch und antwortete tapfer: „Joseph fühlt nichts mehr für mich, er weiß von uns, er ist tief verletzt und leidet genauso wie ich. Seit Jahren haben wir nicht mehr miteinander geschlafen. Wir leben nebeneinander her, aber er würde mich bestimmt nicht verlassen, vor allem wegen der Mädchen! Nein, alles wird einfach so weitergehen. Aber Du, du hast wie alle ein Recht auf Glück, eine gute Frau und Kinder und dem will und kann ich nicht im Weg stehen. Du hast Recht, wir dürfen uns nicht mehr sehen, aber ich werde Dich trotzdem immer lieben." Rosa stockte, wischte mit ihrer Schürze ein paar Tränen ab und flüsterte: „Es reicht, dass ich das Leben von Joseph und mir ruiniert habe. Der Schmerz, Dich zu verlieren und die Scham über mein Verhalten bringt mich noch um, wie soll ich das nur aushalten?"

Franz schaute sich um ob niemand sie sehen konnte, fasste ihre Hände und schaute ihr in die Augen: „Was auch immer passiert, Du weißt, ich liebe Dich auch und werde Dich nie vergessen. Auch mir zerreißt es das Herz, aber es muss sein."

„Ich weiß," Rosa meinte zu ersticken, „wir sind uns einig, wir kommen uns nicht mehr nahe, so weh das auch tut. Es wird schon schlimm genug sein einander zu begegnen und nur Grüß Gott zu sagen, trotz oder gerade wegen des Bands, das uns immer verbinden wird." Franz nickte und sagte mit bebender Stimme: „Ich geb' Dir jetzt einen letzten Kuss, aber Du kannst sicher sein, es wird kein Tag vergehen, an dem ich nicht an Dich denke, Dich in Gedanken umarme und küsse. Leb' wohl."

Und so verließ Franz seine Rosa, ging den Weg zwischen den Gärten Richtung Forellenbacher Tor, ging aus ihrem Leben und ließ sie allein zurück in ihrem Schmerz.

Sie ging langsam in das Gartenhäuschen um ihre Tränen zu trocknen, erntete dann die Karotten und machte sich ebenfalls auf den Weg zurück. ‚Wenn ich in der Küche bin, fang' ich gleich an, Zwiebeln zu schneiden, dann kann ich so viel weinen wie ich will'. So tapfer sie auch Franz gegenüber gewesen war, so elend war es ihr bei der Vorstellung, wie nun ihr Leben ablaufen würde und ob sie es aushalten könnte Franz immer wieder im kleinen Überauen zu begegnen.

Rosa dachte, dass der Verlust von Franz die schrecklichste Katastrophe in ihrem Leben war. Gut, dass sie nicht wusste, was das Schicksal noch für sie bereithielt!

ZWEITER TEIL:
GRETELS JUGENDJAHRE

Gretel Geyer (vorne in der Mitte) mit Freunde und Familie

9. MAXIMILIAN UND EMMA HEIRATEN

Nach ein paar Monaten war Maximilian Bergmeister aus Wilhelm Rossfelds Geschäft und Familie schon nicht mehr wegzudenken.

Sein Turteln mit Emma war für jedermann sichtbar und selbst wenn er Ware vom Schlachthaus in den Laden brachte, blieb er immer für ein Schwätzchen mit ihr am Küchenfenster hängen. Emma war inzwischen 24 Jahre alt und eine gestandene Geschäftsfrau, aber ihr Max, übrigens ein begabter Redner, in Unterfranken nannte man so jemanden einen „Schmuser", verzauberte sie immer in einen kichernden Backfisch.

Gretel spottete mit Rosa: „Es ist ja kaum auszuhalten mit den Beiden und die genieren sich kein bisschen."

„Also ich bin richtig froh, dass sie sich so gut verstehen und Emma endlich jemanden gefunden hat. Dieser Krieg hat so viele junge Männer das Leben gekostet, dass ich manchmal Angst hatte, sie findet niemanden mehr. Außerdem passt er prima hier herein; er ist nett, sieht gut aus und arbeitet für zwei."

„Das stimmt," sagte Gretel, „für einen Metzger ist er eigentlich fast zu schade."

„Mag sein, aber ein Metzger verdient halt gut", erwiderte die praktisch veranlagte Rosa. Beide lächelten und schauten aus dem Küchenfenster nach Maximilian und Emma, die im Hof herumalberten und sich dann auf die Bank unter dem Weinstock setzten. Niemand störte es, wenn sie eine gemeinsame Arbeitspause machten, denn alle freuten sich über die wachsende Beziehung.

Als der lange Winter 1918/19 langsam zu Ende ging, hielt Maximilian um die Hand Emmas an. Diese war überglücklich.

„Ja, liebster Max, von ganzem Herzen", rief sie aus und flog an seine Brust, „aber zuerst müssen wir Vater fragen, er hat sicher nichts dagegen", und Hand in Hand gingen sie hinter zum Schlachthaus. Dies war sicher nicht der romantischste Platz für einen Antrag, aber ihre Ehe hatte neben der Liebe der Beiden auch eine reale geschäftliche Bedeutung.

„Was, Du willst den wirklich heiraten?" schmunzelte Wilhelm, „na, meinen Segen habt ihr jedenfalls. Herzlich willkommen Max in unserer Familie! Dann gibt's ja eine Doppelhochzeit mit Frieda und Franz."

Gretel, die natürlich dem Paar gefolgt war, hörte diese Neuigkeiten und sauste in die Küche um sie ihrer Mutter brühwarm mitzuteilen. Rosa war wie vom Blitz getroffen. ‚Franz heiratet meine Halbschwester! Hoffentlich erfährt sie nichts von uns, ich würde vor Scham im Boden versinken'. Und der Schmerz, den diese Nachricht auslöste, wurde unerträglich.

„Gretel, mach Du mal hier weiter, ich glaube, mir ist nicht gut. Ich muss mich hinlegen", war ihr einziger Kommentar und Gretel fragte treuherzig: „Soll ich Dir einen Kamillentee machen?"

Wilhelm hatte sich inzwischen mit seiner Pfeife auf die Bank unter dem Weinstock gesetzt und hing wieder einmal seinen Gedanken nach. Er war froh, dass sein Plan aufgegangen war, Emma kam unter die Haube und er hatte einen tüchtigen, zuverlässigen Nachfolger. Er musste an Friedrich denken, der irgendwo in fremder Erde begraben lag, wie das Leben so spielte und sich Schicksalsschläge mit Freudentagen, wie dem heutigen, abwechselten. Er wischte sich ein paar Tränen aus dem Gesicht, stand dann energisch auf und ging zurück an seine Arbeit – für Sentimentalitäten war wenig Zeit!

Am ersten Sonntag im Mai kam der große Tag. Die ganze Stadt war auf den Beinen, es war der Aufreger des Jahres und jeder wollte dabei sein. St. Severinus war übervoll, sogar aus den umliegenden Dörfern war man gekommen und nur mit Mühe war der Mittelgang frei zu halten. Es war für Überauen das gesellschaftliche Großereignis!

Rosa saß mit Joseph, Gretel und Anna in der ersten Reihe zusammen. Als sie sich umsah, erblickte sie Frau Luder, die mit Frau Pucher flüsterte und zu ihr herübersah. ‚Was haben die beiden wieder zu tratschen, ich hoffe nur, sie wissen nicht wie es wirklich um Franz und mich stand.'

„Psst," zischte Herr Blumentritt zu Frau Pucher hinüber, „es fängt an!" Die Orgel begann mit einem Präludium um die Wartezeit zu vertreiben und die Spannung zu erhöhen.

Die feierliche Atmosphäre erinnerte Gretel an den Trauergottesdienst für Friedrich. Der war jetzt schon zwei Jahre tot, aber unvergessen. Rosa saß neben ihr wie auf Kohlen. ‚Da vorn steht Franz, genau vor mir. Wär' ich gern an Friedas Platz? Wie viel wissen die Leute über uns? Ich hoffe nichts Konkretes, ich müsste im Boden versinken. Am liebsten wäre ich gar nicht hier, aber ich freue mich doch so über Emmas Glück. Ach, ich Arme!'

Wilhelm Rossfeld wartete inzwischen im Hof auf seine Töchter. ‚Ich kann es immer noch nicht glauben. Alle beide kommen heute unter die Haube. Wie glücklich wir waren, als sie auf die Welt kamen, mir ist als wäre das erst gestern gewesen. Was würde Barbara dafür geben hier zu sein.‘ Endlich erschienen die Beiden in ihren Hochzeitskleidern und er marschierte mit ihnen zur Kirche. ‚Was für ein Tag‘, dachte er, ‚wenn nur der verdammte steife Kragen nicht wäre, der bringt mich noch um!‘

Während des Orgelspiels blickte Gretel heimlich um sich und nach den jungen Burschen.

Das war die Generation, die vom Krieg gerade noch verschont geblieben war. Einige davon sahen ganz nett aus in ihren Sonntagsanzügen und den ungewohnten Krawatten, die wahrscheinlich von ihren Müttern gebunden worden waren. Ernst Waldberger und ihr Vetter Fritz machten jetzt keine Faxen mehr, taten aber, als sähen sie Gretel nicht. In Gedanken, stellte Gretel sich eine Hochzeit mit Ernst vor, er war ja wirklich irgendwie süß, aber naja, kommt Zeit, kommt Rat.

Endlich war es so weit. Wilhelm schritt feierlich mit seinen beiden Töchtern zur Rechten und zur Linken den Mittelgang nach vorn zum Altar, wo der Pfarrer ihn bereits zusammen mit den beiden Schwiegersöhnen in spe und den Trauzeugen erwartete. Die Gemeinde erhob sich, die Orgel brauste auf, der Chor fiel ein mit der traditionellen Hymne, „So nimm denn meine Hände“, sodass es allen heiß und kalt den Rücken hinunter lief.

Die Hochzeitszeremonie lief ab wie am Schnürchen, man gab sich das Jawort, tauschte die Ringe, empfing den Segen und die Kommunion und der schönste Tag im Leben der Vermählten hatte seinen ersten Höhepunkt erreicht. Die Gemeinde war gerührt, als die beiden Paare durch den Mittelgang zur Kirchentür schritten und man applaudierte kräftig, um den vieren alles Gute für ihre gemeinsame Zukunft zu wünschen. Dabei ging jedem natürlich etwas anderes im Kopf herum, bei den Älteren meist die Erinnerung an die eigene Hochzeit, bei den Jüngeren die Vorstellung an eine mögliche eigene Hochzeitsfeier.

Rosa allerdings trieben ganz andere Gedanken um. ‚Wie kann ich denn Franz und Frieda in die Augen sehen und gratulieren, ich müsste ja im Boden versinken. Aber ich muss mich zusammenreißen und mir nichts anmerken lassen‘. Ähnliches fühlte Joseph, als er mit Rosa zur Gratulation hinaus auf den Marktplatz schritt. ‚Einfach den Schein waren und den Gaffern bloß keinen Grund zum Spekulieren geben!‘

Beider Sorgen waren aber umsonst, denn alle wollten an diesem Tag nur mitfeiern, den Alltag einmal hinter sich lassen und fröhlich sein.

Man drückte sich, man küsste sich und jeder im Rossfeldclan war stolz, einer solch wundervollen Familie anzugehören. Dann ging's in den Goldenen Ritter zum Hochzeitsschmaus. Eine Hochzeitsreise verbot sich allerdings wegen der prekären Verhältnisse nach dem Krieg und den unsicheren Zeiten.

Rosa floh in die Sicherheit ihres eigenen Zimmers und in dem Trubel unten wurde sie nicht vermisst oder man wollte sie nicht vermissen. Franz dachte natürlich an sie und fühlte sich mitschuldig an ihrem Leid, aber sie hatten ja ihre Vereinbarung und dass seine Wahl ausgerechnet auf Rosas Halbschwester fiel, war schmerzhaftes Schicksal.

Gretel huschte schnell in ihr Zimmer und wechselte ihr Kleid um beim Hochzeitsschmaus mitzuhelfen, ahnte dabei aber nichts vom Schmerz ihrer Mutter. Sie betrachtete die vertraute Tapete und warf dann einen Blick hinunter auf die Straße. Dort nahm das Leben langsam wieder seinen gewohnten Gang und sie lächelte, als sie daran dachte, wie sich die große Welt um sie veränderte, Überauen aber im Grunde immer unverändert und schön blieb.

10. GRETEL GEHT IN DIE LEHRE

Im Frühjahr 1919 beendete Gretel die Schule und begann eine Lehre im örtlichen Kolonialwarenladen. Den Tag über arbeitete sie dort und am Abend bediente sie wie immer die Gäste im Goldenen Ritter.

Gretel ganz links im Kolonialwarenladen

Eines Tages, als sie von der Arbeit heimkam, fand sie Emma, die sich in der Toilette übergeben musste.

„Mein Gott, ist Dir schlecht, kann ich Dir helfen?" fragte sie Emma besorgt.

„Ach nein", lächelte die, „mach Dir keine Sorgen, ich bin nur schwanger!"

„Ist das wahr, das ist ja großartig! Weiß es Max schon?"

„Natürlich", strahlte Emma, „ich hab's ihm gleich gesagt als meine Periode ausgeblieben ist!"

„Aber dann solltest Du Dich nicht mehr so anstrengen hier in der Küche. Soll ich mit der Arbeit im Laden aufhören und Dich hier ersetzen bis das Kleine da ist?" bot Gretel an, immer bereit zu helfen.

„Ach nein danke, Elisabeth hat gesagt, ich kann ruhig weitermachen, ich soll halt nichts Schweres mehr heben", war Emmas Antwort.

Als es so weit war und die Wehen begannen, wurde die Hebamme geholt und Emmas Schwester, besagte Elisabeth, war auch da zum Helfen. Max und Wilhelm hatten gerade ein Kalb geschlachtet, waren aber zu nervös um weiterzumachen und hingen es geschwind in den Kühlraum. Max war verständlicherweise entsetzlich aufgeregt und besorgt um Mutter und Kind und auch Wilhelm war zappelig, obwohl er ja eigentlich an Geburten gewöhnt sein sollte.

Wie zu der Zeit üblich, fand diese zu Hause statt und ein Arzt oder das Krankenhaus wurden nur bei Komplikationen bemüht.

Beide taten nun was halt Männer in solch einer Situation tun. Helfen konnten sie nicht, sie störten nur, und so setzten sie sich zu einem Glas Bier an den Stammtisch und versuchten aus den Geräuschen von oben zu erraten, was dort vor sich ging.

Plötzlich hob Maximilian den Arm und rief: „Habt Ihr das gehört, da schreit doch ein kleines Kind!" und nichts konnte ihn mehr halten. Er stürmte die Treppe hinauf, riss die Tür auf und fand sich in einem Raum wieder, voll mit aufgeregten, lächelnden Frauen und einem kreischenden roten Winzling in einer Decke.

Emma strahlte ihn müde an: „Willst Du sie mal halten, unsere Kleine?" Maximilian nahm das Bündel vorsichtig in den Arm und scherzte: „Schaut nur, wie es das Mäulchen bewegt, das kann doch nur ein Mädchen sein", beugte sich zu seiner Frau hinunter und gab ihr einen großen Schmatz, „Gut gemacht, Emma! Alles in Ordnung?"

„Natürlich, alles wie es sich gehört!" lächelte die.

Dann stürzte Maximilian wieder hinunter: „Großvater, das musst Du sehen, Du hast eine Enkeltochter! Und für alle hier gibt's Freibier!" Wilhelm grinste, erhob sich und stieß mit den Anwesenden an: „Auf die Kleine!"

„Auf die Kleine!" schallte es zurück und jeder nahm einen kräftigen Schluck während Wilhelm langsam die Treppe hinauf stieg um nach Emma zu sehen. Dabei betete er still vor sich hin: ‚Danke, lieber Gott, dass Du mein Kind bei der Geburt beschützt hast und danke für die kleine Enkelin!' und betrat den Raum voll mit Töchtern, Stiefenkelinnen und der neuen Enkeltochter. Ruhig begrüßte er alle und wandte sich dann den beiden Hauptpersonen zu:

„Wie geht's der jungen Mutter?" Emma hatte Tränen der Freude in den Augen, küsste ihren Vater und gab ihm ihre Tochter in den Arm.

„Na, wie soll sie denn heißen?" fragte Wilhelm mit einem Lächeln.

„Max und ich haben uns Dorothea ausgesucht wenn es ein Mädchen wird."

„Ich freu' mich schon auf die Taufe", sagte Elisabeth praktisch.

Die Taufe der kleinen Dorothea Bergmeister fand einige Tage später im Anschluss an die Sonntagsmesse statt. Als Emma mit ihr in die Kirche trat, flüsterte Gretel Wilhelm zu:

„Großvater, ist es nicht toll, dass wir wieder mal Gott für ein schönes Ereignis danken können?"

„Ja", lächelte der, „nach all den traurigen Anlässen ist es wieder einmal schön, etwas Freudiges zu feiern" und nickte den gratulierenden Gemeindemitgliedern zu.

Nur Frau Luder konnte es sich wieder einmal nicht verkneifen ihrer Tochter zuzuflüstern:

„Wer wohl diesmal der Vater ist?" und beide hatten höllischen Spaß miteinander.

Rosa, die diese Frechheit wohl hörte, litt fürchterlich und zum hundertsten Male bat sie den Herrn um Erlösung von ihrem Leid. Edith, ganz die Mutter, lies es sich nicht nehmen laut, unter Zuhilfenahme ihrer Finger, die Monate zu zählen, die seit der Hochzeit von Maximilian und Emma vergangen waren und Gretel dachte bei sich: ‚Dumme Gans, seitdem sind über 10 Monate vergangen, da nimmst Du am besten noch deine Fußzehen dazu!'

Das Jahr 1920 brach an. Gretel hatte Spaß an ihrer Arbeit, noch mehr aber an der neuen Mode: Kurze Kleider, schicke Schuhe und einen Bubikopf.

Ihre Schwester Anna war nun acht Jahre alt und ein fröhliches Kind. Allerdings machte sich Gretel Sorgen um ihre Mutter. Die magerte zusehends ab, war bleich und immer traurig. Sie beobachtete auch, wie die Leute ihr nachsahen und tuschelten und wenn sie ihr begegneten, wichen sie ihrem Blick aus. Es war seltsam. Natürlich, in Überauen kannte Jeder Jeden und Jeder wusste alles über Jeden. Aber was wussten sie über die Mutter? Wie konnte sie ahnen welche Bürde Rosa zu tragen hatte und unter der sie zusammenzubrechen drohte? Von Tag zu Tag schwand Rosas Kraft ihr Leben zu ertragen.

11. FAMILIENTRAGÖDIE

An einem grauen kalten Wintermorgen stand Rosa Geyer auf und zog sich an. Dann ging sie heimlich aus ihrem Schlafzimmer, starrte in den Hof und betete lautlos: „Heilige Maria, Mutter Gottes, bete für mich arme Sünderin jetzt und in der Stunde meines Todes, Amen!" ‚Ich bin am Ende meiner Kraft. Unsere Ehe ist eine Farce, Franz hat Frieda geheiratet, die Nachbarn tuscheln über Anna und ganz Überauen sieht mich schief an. Ich habe mich entschieden, die Welt von mir zu befreien und meinen Frieden zu finden. Ich weiß, es ist eine Todsünde, aber ich kann nicht mehr'.

Ohne jemandem zu begegnen ging sie hinunter in den Nebel verhangenen Hof und schlich in ihrem verzweiflungsvollen Gram in die Remise. Im Stall hielt sie an, weggetreten wie in Trance, und nahm einen ledernen Geschirrriemen von der Wand. Sie befestigte ein Ende an einem eisernen Ring, an dem die Pferde sonst angebunden wurden, kletterte auf die steinerne Futterkrippe, warf das andere Ende über einen Balken und band es fest um ihren Hals. Rosa überlegte sich noch einmal, ‚Soll ich es wirklich tun?' Ein eisiger Schauer ging durch ihren Körper. Die Tränen liefen ihr über die Wangen, sie betete noch ein letztes Mal: „Gott, beschütze meine Kinder und sei meiner armen Seele gnädig!" Sie machte einen Schritt vorwärts und schlitterte in die Ewigkeit.

So endete das arme Leben der Rosa Geyer, geborene Schmitt, einsam in einer Remise, in der nur das gelegentliche Schnauben und Stampfen der beiden Pferde zu hören war.

Als Wilhelm aus seinem Schafzimmer neben der Küche kam und diese kalt und leer vorfand, ahnte er dass etwas vorgefallen sein musste. Er ging hinauf und klopfte an die Schlafzimmertür des Ehepaars Geyer und aus dem Joseph verschlafen rief, „Rosa ist schon hinuntergegangen." Wilhelms Herz stand kurz still. Er ahnte Schlimmes.

„Bleib' mit den Mädchen oben bis ich rufe, ich schau' nach ihr," und machte sich auf die Suche. Die Remise war einer der letzten Orte die ihm einfielen und als er dort eintrat, erstarrte er vor der grausigen Szene. „Oh, mein Gott, Heilige Maria, Mutter Gottes, meine Rosa, was hast du getan!" Dann nahm er aber doch schnell ein Messer, stieg auf die Krippe und durchschnitt den Riemen, sodass der leblose Körper auf den Boden fiel. Aber er erkannte jedoch gleich, dass er zu spät gekommen war, seine Rosa war tot. Er ging hinaus und überbrachte Joseph, Maximilian und Emma die schreckliche Nachricht, dass sich Rosa das Leben genommen hat. Dann trommelte er alle zu einem Familienrat in der Küche zusammen.

„Wir müssen das der Polizei melden, Max, mach' das bitte und sag' denen gleich, sie sollen kein Aufsehen machen. Dann holst Du noch den Doktor für den Totenschein, der ist verschwiegen, das weiß ich, und wenn die Leiche freigegeben ist, sagst Du dem Beerdigungsinstitut Bescheid."

Joseph saß zitternd vor Trauer und Entsetzen da und murmelte: „Mein Gott, was sag' ich denn bloß den Kindern. Ich kann ihnen doch nicht sagen, dass sie sich erhängt hat, und wieso!" Emma nickte traurig, „Du hast recht, Joseph, das geht nicht, sie würden es nicht verstehen. Ich wünschte, ich hätte ihren Kummer ernster genommen."

„Vielleicht sollte ich ihnen sagen, dass Rosa an Tuberkulose gestorben ist. Die Wahrheit würden sie sowieso nicht begreifen." Wilhelm sagte schließlich: „Warum muss ich so viele überleben, ich kann bald nicht mehr. Sicher können wir den Kindern die Wahrheit nicht sagen, sie werden sie schon früh genug erfahren. Jetzt erzählen wir ihnen und allen die fragen, sie sei an Auszehrung gestorben. Sie war ja in letzter Zeit auch nur noch ein Schatten ihrer selbst."

Während Wilhelm neben der Leiche auf Polizei und Arzt wartete, schleppte sich Joseph hinauf zu den Kindern.

„Was ist denn da drunten los, warum müssen wir hier oben bleiben? Wir sind ja schon viel zu spät dran", rief Gretel aufgeregt. Beim Anblick der beiden Kinder wurde Joseph von all den, über Jahre angestauten, Emotionen so überwältigt, dass er nur stammeln konnte:

„Kinder, Eure liebe Mutter ist tot." Anna und Gretel erstarrten über die plötzliche Nachricht.

„Aber wir haben doch noch gestern mit ihr im Garten geschort. Das kann doch nicht sein", weinte Gretel und klammerte sich an ihren Vater.

„Warum ist sie denn gestorben, ist sie jetzt im Himmel?" fragte die achtjährige Anna, die das Ganze nicht begreifen konnte.

‚Ich weiß, es ist eine Lüge aber zum Besten für die Kinder', sagte sich Joseph und antwortete:

„Eure arme Mutter war in letzter Zeit sehr krank, sie ist an Auszehrung gestorben, und ja, Anna, sie ist sicher schon im Himmel und wird von dort über Euch wachen." Die Beiden waren so geschockt über die ungeheure Nachricht, dass sie nicht weiter fragten.

Drunten war bereits zwischen Amtsarzt und Polizei geregelt, dass es sich um Selbsttötung handelte und keine weitere Untersuchung notwendig war. Der Bestatter war ebenfalls, da um die Leiche abzuholen und Wilhelm beschwor alle, diese Tatsache zunächst für sich zu behalten. Vor allem durfte Pfarrer Weible nichts davon wissen, schließlich verbot die katholische Kirche zu dieser Zeit noch die kirchliche Bestattung von Selbstmördern. Er würde es schon noch früh genug erfahren.

Die Totenmesse fand einige Tage später statt und wie immer bei solchen Anlässen hatte sich ganz Überauen versammelt. Pfarrer Weible, wahrscheinlich wohl wissend wie Rosa zu Tode gekommen war, wies besonders auf die Gnade Gottes hin, die uns armen Sündern zuteil werde und Herr Jorg zog im wahrsten Sinne des Wortes alle Register seiner Orgel beim „Dies Irae". Gretel, die Hand in Hand mit Anna und ihrem Vater in der ersten Bank saß, betete voll Inbrunst für ihre Mutter, während ihr die Tränen herunterliefen.

Der blumengeschmückte Sarg wurde hinausgetragen, auf eine pferdegezogene Trauerlafette gehoben und dann ging der Leichenzug unter Führung des Pfarrers, über das Kopfsteinpflaster hinauf zum Gerstenfelder Tor. Hinter dem Sarg kam die Familie Rossfeld, allen voran Joseph mit den Kindern. Es war ein Anblick zum Steinerweichen, sodass selbst die übelsten Schwatzbasen verstummten und ein kleines Gebet für die so traurig Dahingeschiedene fanden. Gretel kam wieder alles vor wie ein Traum. Der Sarg, die Menge der Trauernden, die Gasse und die Fachwerkhäuser rechts und links, alles schien nicht surreal, fast wie ein Gemälde.

Schließlich erreichte man den Friedhof, der direkt hinter dem Stadttor außerhalb der mittelalterlichen Stadtmauer lag. Dort gähnte wieder einmal offen das Familiengrab der Rossfelds.

Während der Sarg hinuntergelassen wurde, stand Franz mit seiner Frau Frieda neben dem Grab. ‚Meine Rosa ist tot und ich konnte es nicht verhindern. Ach, ich habe es mit meiner Heirat erst noch schlimmer gemacht. Mein Gott, vergib uns unsere Sünden, aber unsere Liebe war doch so groß! Ich muss jetzt stark sein, auf keinen Fall darf das meine Ehe belasten, Gott gib mir Kraft!' Und um Kraft betete auch Wilhelm, der eins nach dem anderen seiner Kinder begrub und selbst doch weiterleben musste.

Zurück im Goldenen Ritter stand Gretel am Fenster und schaute mit tränenverhangenen Augen hinaus. Nichts hatte sich verändert, da ist die Brunnengasse und gegenüber das Rathaus, in dem sich Frau Luder von ihrem kurzen Mitgefühl erholt hatte und sich wieder das Maul über Rosa zerriss. Ja, Überauen war wie immer und doch hatte sich etwas Bedeutendes geändert – sie selbst. Sie war erwachsen geworden!

Die Zeit heilt die Wunden, so sagt man, aber manche Wunden heilen langsam, manche auch nie. Doch das Leben musste weitergehen, jeder hatte auf seinem Platz seine Pflichten zu erfüllen. Noch etwas hatte sich verändert. Das Gewisper hinter dem Rücken von Joseph und den Kindern hatte aufgehört, keine schiefen Blicke, keine spitzen Andeutungen mehr, sondern Mitleid und Sympathie. So trug Rosa in ihrem Tod doch noch einen Sieg davon.

Fussnote: Geschichte der Familie Forner—Rosas Tod
Siehe Hinweise auf Seite 212.

12. INFLATION

Gretels Leben in Überauen nahm nach Rosas plötzlichem Tod wieder seinen gewohnten Gang, obwohl die Doppelbelastung mit Kolonialwarenladen und Goldener Ritter nicht einfach zu bewältigen war. Ihr Vater zog sich immer mehr in sich zurück und es war schwer für sie noch an ihn heranzukommen.

In dieser Periode ihres Lebens, Anfang der 1920er Jahre, wurde das Leben in Deutschland immer schwieriger. Im Vertrag von Versailles, eher einem Diktat der Alliierten nach Ende des Kriegs, hatte sich Deutschland zu ungeheuren Reparationszahlungen vor allem an Frankreich, verpflichtet. Um dieser Verpflichtung nachzukommen, musste sich Deutschland von den USA große Mengen Geld leihen.

Diese Schulden führten schließlich im Jahr 1923 zu einer immer schneller wachsenden Entwertung der Mark gegenüber dem US $.

Zu dieser Zeit saß wie üblich am Abend eine Gruppe von Männern am Stammtisch im Goldenen Ritter beim Bier zusammen, und wie ebenfalls üblich, ging es um die Arbeit, Wer mit Wem und anderern Klatsch und natürlich um die große Politik. Wilhelm Rossfeld ergriff das Wort und beschrieb die Lage: „Seit wir den Krieg verloren haben, hat sich eine Riesenschuld bei uns aufgetürmt, die uns noch ins Elend stürzt. Wie sollen wir denn das viele Geld aufbringen? Es ist nicht gerecht, unser Geld wird von Tag zu Tag weniger wert." „Tja," sagte Herr Jorg, „das nennt man Inflation! Diese Woche hab' ich einen 50.000.000 Mark Schein gesehen. Unser Geld ist langsam nicht mehr einmal das Papier wert, auf das es gedruckt ist! Wie das weitergehen soll, ist mir schleierhaft."

„Georg Pucher hat gesagt, was wir brauchen ist ein Führer, der stark genug ist den Alliierten Paroli zu bieten und den Unfug der Reparationszahlungen zu beenden!" rief Herr Meyer. Max dachte bei sich: ‚Mir ist völlig egal, was dieses Arschloch von Pucher daherredet, der hat doch von nichts eine Ahnung!' Aber irgendwie hatte er das Gefühl, dass diese nationalistische Gesinnung um sich greifen und die Lage nur noch verschlimmern würde. Natürlich waren sich alle einig, dass die Reparationen Deutschland in den Bankrott treiben würden.

„Selbst die Kirchensteuer ist nicht mehr das, was sie mal war," warf Herr Jorg zu seinem Lieblingsthema ein, „es sind zwar Millionen, aber man kriegt nichts mehr dafür!"

„Wir kommen ja langsam immer mehr zur Tauschwirtschaft, Kohle gegen Brot, Nähen gegen Butter, aber wie bezahlt man Strom und Wasser?" jammerte Herr Meyer.

„Richtig", bestätigte Wilhelm, „seit Wochen tausch' ich Fleisch und Wurst gegen andere Lebensmittel ein, das kann doch so nicht weitergehen." So schlug die Idee des Nationalsozialismus Wurzeln in der deutschen Bevölkerung.

Auf dem Höhepunkt der Inflation war ein US $ sage und schreibe 4,2 Billionen Mark wert, eine Zahl, die das Fassungsvermögen der Leute überstieg – eine Zahl mit 12 Nullen! Zu diesem Zeitpunkt entschloss sich die Regierung zu drastischen Maßnahmen, führte die Rentenmark ein und strich die zwölf Nullen von den Banknoten. Die Lage stabilisierte sich und die Goldenen Zwanziger Jahre konnten beginnen.

13. BABY RUDOLF, 1923

Gretel war nun eine hübsche und beliebte 20-jährige junge Frau und man kannte sie aus dem Kolonialwarenladen, dem Goldenen Ritter und als lebenslustige Tänzerin und Schauspielerin im Festsaal draußen vor dem Stadttor.

Seit Rosas Tod war einiges geschehen. Man war glücklich durch die katastrophale Inflationszeit gekommen. Gretel arbeitete tagsüber im Kolonialladen und abends in der Gastwirtschaft. Anna ging zur Schule und half danach in Küche und Metzgereiladen aus. Fritz Rossfeld, der Bruder Emmas und Jugendfreund Gretels, hatte eine Maria Barbara geheiratet und war nach Schrumpfelbach gezogen. Und Emma und Max erwarteten ein zweites Kind. Am Tag vor Silvester kam es zur Welt.

„Es ist ein Junge!" rief Max den Anwesenden am Stammtisch zu, stiftete das obligate Freibier und man ließ den neuen Erdenbürger das ein und andere Mal hochleben.

„Das ist doch eine gute Nachricht", lachte Herr Meyer, „jetzt haben Du und Wilhelm ja bald wieder einen Metzgerlehrling in der eigenen Familie!"

„Max, Emma, wie soll er denn heißen, der Kleine?" fragte Gretel die Beiden, „sicher nicht Klein Maximilian?"

„Ich denke wir nennen ihn Rudolf, nicht wahr, Max?" sagte Emma. Der lachte: „Rudolf Bergmeister, das klingt gut! Mit dem Namen wird er sicher so groß und stark wie sein Vater", und spannte seine muskulösen Arme.

Ein paar Monate später kam frohe Nachricht aus Friedberg in Hessen, wo Frieda und Franz Baumfeller inzwischen wohnten. Ihr Sohn Christoph war geboren. Wilhelm war sehr bewegt über diese Nachrichten und wurde melancholisch. Immer, wenn er an Frieda und vor allem Franz dachte, fiel ihm die arme Rosa wieder ein und deren dramatisches Schicksal. ‚Wie ich sie da in der Remise hängen sah! Das geht es mir einfach nicht mehr aus dem Sinn'. Gretel war in die Kirche gegangen, um dort allein Gott für die glückliche Geburt von Rudolf und Christoph zu danken.

„Mutter Maria, St. Bernadette, bittet bei Gott für die Kleinen. Lasst sie gesund aufwachsen und zu anständigen Männern werden", und das leere Gotteshaus erweckte in ihr Erinnerungen an die Taufen, Hochzeiten und Beerdigungen im Kreis der Familie, die sie hier erlebt hatte. ‚Und du Mama, bist immer in meinen Gedanken'.

Dann ging sie hinaus auf den Platz, auf dem sie mit Friedrich zusammen an Weihnachten Würstchen gebraten und verkauft hatte. Als sie sich an den Spaß erinnerte, den sie miteinander gehabt hatten, musste sie unwillkürlich lächeln und dachte auch an den Vorfall bei der Taufe des kleinen Rudolf vor ein paar Monaten.

Der Rossfeldclan war inzwischen so groß geworden, dass er bei der Taufzeremonie mehrere Bänke in der Kirche besetzte. Hinter ihnen drängelte sich wie immer Edith Luder mit Freundin vor.

„Schau Dir bloß diese Gretel Geyer an," flüsterte sie hörbar, „wie die sich aufspielt, als wäre sie was Besseres und nicht die Tochter einer...." Der Schluss war vorn nicht zu hören, nur die Reaktion der Freundin, die entsetzt tat: „Mein Gott Edith, sowas sagt man doch nicht in einem Gotteshaus!"

Draußen vor der Kirche wurde dann der kleine Rudolf bewundert und Freunde, Bekannte und Nachbarn gratulierten den Eltern und Verwandten und wünschten dem Kind alles Gute. Natürlich hatte sich auch Edith bei den Gratulanten angestellt. Als sie an der Reihe war, lächelte sie süß: „Herzlichen Glückwunsch, Herr Bergmeister, es freut mich ja so für Sie und Ihre Frau." Beide dankten gutmütig, obwohl sie wussten, dass die Wünsche nicht von Herzen kamen. Mit kühlem Lächeln ging sie weiter, um dem Rest der Familie ebenfalls zu gratulieren.

Als sie bei Fritz Rossfeld angekommen war, hörte sie voll Freude, wie Georg Pucher diesem ins Ohr flüsterte: „He, Fritz, ist dieses Kind wenigstens legitim?" Dieser funkelte ihn an: „Sei Du bloß froh, dass so viele Leute hier sind, sonst würd' ich dir die Fresse polieren, du Arsch mit Ohren! Mach Dich vom Acker, aber dalli!" ‚Was für ein Schwein, der mitgeholfen hat, Rosa in den Tod zu treiben. Noch ein Wort von ihm und ich vergess' mich'. Georg war klug genug zu wissen, dass er gegen Fritz nicht den Hauch einer Chance hatte und machte schnell mit der Gratulationstour weiter, als sei nichts geschehen. Aber da täuschte er sich, in Überauen kannte Jeder Jeden und wusste Jeder alles von Jedem und Georg war als Stinkstiefel stadtbekannt. Später dann versammelten sich die Rossfelds im Goldenen Ritter, wo Rosine, Gretel und Anna bereits das Festessen zubereitet hatten.

„Gott sei Dank hab' ich denen das Kochen beigebracht", scherzte Fritz.

„Stimmt, ich hab' ihnen jeden Handgriff beibringen müssen", behauptete Siegfried Kiefer.

„Das würd' Euch so passen!" lachte Gretel und verfolgte die Beiden mit einem nassen Spüllumpen als Waffe, wie sie es als Kinder oft gemacht hatten.

14. EIN STAR WIRD GEBOREN, 1926

Im Tanzsaal, dem kulturellen Zentrum Überauens, fanden außer Tanzveranstaltungen regelmäßig auch Theateraufführungen statt. Die Schauspieltruppe bestand aus Laien mit mehr Leidenschaft als Talent fürs Theater. Gretel gehörte dazu und sie war nicht nur hübsch, sondern auch talentiert und nach der erfolgreichen Aufführung eines Heimatstücks titelte die Zeitung über sie: „Ein Stern ging auf am Überauener Theaterhimmel!" Das konnte einen ja schon zum Träumen anregen.

Gretel und ihre Freundin Fastnachts Betti waren noch immer ledig und große Fans des aufstrebenden Films. Schließlich brachten sie Großvater Wilhelm dazu, ihnen Fahrt und Eintrittskarten für eine Vorstellung von Fritz Langs „Metropolis" in Würzburg zu spendieren.

„Selten hab' ich so was Interessantes erlebt", sagte Betti, als sie wieder im Zug zurück nach Überauen saßen.

„Ja, ich auch. Es ist doch schön sich mal zum Ausgehen zurecht zu machen. Bei den Filmen mag ich aber am Liebsten was Romantisches aus der großen Welt mit ein paar tollen Männern." Beide kicherten und hatten ihren Spaß und als der Zug im Bahnhof einfuhr, schaute Gretel aus dem Fenster und dachte bei sich: ‚Trotzdem bin ich gern hier in Überauen. Es ist zwar alles ein bisschen provinziell, aber ich bin daheim'.

Davon zu träumen, ein Filmstar zu werden, war das Eine, viel realer aber war der Saal, in dem man sich zum Tanzen und Flirten treffen konnte. Am liebsten tanzte sie dort „Charleston" und „Black Bottom". So auch an dem Abend als Ernst Waldberger auftauchte und mit ihm seine neueste Errungenschaft, ein nagelneuer Ford Model A – zwar nicht gerade ein Mercedes Benz, aber immerhin eine Sensation.

„Hallo Mädels, kommt raus! Habt ihr schon mein neues Auto gesehen?", rief er ganz aufgeregt.

„Ach Gott, ein Ford! Georg Pucher hat einen Mercedes!" neckte ihn Rosine.

„Na ja, sein Vater ist auch reich und mit seinem Gesicht braucht er eben schon einen Mercedes um Eindruck zu schinden", lachte Ernst.

Die Mädchen belagerten seinen Ford, denn keine interessierte sich ernsthaft für Georg, aber man konnte ihn immer wieder gebrauchen um über jemanden zu lästern. Schließlich machte man auch ein Foto von dem Großereignis.

Links außen Gretel, Dritte von links Anna, 1926

„Auf geht's, alle rein zur Probefahrt!" rief Ernst. Die Mädchen versuchten nun sich in das Fahrzeug zu quetschen, aber es war nicht genügend Platz für alle. So teilte Ernst die Gruppe auf und ab ging die erste Fuhre durchs Gerstenfelder Tor, hinauf zum Marktplatz und zurück.

„Nächste Fuhre!" rief Ernst, der sich dem Ansturm der Interessentinnen kaum erwehren konnte. Am Ende der letzten Fahrt sah er plötzlich Edith Luder auf sich zu kommen. Bloß die nicht, dachte er, ich tu' jetzt so als wollte ich tanzen.

Aber Edith durchschaute ihn sofort. ‚Was will er mit der dummen Gans Gretel Geyer? Die glaubt wohl, nur weil sie hier rumschauspielert und mal ihr Name im Überauener Käseblättchen stand, sei sie schon eine

Berühmtheit. Der Ernst traut sich ja nicht einmal, mir in die Augen zu schauen, der kann sich einsalzen lassen mit seinem kümmerlichen Ford, da halt ich mich doch lieber an Georg und seine Freunde. Mit denen macht es mehr Spaß als mit diesen Landpomeranzen.' An der Gruppe vorbei schwänzelte sie zurück und wackelte dabei mit ihrem Hintern um besonders sexy zu wirken.

Alle grinsten: „Habt ihr gesehen, wie Edith ihren Allerwertesten schwenkt?"

„Na, den Blödmann möcht' ich sehen, der auf die reinfällt", rief Anna und hatte das Gelächter auf ihrer Seite. Am nächsten Nachmittag war es an Gretel aufgezogen zu werden.

„Wo wart ihr denn gestern Abend?" lächelte Emma, „aus mit den Jungs?" Anna und Emma amüsierten sich köstlich über Gretel, die ein Gesicht schnitt und die kleine Dorothea stand dabei und wunderte sich über die Erwachsenen.

„Was für Jungs?" rief Max vom Stammtisch herüber, „Nichts da, die Gretel wird im Schuppen aufbewahrt bis sie 50 ist!" und während sie den Stammtisch mit Bier und Ochsenschwanzsuppe versorgte, musste sich Gretel noch manch neckisches Gerede anhören.

‚Ja', dachte sie, ‚wenn das so weitergeht, bin ich bald 50 und immer noch ledig'.

15. GRETEL BEGEGNET OTTO, 1926

Wieder läuteten die Kirchenglocken, aber erneut nicht für Gretel. Immer das Gleiche: Geschenk aussuchen, sich fein machen, den kurzen Weg zur Kirche, mit Wilhelm und den anderen zusammen so weit nach vorn wie möglich, Nachbarn und Bekannte grüßen, Jorg Junior an der Orgel präludieren hören und auf die Braut warten.

Diesmal war es aber etwas anders, denn der Bräutigam war niemand anders, als ihr alter Freund Waldbergers Ernst, der da vorne auf seine Braut wartete. In ihrem Herzen war ihr klar, dass er nicht der Richtige für sie gewesen wäre und dass auch er es wusste. Aber wer war der Richtige? Die Zeit verging und sie wurde nicht jünger. Soll ich vielleicht enden wie die Blumentritt Schwestern? Sich immer nur für die anderen freuen? Aber sie zwang sich doch ein Lächeln für Ernst ab.

Eines Nachmittags stand sie zusammen mit Anna im Laden. Da gerade keine Kundschaft da war, konnten sie ungestört miteinander reden.

„Ich weiß nicht, was ich falsch mache, Anna. Schon den ganzen Tag über muss ich daran denken, dass ich jetzt bald 22 bin und weit und breit kein Freund, geschweige denn ein ernsthafter Verehrer in Sicht. Ich werd' noch als alte Jungfer enden!"

„Das ist man offiziell erst ab 35", scherzte Anna altklug.

„Ja, aber alle Mädchen, die ich kenne, und die schon vor der Hochzeit intim waren, sind inzwischen verheiratet. Vielleicht sollte ich einfach nicht so verklemmt und prüde sein?" meinte Gretel und begab sich damit auf heikles Terrain.

„Oh, das ist aber nichts für meine zarten Ohren", kicherte Anna und hielt sich diese dramatisch zu, „du weißt doch, damit muss man sehr vorsichtig sein, jedenfalls bläuen mir das Emma und Opa Wilhelm immer wieder ein. Auf keinen Fall vor der Ehe!"

„Ja ja, ich weiß", resignierte Gretel.

In dem Moment kam Edeltraut herein um koscheres Fleisch und Wurst zu kaufen.

„Edeltraut, Gretel hat Angst, eine alte Jungfer zu werden!" platzte Anna heraus. Alle lachten und das Gespräch kam einmal wieder auf Edith Luder, die immer für irgendwelche Klatschgeschichten gut war. Nachdem sie alles durchgehechelt hatten, trennte man sich in bester Stimmung.

Am Abend, nach der Arbeit im Kolonialwarenladen und im Goldenen Ritter, stieg Gretel müde die Treppe zu ihrem Zimmer hinauf und schaute dort aus dem Fenster. Alles war wie immer, die Brunnengasse, das Rathaus gegenüber, der Marktplatz, nichts änderte sich. ‚Und hier bin ich, 22 Jahre alt und versaure. Gut, ich habe Großvater, Emma, Max, Anna und die anderen und bin versorgt, aber was kann ich denn noch erwarten?' Eine tiefe Depression erfasste sie plötzlich und sie tat etwas für sie sehr ungewöhnliches. Sie setzte sich auf ihr Bett und weinte.

Aber wie würde Anna, die Spezialistin für alltägliche Weisheiten sagen: Wenn Du denkst es geht nichts mehr, kommt von irgendwo ein Lichtlein her.

Ein paar Tage später kam Gretel von der Arbeit heim, zog sich einen sauberen Schurz an und fragte Emma, was anstehen würde.

„In der Wirtschaft sitzt eine Gruppe lauter, aufgekratzter Männer beim Bier, ich bin sicher, die brauchen jetzt was zu essen. Geh' mal rein und frag' sie," lachte Emma, „wir können das Geld brauchen und sie sind alle jung und nicht von hier," sagte sie noch bedeutungsvoll. Gretel schmunzelte ebenfalls und ging in den Schankraum hinüber.

Mit einem Blick erfasste sie die Gesellschaft, deren Mitglieder tranken, rauchten und sich laut unterhielten – sehr zur Freude des kleinen Rudolf, der zwischen ihnen herumwimmelte und die Fremden aus großen Augen anstaunte.

„So, meine Herren, unser Tagesessen heute ist Tafelspitz mit Gemüse, Petersilienkartoffeln und Meerrettichsoße. Sie können aber auch von der Tageskarte bestellen."

Die Männer verstummten und starrten sie an. Sie war das durchaus gewohnt, diesmal aber machte sie das doch etwas unsicher und verlegen. Dazu kam noch, dass Rudolf sich hinter ihren Beinen versteckte und verschämt dazwischen vor lugte. Aber Gretel war ja kein zartes Pflänzchen und einiges von den Gästen gewohnt. Sie blieb deshalb ruhig, den Block in der Hand, vor ihnen stehen und wartete.

Endlich sagte einer der Burschen: „Also ich nehme das Tagesgericht, das klingt gut, und noch ein Bier bitte." Das machte Schule und alle bestellten das Gleiche. Gretel bedankte sich, ging zurück in die Küche, von wo man den sich wieder anhebenden Lärm der Gäste hören konnte und fühlte sich plötzlich eigenartig munter und beschwingt.

Gretel in Tracht

Gretel und Anna brachten das Essen herein und der Lärm verwandelte sich in gefräßige Stille. Max und Wilhelm kamen nun, müde von der Arbeit, aber in guter Stimmung, herein und setzten sich an den Stammtisch, der sich nach und nach mit den üblichen Teilnehmern füllte. Nach dem Essen wurden die Gespräche bei Bier und Tabak wieder aufgenommen und bald unterhielt man sich auch von Tisch zu Tisch. Wilhelm und Max waren Geschäftsleute, die wussten, was zahlende Gäste wert sind und wie wichtig es war, eine vertrauliche Atmosphäre zu schaffen, damit sie wiederkamen.

„Was bringt uns denn die Ehre Eures Besuchs?" fragte Wilhelm leutselig.

„Wir arbeiten für eine Stuttgarter Firma und wollen die umliegenden Dörfer mit Strom versorgen. Dazu müssen wir Masten setzen und Leitungen ziehen," antwortete einer.

„Wirklich? Das hört man gern, dann geht's ja aufwärts mit uns!" Alle lachten und stießen auf die leuchtende Zukunft an.

„Wie lange bleibt ihr denn hier?" wollte Wilhelm wissen. Gretel und Emma in der Küche hielten den Atem an. Einer namens Wolfgang antwortete: „Hm, sicher ein paar Monate, je nachdem, wie die Nachfrage ist, vielleicht auch ein paar Jahre. Der Bedarf ist ja riesengroß und hier lässt es sich aushalten", wobei er auf die leergegessenen Teller blickte. In der Küche wurde diese Aussage mit einem kleinen Freudentanz gefeiert.

„Stellt Euch vor", kicherte Anna, „da können wir gutes Geld verdienen und ein paar von den Burschen sehen gar nicht schlecht aus." Und man spitzte weiter die Ohren.

Wilhelm konnte sich nicht zurückhalten und fragte weiter: „Wo seid ihr denn untergekommen? Wir hätten da noch ein paar schöne und preiswerte Zimmer frei." Eigentlich waren zu der Zeit alle Zimmer leer.

„Mein Gott, wenn die hier blieben würden, das wär' ein Segen. Aber wir bräuchten frische Bettwäsche", meinte Emma, ganz Geschäftsfrau.

Einer namens Otto, ohne auf Wilhelms Frage einzugehen, erläuterte das Geschäftsmodell: „Also das Ganze funktioniert so. Das Überlandwerk verbrennt die Holzabfälle vom Sägewerk und erzeugt damit Dampf, der die Turbinen antreibt, die wiederum den Strom erzeugen. Der wird dann über die Leitungen, die wir bauen, in die Dörfer geleitet und dort auf die Höfe und Wohnhäuser verteilt." In der folgenden Stille dachten Wilhelm und Max darüber nach, was das für sie und ihr Geschäft bedeuten könnte.

„Aber wo wohnt ihr denn?" wollte Max dann doch wissen.

„In Wohnbaracken beim Bahnhof, neben dem Überlandwerk."

„Ah, ich weiß wo das ist, nicht schlecht", bemerkte Wilhelm um seine Enttäuschung etwas zu verbergen. Immerhin hatte das Essen alle so überzeugt, dass sie nun fast jeden Abend in den Goldenen Ritter kamen und mit der Zeit mit Allen dort vertrauten Umgang pflegten.

Eines Abends nun prahlte Otto Forner mit der Neuigkeit, dass er mit einigen der Leute und ein paar Stammtischbrüdern einen losen Verein gegründet habe, den sie „Ölbergbund" nannten.

Gretel bemerkte dazu nur trocken: „Na, da sind ja sicher die Schlimmsten beieinander, trotz des heiligen Namens!"

Wilhelm lachte nur: „Ihr seid mir so ein Verein. Eure Andachten feiert ihr wohl hier!" Alle lachten und das Bier floss weiter in Strömen.

Otto setzte noch einen drauf indem er rief: „Also ölen kann man ja vor allem auch die Kehlen!" So wurde es ein feuchtfröhlicher Abend mit einer gemütlichen Stimmung.

Der Ölbergbund: In der zweiten Reihe der Dritte von links ist Otto
Forner mit Zylinder. Schräg rechts unter ihm ist Anna Geyer

„Mit der Zeit entwickelte sich zwischen Otto und Gretel eine wachsende Vertrautheit. Man sah sie immer öfter zusammensitzen und spazieren gehen und wenn niemand zuschaute, wurden auch kleine Zärtlichkeiten ausgetauscht.

Eines Abends, Gretel schälte gerade die Kartoffeln für die Klöße, sagte sie beiläufi: „Emma, was meinst du zu Otto? Ich find' ihn nett und mag ihn gern."

„Klingt, als wäre alles in Ordnung", lachte die.

„Ich weiß, aber da sind so ein paar Dinge, über die ich mit Dir reden möchte. Wir sind kaum allein miteinander und ich kann mit ihm nicht über Intimes reden."

„Huch, was hör' ich denn da?" platzte Emma heraus und tat so als schnappe sie nach Luft.

„Hör auf, mich auf den Arm zu nehmen", lächelte Gretel. „Ich hatte Angst, eine alte Jungfer zu werden und nun bin ich ernsthaft verliebt!"

„Also Du bist nicht das erste Mädchen, das sich darüber Gedanken macht. Jedes Paar muss das für sich selbst entscheiden. Ich denke, Du solltest Otto vorschlagen, Euch zu verloben und am Besten gleich einen Heiratstermin festlegen. So zeigst Du, dass Du es ernst meinst und erfährst, ob er es auch tut."

„Aber sollte nicht der Mann den Antrag machen?" fuhr Gretel fort während sie den großen Kochtopf schrubbte, „Otto ist gebildet und macht sich sicher Gedanken, ob uns auch das Geld reichen würde."

Emma drehte sich nach ihr um: „Du machst mir Spaß! Wann war es das letzte Mal, dass ein Paar genügend Geld hatte um zu heiraten? Die Leute heiraten einfach und machen dann das Beste draus. Red' halt einfach mit Otto, dann wirst Du sehen, dass ich recht habe."

Otto und Gretel als Paar in eleganter Kleidung

Ein wenig später ging Gretel hinter ins Schlachthaus, um die Meinung der Männer zu ihrem Problem zu hören.

„Großvater, wie findest Du den Otto Forner?"

Wilhelm schwieg einen Augenblick um seine Gedanken zu sammeln und sagte dann: „Also, ich mag ihn. Warum? Bist Du in ihn verliebt?"

Bevor Gretel noch antworten konnte, platzte Maximilian heraus:

„Also wenn Du meine Meinung hören willst, ich find' ihn prima!"

„Könnt ihr Euch vorstellen, dass er ernsthaft an mir interessiert ist?" fragte sie.

Wilhelm war gerade dabei, sein Tagwerk zu beenden und während er seinen blutigen Schurz auszog, gab er Gretel den Rat: „Also, Du musst selbst wissen, ob Otto Dich genügend gern hat. Aber eines weiß ich, Männer fällen erst dann Entscheidungen, wenn es nicht mehr anders geht. Es würde nichts schaden, mit ihm ein Gespräch wie unter zwei Erwachsenen zu führen. Er ist kein Simpel und weiß, dass man nicht endlos nur Händchen halten kann. Entweder er sagt ja oder Du machst Schluss!" Wieder einmal verblüffte Gretel die Offenheit und Weltkenntnis ihres Großvaters und sie freute sich, dass er sie wie eine erwachsene Frau behandelte.

„Ich richte Euch gleich Euer Abendessen", sagte sie im Gehen und ging zurück in die Küche. Dort verkündete sie ihre Entscheidung Otto zu fragen, ob er sie heiraten würde und alle stellten sich, vor wie das wohl wäre, wenn ein kleines Mädchen vom Lande einem Mann aus der „Großen Stadt" Stuttgart einen Antrag macht. Als Gretel am Abend das entscheidende Gespräch mit Otto führte, wurde dieser immer ernster.

„Gretel, ich wollte schon lange mit Dir über eine Heirat reden, aber ich weiß nicht, ob das der richtige Augenblick ist. Wir haben kein Geld und ich muss bestimmt wieder zurück nach Stuttgart. Bist Du sicher, dass Du Überauen verlassen kannst?"

„Otto, das ist kein Problem", strahlte Gretel, „ich dachte mir, dass Du nach Stuttgart zurück willst. Ich fänd' das aufregend. Ob wir hier oder in Stuttgart sind, macht vom Geld her gesehen keinen Unterschied, wir kriegen das schon hin."

Otto wurde immer nervöser und angespannter bis er schließlich mit einer Entscheidung heraus platzte: „Wir können nicht heiraten bevor ich in Stuttgart fest etabliert bin!" Gretel war über die plötzliche Kälte von Otto wie vor den Kopf gestoßen und saß nur da und schaute ihn stumm an. ‚Auf was will er denn noch warten?' Dann stand sie aber ruhig vom Tisch auf, gab ihm einen lieben Kuss auf seine Wange und sagte hoffnungsvoll: „Wir müssen ja nichts übers Knie brechen. Lass uns morgen nochmal darüber reden", und ging aus der Gaststube. Emma, die alles mitbekommen hatte, schüttelte den Kopf, ‚Da findet sie endlich einen netten Mann, der zu ihr passt, und jetzt macht der sich aus dem Staub. Arme Gretel!'

Zurück in ihrem Zimmer schaute Gretel aus dem Fenster, was sie immer tat, wenn ihr irgendetwas durch den Kopf ging. Überauen lag still und unverändert vor ihr, aber morgen würde sich wieder alle Welt das Maul über sie zerreißen: „Habt ihr gehört, Otto hat mit Gretel Schluss gemacht!" Sie setzte sich auf ihr Bett und weinte herzzerreißend die Tränen einer verlassenen Geliebten. ‚Ja, Liebeskummer tut weh. Ich möchte das nicht noch einmal durchmachen. Am besten führe ich mein kleines Leben hier zwischen dem Kolonialwarenladen und dem Goldenen Ritter und lass‘ die anderen von ihren Familien erzählen. Alles, was ich haben werde, ist die Erinnerung an Otto, der Mann, der mich sitzen ließ‘. Dann weinte sie sich in einen unruhigen Schlaf. In den nächsten Tagen erschien Otto nicht zum Essen im Goldenen Ritter und auch die anderen waren zurückhaltender als sonst. Für Gretel war es eine Tortur sie zu bedienen, aber man war auf deren Geld angewiesen.

Schließlich, eine Woche später, teilte einer der Arbeiter mit, dass sie Überauen verlassen würden: „Also, Gretel, es war toll, wie ihr Euch um uns gekümmert habt, wir waren prima aufgehoben bei Euch, aber jetzt geht's zurück nach Stuttgart."

„Wir haben uns auch gefreut, danke für die Mitteilung. Bitte sagt Otto einen schönen Gruß von mir und kommt gut heim", sagte sie tapfer.

Als alle gegangen waren, räumte sie die leer gegessenen Teller und die Bierkrüge weg. ‚Das Leben ist doch komisch, da findest Du den richtigen Mann und auf einmal ist er weg. Ich könnte endlos weinen, aber was hilft's', dabei trug sie unter Tränen das schmutzige Geschirr in die Küche um es abzuwaschen.

Bevor Gretel die Küche erreichte, trocknete sie ihre Wangen mit der Schürze. „Die Arbeiter gehen zurück nach Stuttgart. Ich hab‘ ihnen gesagt, sie sollen Otto von mir grüßen. War das recht?" fragte Gretel.

Emma dachte kurz nach und sagte dann: „Ja, ich denke in einer Beziehung ist das Wichtigste ehrlich und aufrichtig zu sein. Was würde das bringen, die Kühle zu spielen und dann nie wieder was von Otto zu hören?"

„Danke, ich finde auch, dass es richtig war, ihm alles Gute zu wünschen, selbst wenn ich nichts mehr von ihm hören sollte", sagte Gretel, machte sich an den Abwasch und dachte dabei an die schöne Zeit mit Otto zurück.

Anna hatte aufmerksam zugehört und gab dann altklug ihre Meinung kund: „Sei nicht traurig Gretel, Du weißt ja was man sagt..."

Bevor sie ihren Spruch beenden konnte, fiel Max, der bisher stumm den Frauen zugehört hatte, ein: „Wenn etwas schiefgehen kann, dann geht es auch schief."

Alle lachten, worauf Anna ihre Weisheit zu Ende brachte: „Nein, nein, ich wollte sagen, andere Mütter haben auch schicke Söhne!" ,Ja', dachte Gretel, ,aber nicht in Überauen.'

Von nun an ging Gretel jedes Mal, wenn sie von der Arbeit kam, sofort zum Küchentisch, der auch als Ablage diente, um die Post nach einem Brief aus Stuttgart durchzusehen, aber es kam nichts. So ging es Monate lang und sie versuchte, wieder in ihr altes Leben zurückzufinden. Da inzwischen jeder wusste, dass die Zeit mit Otto vorbei war, mangelte es nicht an Männern, die an ihr interessiert waren. Sie kamen in den Goldenen Ritter, um mit ihr Kontakt aufzunehmen, aber Gretel war erfahren genug zu wissen, was sie eigentlich nur wollten und behandelte sie höflich, aber kühl.

Als Anna einmal beobachtete, wie ein junger Mann Gretel in der Gaststube den Hof machte, fragte sie ihren Großvater: „Opa, warum denkst Du, dass Gretel nicht an dem jungen Mann vom Holzlager interessiert ist? Der sieht doch richtig nett aus!"

„Ich weiß, ich find' ihn auch in Ordnung, aber sie kann einfach ihren Otto nicht vergessen. Ich hoffe, die Zeit heilt die Wunde, aber noch ist es nicht so weit", bemerkte Wilhelm.

Der Beweis, wie recht er damit hatte, war die Frage Gretels an Max, der gerade beim Essen war: „Max, glaubst Du, Du könntest die Adresse von Otto herausfinden, vielleicht von dem Mann, der die Unterkunft an die Arbeiter vermietet hat?"

Max war es nicht wohl bei der Sache: „Klar, kein Problem, aber findest Du das ist eine gute Idee? Ich meine, Otto hatte doch Zeit genug sich zu überlegen was er will. Ich denke, der hat Überauen und uns schon weit hinter sich gelassen. Ich weiß, das tut weh, aber Du solltest ihn vielleicht doch vergessen und jemanden anderen finden."

„Natürlich, ich weiß, aber ich hoffe immer noch etwas von Otto zu hören und das ist nicht gerade die Antwort die ich hören wollte", sagte sie und ging zurück an die Arbeit. ,Ich hatte ja in meinem kurzen Leben schon manche Wendung des Schicksals bei anderen mitbekommen, warum nicht auch einmal bei mir'.

Es war Ende 1928 als sie wieder einmal müde von der Arbeit aus den Kolonialwarengeschäft in die Küche kam und ihre Schürze umband, als Emma lächelnd auf sie zu kam und ganz beiläufig bemerkte: „Übrigens, da liegt ein Brief aus Stuttgart für dich auf dem Tisch." Gretel schnappte ihn sich schnell, lief hinaus in den Gang und riss den Umschlag auf – er war von Otto!

Stuttgart, 10.12.1928

Liebe Gretel!

Ich hoffe, bei Euch ist alles beim Alten. Ich bin hier sehr beschäftigt und jeden Tag gibt es was Neues. Hast Du mich inzwischen vergessen? Ich würde es Dir nicht übel nehmen. Seit Monaten wollte ich Dir schon schreiben, aber ich hatte halt nichts Konkretes – das habe ich übrigens auch jetzt noch nicht.

Solltest Du Dich inzwischen anderweitig umgesehen haben, vergiss meinen Brief bitte. Natürlich hätte ich nach unserem letzten Gespräch zurückkommen müssen, aber ich war völlig durcheinander. Ich wollte eben keine leeren Versprechungen machen. Die lieben Grüße, die Du mir hast ausrichten lassen, haben mich sehr bewegt und ich kam mir richtig schäbig und feige vor.

Ich muss dauernd an Dich denken und vermisse Dich sehr. Bitte verzeih' mir, wenn Du kannst und ich würde mich sehr freuen etwas von Dir zu hören.

Dein Otto

Natürlich setzte sich Gretel sofort hin, schrieb zurück und daraus wurde eine lebhafte Korrespondenz. Pläne wurden diskutiert und wieder verworfen, alles blieb vage außer der Hoffnung, die stirbt ja bekanntlich zuletzt. Und so dämmerte ein weiteres Schicksalsjahr herauf, 1929.

Die Goldenen 20er Jahre waren in vollem Schwung als am 24. Oktober 1929, dem „Schwarzen Donnerstag", und kurz danach noch einmal am 29. Oktober, dem „Schwarzen Dienstag", an der New Yorker Börse die Kurse zusammenbrachen und eine Wirtschaftskrise in der ganzen Welt auslöste, die in ihrem Ausmaß alle bisherigen Rezessionen und Depressionen in den Schatten stellte. Wachsende Arbeitslosigkeit, Armut und Verelendung waren die Folge. Die Angst vor der Zukunft ging um und die Aussichten wurden von Monat zu Monat düsterer. Selbst Überauen blieb davon nicht verschont.

Die Rossfeldfamilie versuchte alles um ihr Geschäft weiter zu erhalten. Wie in einer Deflation üblich, versuchten sie es mit Preissenkungen wie alle Welt. Das erhielt ihnen eine kleine Anzahl von Kunden in der Metzgerei und Essensgäste im Goldenen Ritter, wobei das Bier weiter wie in Strömen floss und es gab unzählige Geschichten darüber, wer alles seine Arbeit verloren hatte, sein Geschäft schließen musste oder sich aus Verzweiflung das Leben genommen hatte. Gott sei Dank behielt

Gretel vorläufig ihren Arbeitsplatz, was zwar nicht viel, aber immerhin etwas Geld in die Kasse brachte.

Gretels Familie und Freunde. Joseph ist der Vierte von rechts in der zweiten Reihe von oben, mit Gretel zu seiner Linken und Anna zu seiner Rechten

In ganz Deutschland kam es zu sozialen Unruhen und die Rattenfänger von Rechts und Links hatten Hochkonjunktur. An allen Stammtischen wurde diskutiert, gestritten und auf die Regierung, die Banken, das Ausland und alles Mögliche geschimpft. So natürlich auch am Stammtisch im Goldenen Ritter. Abgesehen von einigen besonders traditionsbewussten Mitgliedern, die sogar den alten Kaiser Wilhelm wieder haben wollten, hatten sich zwei Parteien gebildet, die sich mit fortgeschrittenem Biergenuss immer heftiger bekriegten.

„Wir brauchen eine kommunistische Revolution wie in Russland! Dann wird alles geteilt und jedermann ist gleich", predigte einer, der das kommunistische Manifest Karl Marx' zwar nicht kannte, aber dafür die Parolen der KPD.

„Alles Blödsinn," trompetete Herr Meyer und hieb mit der Faust auf den Tisch, dass die Biergläser tanzten, „was wir brauchen ist ein Führer, der mit der Quasselbude in Berlin aufräumt und endlich was unternimmt, so wie Adolf Hitler von den Nationalsozialisten!"

„Also, ich weiß nicht," entgegnete Max ruhig, „die sind mir zu radikal und prügeln alle Andersdenkenden zusammen so wie damals in Coburg!"

Auch Wilhelm meldete sich: „Ich hab' meinen Buben im Krieg verloren. Wenn dieser Hitler ans Ruder kommt, fängt der doch wieder einen an, so wie der daherredet. Ich trau' ihm nicht!"

„Was heißt das, nicht trauen, die neue Ordnung kommt auf jeden Fall und wehe denen die sich ihr entgegenstellen!" schrie Herr Meyer mit hochrotem Gesicht, „Georg Pucher sagt das auch!"

„Georg Pucher, dieser Blödmann, wer hört denn auf dessen Schwachsinn?" erregte sich Max.

Darauf sprang Herr Meyer so heftig auf, dass sein Stuhl umfiel und schrie mit sich überschlagender Stimme in den Kreis: „Unsere Zeit wird kommen und wer nicht für uns ist, der ist gegen uns. Also Vorsicht was ihr sagt! Wir akzeptieren keinen Widerspruch. Ihr werdet noch an mich denken!"

Alle saßen wie erstarrt da über diesen Hassausbruch und fragten sich, was von dieser Bewegung noch alles zu erwarten war. Sicher nichts Gutes. Das einzig Positive dieser Diskussion war somit, dass Herr Meyer den Stammtisch in Zukunft mied und sie mit seinen Tiraden verschonte.

Aber es war auch traurig, wie die schwierige Situation die Leute entzweite und die Atmosphäre in Überauen vergiftete.

Gretel und Otto schrieben sich regelmäßig, aber ihre Heiratspläne schienen in Anbetracht der sich entwickelnden Krise in immer weitere Ferne zu rücken. Kurz vor Weihnachten erhielt Gretel den folgenden Brief:

Stuttgart, 12.15.1929

Liebe Gretel!

Ich hoffe Dir geht es soweit gut. Du kennst ja die wirtschaftliche Situation seit dem Börsenkrach in Amerika und ausgerechnet jetzt habe ich eine neue Stelle bei einer Schweizer Firma namens „Concett & Huber" angenommen. Ab Januar fange ich dort an und natürlich weiß ich nicht, wie sich das entwickelt.

Wir sollten deshalb abwarten, was geschieht. Wie oft habe ich bereut, dass wir damals nicht einfach geheiratet haben, aber was hilft's. Ich bin nur froh, dass Du bei Wilhelm, Max und Emma gut aufgehoben bist. Bitte verliere nicht die Geduld mit mir. Ich hoffe, Du glaubst weiter an mich und meine guten Absichten.

Mit all meiner Liebe

bin ich Dein Otto

Gretel lächelte, ‚Er plant noch immer mich zu heiraten, ich muss halt Geduld haben'. Als sie Emma den Brief zeigte, war diese gar nicht begeistert. Sie wischte sich die Hände an der Schürze ab und las.

Dann entfuhr es ihr: „Also, ich weiß nicht, das schreibt er doch schon seit zwei Jahren, es ist immer dasselbe! Wie kannst Du ihm denn noch trauen? Er hält Dich hin, während er sich wahrscheinlich in Stuttgart mit den Stadtfräulein amüsiert. Man weiß doch, wie das geht."

Gretel war nicht überrascht über diesen Ausbruch und erwiderte:

„Ich weiß, ich weiß, aber was soll ich machen, ich hab' ihn halt lieb", und entspannte damit die Situation.

Siegfried Kiefer, der gerade im Goldenen Ritter aushalf, war mit einem Eimer Kohlen aus dem Keller gekommen und musste eben auch seinen Senf dazu geben: „Du könntest doch den Dings da aus Forellenbach heiraten, der hat einen schönen Hof und ist ganz nett." Emma und Gretel mussten jetzt doch lachen bei dem Gedanken und dankten Siegfried für den wertvollen Beitrag.

„Vielen Dank, Siegfried, da bleib' ich doch lieber ledig als jemanden zu heiraten, der doppelt so alt ist wie ich."

Doch die Zeiten wurden immer schlechter und jedermann in Überauen fragte sich, wie weit das noch gehen sollte. Nur wenige konnten sich noch Fleisch leisten.

„Also, wenn treue Stammkunden oder Freunde im Laden sind und sich nichts Ordentliches kaufen können, dann sollten wir ihnen doch irgendwas mitgeben – ein bisschen Wurst oder so. Was meinst Du, Max?" fragte Wilhelm.

„Aber ja, die Zeiten ändern sich ja hoffentlich bald wieder. Lach nicht, aber ein Schweinsohr oder ein Schwänzchen in der Brühe ist doch immer noch besser als gar nichts," entgegnete der mit ernstem Gesicht, „und wir müssen uns doch die Kunden erhalten."

Gretel platzte mit Neuigkeiten herein: „Habt ihr schon gehört, Georg Pucher muss aus Überauen verschwinden!" verkündete sie.

„Sag' bloß, wem haben wir denn das zu verdanken?" fragte Max voll Schadenfreude.

„Es ist zu schön", kicherte Gretel, „die Luder vom Rathaus ist doch in Rente gegangen. Ihr Nachfolger hat natürlich bei der Übergabe die Bücher überprüft und dabei herausgefunden, dass Georg jahrelang Geld für sich abgezweigt hat. Die Luder hat angeblich nichts davon bemerkt und jetzt haben sie Georg gefeuert und er muss alles zurückzahlen, mit Zins und Zinseszins. Die vom Empfang hat erzählt, Georg hätte voll durchgedreht und geschrien, das werde er allen noch heimzahlen. Das ganze Rathaus steht Kopf.

Anna kicherte: „Das ist wirklich zu gut, hoffentlich sind wir den Sauhund endgültig los."

„Er soll schon auf dem Weg nach München sein um sich dort den Nationalsozialisten anzuschließen."

„Na, da gehört er auch hin", knurrte Max, „endlich hat dem Ferkel jemand das Handwerk gelegt!" Und alle waren irgendwie erleichtert, dass Überauen somit ein Schwein weniger hatte.

16. EDITH LUDER AUF DER SCHIEFEN BAHN

Die große Depression hatte Überauen fest im Griff. Man schlug sich recht und schlecht durch, die einen besser, die anderen weniger. Edith Luder und ihre Mutter aber waren davon besonders schwer getroffen. Mit ihrem hinterhältigen Charakter wurden sie von den meisten Überauenern verachtet. Edith war ohne Freunde, unverheiratet und mit ihren 26 auch nicht mehr die Jüngste. Sie war arbeitslos und musste mit ihrer Mutter von deren kümmerlichen Rente leben. Der Vater war schon seit 10 Jahren tot und was die beiden noch nicht verpulvert hatten, war der Inflation zum Opfer gefallen. Beim Abendessen, bestehend aus Kohl und trockenem Brot, flogen wieder einmal die Fetzen.

„Edith, such Dir endlich eine Arbeit. Wir haben kein Geld mehr und was nicht niet- und nagelfest ist, haben wir verscherbelt. Jetzt sind uns nur noch die leeren Möbel geblieben, tu' endlich was!"

„Also mich bringt niemand dazu, als einfache Verkäuferin hinter den Ladentisch zu stehen, wie diese Gretel Geyer. Abgesehen davon, dass auch niemand gesucht wird. Sag' Du mir doch, was ich tun soll," antwortete die schnippisch.

„Erinner' mich bloß nicht an die Geyers Gretel, ich seh' sie noch, wie sie mir die Zunge herausstreckte, die blöde Gans von dieser Rosa."

„Da hast Du noch Glück gehabt, mir hat sie Pferdescheiße nach geworfen," schäumte Edith.

Frau Luder kam zum Thema zurück: „Ich hab' immer gehofft, Du bekommst mal einen reichen Mann. Zu blöd, dass Georg Pucher verschwunden ist, seine Leute haben doch Geld wie Dreck."

„Also ich hab' diesen Pucher eigentlich nie so richtig gemocht. Er soll jetzt in München bei den Nationalsozialisten sein. Dort macht er bei den Braunhemden Karriere während ich hier in Überauen versauer' und Äpfel stehlen muss, es ist zum Kotzen!" jammerte Edith voller Selbstmitleid.

„Ich hab' gehört, am Bahnhof werden Putzfrauen für die Eisenbahnwaggons gesucht. Wenn Du morgen früh dort aufkreuzt, kannst Du vielleicht eine Tagesarbeit bekommen" versuchte es die Mutter vorsichtig.

„Ich bin keine verdammte Putzfrau, hast Du gehört, nie und nimmer", kreischte Edith, „das kannst Du von mir aus, selber machen!"

„Edith, Du könntest ja aber auch auf den Bauernhöfen nachfragen, da gibt's gewiss Gelegenheitsarbeiten und wenn sie auch kein Geld haben, dann geben sie Dir wenigstens ein paar Eier oder Milch oder so was. Wir brauchen wirklich was zwischen die Zähne!" Wenn Blicke töten könnten, Frau Luder hätte sofort das Zeitliche gesegnet.

„Zuerst soll ich Waggons ausputzen und jetzt soll ich auch noch die ekelhaften Ställe ausmisten, was kommt denn noch!" war das Letzte was Frau Luder von ihrer Tochter an dem Abend hörte, abgesehen von der Tür, die diese voller Empörung zuschlug.

Der Mond schien in Ediths Zimmer und sie kam auf den Gedanken, in irgendeinem der Gärten außerhalb der Stadtmauer nach etwas Essbarem zu suchen. Also machte sie sich auf den Weg, in einen langen Mantel gehüllt, und stand auf einmal vor dem Garten der Familie Rossfeld. Bei dem hellen Mondlicht war es nicht schwer, sich zu orientieren und mit einer Hacke, die sie an dem Gartenhäuschen angelehnt vorfand, grub sie eine Handvoll Kartoffeln aus und steckte sie in ihre Manteltaschen. ‚Es war eigentlich ganz einfach', dachte sie bei sich, ‚das mach' ich jetzt öfters.' Frau Luder fand die Kartoffeln am nächsten Morgen, als sie erneut Edith erneut dazu bewegen wollte zum Bahnhof zu gehen um Arbeit zu suchen.

„Du hast sie doch nicht alle, ich bin keine Putzfrau und im Übrigen hab' ich einen Weg gefunden uns durchzubringen", und deutete auf die Kartoffeln.

„Die sind aber klein, wo hast Du die denn her?" fragte ihre Mutter in einem vorsichten Tone.

Edith schaut ihre Mutter frech an und äfft sie nach in ihrer schnippischen Art. „Woher sind die? Die sind aber klein! Was willst Du denn noch! Du machst mich krank", schrie Edith und knallte wieder einmal die Tür hinter sich zu.

Als Gretel am Nachmittag in den Garten kam bemerkte sie sofort den Diebstahl. ‚Also, das ist doch die Höhe, ist denn hier nichts mehr sicher? Wenn jemand so arm dran ist, kann er doch fragen! Dagegen muss was geschehen!' Gretel eilte zurück zum Goldenen Ritter und schnurstracks ins Schlachthaus:

„Opa, Max, aus unserem Garten wurden Kartoffeln geklaut!"

„Das musste ja so kommen", sagte Max.

„Klar", fügte Wilhelm hinzu, „wenn es den Leuten so schlecht geht, kommen sie auf die tollsten Ideen." Gretel wollte es aber nicht dabei belassen.

„Es ist aber unser Garten! Heut' Nacht ist Vollmond, da kommen sie unter Garantie und klauen. Die Kartoffeln sind doch noch gar nicht reif und vielleicht stehlen sie ja auch noch anderes Gemüse, nur Erdäpfel sind auf die Dauer ziemlich langweilig. Ich leg' mich heut' Abend mit Siegfried auf die Lauer, die kommen bestimmt wieder."

„Dann passt aber gut auf Euch auf. Jemand, der so verzweifelt ist, dass er ein paar Kartoffeln stiehlt, ist zu allem fähig."

Also gingen Gretel mit Siegfried am Abend durchs Forellenbacher Tor wie sie es oft mit ihrer Mutter getan hatte um Wäsche zu bleichen oder im Garten zu arbeiten. ‚Ich werde dich niemals vergessen, Mama', dachte Gretel vor sich hin.

„Du bist ja so still, es ist noch viel zu früh für den Dieb", versuchte Siegfried zu scherzen.

„Ich denk' bloß nach, lass mich gefälligst", meinte Gretel. Der Ton ihrer Stimme machte Siegfried vorsichtig und er schwieg, ‚Verstehe einer die Frauen!'. Nach ein paar Minuten erreichten sie den Garten. Der wenigstens hatte sich nicht verändert seit Rosa und Franz hier ihr schicksalhaftes Stelldichein hatten.

„Hast Du nicht gesagt, sie haben Kartoffeln geklaut? Dazu brauchen sie doch eine Hacke. Wir bringen alles ins Gartenhäuschen und verstecken uns dann da drin. Wir müssen natürlich ganz leise sein!" sagte Siegfried.

„Gute Idee, aber das mit dem leise sein müssen wir noch üben!" Die Zeit verging, vom Turm der Kirche schlug es bereits 10 Uhr.

„Wie lange müssen wir wohl noch warten? Vielleicht kommt heut' Nacht gar niemand", flüsterte Siegfried.

„Warten wir noch ab. Übrigens hat mir Edeltraudt erzählt, dass sich Edith Luder neulich ziemlich aufgetakelt am Bahnhof herumstrich. Was die da wohl treibt? Um diese Uhrzeit kommt doch kein Zug mehr an und keiner fährt weg."

„Na, vielleicht arbeitet sie dort für die Heilsarmee?", lästerte Siegfried. Bei der Vorstellung mussten beide kichern. „Ich denk', sie hilft dort den Männern auf ihre Weise!" setzte er noch einen drauf. Beide hielten ihre Hände vor den Mund, damit sie nicht laut loslachten.

Die Zeit schlich dahin. Endlich sagte Gretel: „Wenn wir den 10:15 Zug pfeifen hören, geben wir auf."

„Gut, wenn wir schon von Zug reden, was verspricht sich Edith denn davon, ausgerechnet in einem Sackbahnhof und dazu noch in einem Kaff wie Überauen rumzutreiben. Da kennt doch Jeder Jeden?"

„Keine Ahnung. Komm, lass uns gehen, das wird nichts mehr heut' Nacht!"

Train Station

Gerade in dem Augenblick tat sich etwas im Garten. Plötzlich war es den beiden mulmig. Was, wenn der Dieb aggressiv oder gar bewaffnet wäre? Aber schnell erkannten sie, dass der Eindringling nicht gerade auf Diebstahl von Gemüsen spezialisiert war. Ganz eindeutig war es eine Frau, die in ihren hochhackigen Schuhen, auf der Suche nach einer Haue oder Schaufel in der weichen Erde herumeierte.

‚Verflixt', dachte Edith, ‚die haben die Geräte eingeschlossen. Dann grab' ich halt die blöden Kartoffeln mit der Hand aus'. Gerade war sie dabei, mit ihrer kümmerlichen Beute den Garten zu verlassen, als die Beiden mit einem lauten: „Wer da?" aus dem Gartenhäuschen stürmten. Die Diebin versuchte noch zu fliehen, aber Siegfried war schneller:

„Nicht so rasch, mein Fräulein, was haben Sie da in ihre Taschen gesteckt?" und mit einem Griff riss er ihr das Kopftuch herunter. Siegfried und Gretel starrten sprachlos auf Edith Luder!

„Ja, wen haben wir denn da?" rief Gretel schließlich immer noch ungläubig.

„Aus dem Weg," schrie die ertappte Diebin, aber Siegfried hatte sie fest im Griff.

„Nix da, wenn ihr Euch keine Kartoffeln leisten könnt, dann solltet ihr vielleicht fragen, aber klauen? Nein!"

Edith war nicht dumm und sie erkannte ihre missliche Lage klar, also änderte sie ihre Taktik schnell: „Ach, ich schäm' mich ja so! Meine arme Mutter und ich haben nichts mehr zu nagen und zu beißen. Bitte sagt niemand etwas!" Und sie klammerte sich an Siegfried, wobei sie noch ein paar Tränen herausquetschte.

‚Wenn der Siegfried nicht so eine Landpomeranze wäre, würde ich ihn ja anmachen', dachte Edith.

„Aber warum hast du nicht einfach gefragt, wir hätten Dir bestimmt was gegeben", sagte Gretel.

„Ach, behaltet doch Eure Scheiß Kartoffeln", platzte Edith schließlich heraus, riss sich los und eilte, so gut es ihr Schuhwerk erlaubte, davon.

Zu Hause angekommen rauschte sie wortlos an ihrer Mutter vorbei, die Treppe hinauf zu ihrem Zimmer. Als diese wieder mit der Arbeit am Bahnhof anfangen wollte, antwortete Edith süffisant: „Klar, ich such' mir Arbeit am Bahnhof, aber nicht als Putzfrau! Da weiß ich was Besseres!" Einige Monate später kochte die Gerüchteküche in Überauen über. Edith hatte anscheinend einen älteren Herrn geheiratet und war nach Würzburg weggezogen.

„Da hat sie endlich gefunden, was sie suchte, ein gutes Leben ohne arbeiten zu müssen", sagte Emma und gab Rudolf, der gerade ein Klößchen aus der Suppe fischen wollte, mit dem Rührlöffel einen Klaps auf die Hand.

Gretel lachte, „Sie war sich halt zu fein um mit den Händen zu arbeiten, jetzt tut sie's halt mit einem anderen Körperteil!" und die beiden konnten sich kaum mehr halten vor Lachen.

17. GRETEL UND OTTO HEIRATEN, 1931

Die Aufregung um Edith Luder hielt noch eine Weile an, flaute dann aber ab, denn der Silvesterabend 1930 war gekommen und ganz Überauen feierte im Tanzsaal draußen vor dem Gerstenfelder Tor, der eisigen Kälte und der Depression zum Trotz. Gretel und Anna waren natürlich auch dabei, obwohl es der ersteren eigentlich nicht so richtig nach Feiern zumute war. Als es zwölf schlug und man das Neue Jahr begrüßte, sagte Gretel halb im Scherz:

„Jetzt werden die Mädchen alle von ihrem Freund geküsst, nur ich sitz' hier allein mit Dir!"

„Also ich hätte auch lieber jemanden anderes als Dich zum Küssen!" gab Anna schlagfertig zurück. Dann machten sie sich auf um ihren Freunden und Bekannten im Saal alles Gute zu wünschen. Die waren alle schon erschöpft vom Tanzen, heiser vom Singen und beschwipst vom Alkohol, hatten aber wenigstens für ein paar Stunden die täglich wachsenden Sorgen vergessen.

Auf dem Heimweg eilten sie durch das Gerstenfelder Tor, durch das sie zu besseren Zeiten mit Waldbergers Ernst und seinem Ford gefahren waren und kamen halberfroren daheim an. Gretel zog sich aus, schlüpfte geschwind in ihr Flanellnachthemd und rasch unter das Federbett, in dem sie sich langsam aufwärmte. Ihr Nachtgebet enthielt den größten Wunsch für das Neue Jahr, endlich mit Otto vereint zu werden. Als sie langsam in den Schlaf hinüberdämmerte dachte sie noch, ‚Ob Gott wohl meinen sehnlichsten Wunsch, Otto zu heiraten, interessiert? Na ja, Fragen kostet nichts.'

Ein paar Tage später kam ein Brief von Otto. Sie war daran gewöhnt, lange Berichte über seine Arbeit, seine Kollegen und Sonstiges von ihm zu bekommen, dieses Mal war das Schreiben aber recht kurz und viel aufregender.

Stuttgart 10.1.1931

Liebe Gretel!

Zunächst einmal wünsche ich Dir und Deiner Familie alles Gute im Neuen Jahr.

Ihr wart sicher wieder im Tanzsaal, wie gern wäre ich dabei gewesen. Mein Aufenthalt in Überauen und die Zeit mit Dir war das Beste, das mir bisher in meinem Leben passiert ist. Ich vegetiere hier so vor mich hin und frage mich oft, welchen Sinn mein Leben denn eigentlich hat?

Die Zeiten werden immer schlechter, wer hätte das vermutet als ich von Überauen weggegangen bin, da dachte ich noch, es würde eher aufwärts gehen. Hätten wir nur damals geheiratet, dann währen wir jetzt schon eine Familie! Nun nehme ich meine Liebe zu Dir in beide Hände und mache Dir auf diesem Weg einen Heiratsantrag. Ich weiß, dass die Art und Weise ungewöhnlich ist, aber aus meinem tiefsten Herzen wünschte ich mir Dich zur Frau zu bekommen – also sage bitte JA! Deine Zusage würde mich zum glücklichsten Menschen machen.

Für die Zeremonie komme ich natürlich nach Überauen, danach könnten wir hier in Stuttgart leben, Du warst ja damals einverstanden. Bitte schreibe mir so schnell wie möglich, ich sitze wie auf Kohlen.

Dein Dich liebender Otto

Gretel begann vor Freude, den Brief in der Hand, in der Küche herumzutanzen und der kleinen Dorothea und dem kleinen Rudolf gefiel das so gut, dass sie direkt anfingen mit ihr herumzuhüpfen. Gretel fasste beide bei den Händen und sie führten einen veritablen Ringelreihen miteinander auf.

„Ich hab' keine Ahnung, was passiert ist, aber ich nehm' an, es ist der Brief von diesem Burschen aus Stuttgart, der die Aufregung verursacht. Wie hieß der Kerl noch mal? Forster oder Froner oder so ähnlich!" scherzte Emma, hörte auf im Topf herumzurühren und schloss sich der Tanzgesellschaft an. Siegfried Rossfeld kam gerade mit Eimer und Besen herein und ohne viel zu fragen begann auch er damit herumzuspringen – für einen Spaß war er eben immer zu haben.

Trotzdem fragte er: „Was wird hier denn gefeiert? Habt ihr endlich Opa Wilhelms Gold hinter seinem Himmelbett gefunden?"

„Nein, Dummkopf, Gretel heiratet bald!" rief Dorothea und weiter ging die Polonaise durch die Küche. Endlich fiel Emma ihr Topf auf dem Feuer wieder ein und sie beendete den Spuk mit einem: „So, das reicht jetzt!"

Gretel schnappte sich nun die beiden Kinder und sagte: „Los, jetzt sagen wir's Eurem Vater und dem Opa", und sie rannten hinter zum Schlachthaus. Gerade hievten die beiden ein frisch geschlachtetes Schwein auf zwei Haken und als sie die drei Glücksboten ankommen sahen, sagte Wilhelm: „Was ist los, wollt ihr uns mit der Sau helfen?" Gretel setzte an, um die gute Nachricht zu vermelden, während Rudolf bereits an einem der Beine des aufgehängten Schweins herumturnte.

„Was gibt's denn so Aufregendes?" fragte Maximilian grinsend mit einem Blick auf den Brief in Gretels Hand, „Doch nicht etwa was von diesem Nichtsnutz aus Stuttgart?"

„Doch, doch, Gretel heiratet!" rief Dorothea triumphierend und Überauen konnte sich auf ein neues Großereignis freuen.

Gretel schrieb ihr JA! an Otto, welcher ein paar Tage später am Bahnhof andampfte und seine überglückliche Gretel in die Arme nahm. Am nächsten Abend wurde im Goldenen Ritter Verlobung gefeiert und Bier und Sekt flossen in Strömen und danach verschwand Otto direkt wieder, nicht aber bevor jedoch der Hochzeitstermin auf den 5. April 1931 festgelegt worden war.

Am nächsten Abend saßen Wilhelm, Joseph und Gretel vereint um den Küchentisch. „Gretel, ich kann das nicht, mit Dir am Arm durch die Kirche gehen vor all den Leuten," sagte Joseph, „und ich freu' mich wirklich schrecklich für Dich und Otto. Ich hoffe, Du verstehst das. Ich back' Euch auch dafür die schönste Hochzeitstorte. Wie wäre es, wenn Großvater Wilhelm dich zum Traualtar führen würde?"

„Was, ich? Ich bezahl' doch schon die ganze Chose!" lachte Wilhelm und nahm Gretel in den Arm. „Natürlich mach' ich das, obwohl ich Dich ungern hergebe, wie Du weißt."

Die nächste große Herausforderung war der Kauf eines Brautkleids. Bei den Blumentritt Schwestern konnte Gretel kein Brautkleid finden, das ihr gefallen hätte und man beschloss zum Kauf ins ferne Schweinfurt zu fahren. Begleitet von Anna und Fastnachts Betti ging's auf Einkaufstour in die große Stadt.

Als man sich endlich geeinigt hatte, sagte Anna: „Das steht Dir großartig. Bleibt da vielleicht noch etwas von Opas Geld für Deine liebe, kleine Schwester übrig?"

„Schön wär's, Du hast doch hübsche Sachen zum Anziehen und siehst prima darin aus, zumindest meint das der Bursche vom Rathaus!"

kicherte Gretel und die Fastnachts Betti meinte: „Ach, Du meinst den Eugen, auf den hat Deine Schwester schon ein Auge geworfen," warf den Kopf in den Nacken und stolzierte mit den Hüften wackelnd, wie ein Mannequin, durch den Laden.

Endlich kam der große Tag und im Goldenen Ritter herrschte hektisches Treiben.

Emma und Anna halfen Gretel in ihr Kleid, Maximilian und Otto halfen sich gegenseitig mit den Krawatten, Ottos Eltern Luise und Nikolaus warfen sich im Zimmer neben Gretel in Schale und die Kinder hüpften aufgeregt umher. Nur Wilhelm in seinem Zimmer hinter der Küche war die Ruhe selbst und hing wieder einmal Erinnerungen nach. Schließlich trafen alle im Gastraum ein, bewunderten sich gegenseitig und ging gemeinsam hinüber zur Kirche. Dort verschwanden Max und Otto in der Sakristei, Wilhelm und Gretel blieben am Eingang stehen und die anderen begaben sich vor auf die reservierten Plätze. Natürlich war ganz Überauen versammelt.

Seit Edith Luders Abgang hatte sich ihre Mutter mit Frau Meyer zusammengetan und sie waren nun die giftigsten Zungen in der Stadt. Beide saßen zusammen und spekulierten mal wieder, ob Gretel nicht schon schwanger war.

„Man weiß ja, was ihre Mutter und Großmutter für welche waren", zischte Frau Meyer.

„Sie haben Recht, das war skandalös. Ich kann nur hoffen, dass der junge Mann aus Stuttgart weiß, was er tut!" pflichtete Frau Luder bei. Nachdem sie so ihren Kropf geleert hatten, konnten sie sich wieder auf die Zeremonie konzentrieren. Die meisten anderen mochten Gretel und die ganze Familie. Wilhelm und Max waren immer da, wenn jemand in Not war, und Gretel war als gescheit und zurückhaltend bekannt, man freute sich für sie.

Dann legte sich Herr Jorg Junior ins Zeug und die armen Burschen, die den Blasebalg der Orgel zu bedienen hatten, schwitzten Blut, damit das „So nimm' denn meine Hände" auch so richtig Volumen erhielt und den Raum füllte. Alle Hochzeitsgäste standen auf, als Wilhelm dann mit Gretel am Arm nach vorn zum Altar schritt, nach rechts und links grüßend, und sie dann in die Obhut des wartenden Priesters, Bräutigams und Trauzeugen übergab. Für den Pfarrer Weible die übliche Routine, für Braut und Bräutigam der wichtigste Tag in ihrem bisherigen Leben.

„Otto Hermann Forner, wollen Sie die anwesende Eva Margarethe Geyer zur Frau nehmen, dann sagen sie jetzt ja?"

„Ja, ich will!"

„Eva Margarethe Geyer, willst Du den hier anwesenden Otto Hermann Forner zum Mann nehmen, dann sage jetzt ja!"

„Ja, ich will!"

„Somit erkläre ich Euch für Mann und Frau. Sie dürfen die Braut küssen!" So einfach geht's, das Heiraten. Nur gut, dass man nicht weiß was alles noch kommt bis dass der Tod einen scheidet.

Draußen schien die Sonne und das Gratulieren und Glück wünschen wollte kein Ende nehmen. Gretel hatte ihre Schwiegereltern noch nie gesehen und jetzt sollte sie demnächst bei ihnen wohnen. ‚Hoffentlich geht das gut', dachte sie als Luise sie umarmte, aber als diese sofort sagte:

„Bitte sag' Mutter zu mir, Du bist ja jetzt unsere Tochter!" wurde ihr schon leichter und als Nikolaus sie dann auf die Wangen küsste und erklärte: „Wir freuen uns ja so für unseren Otto und dass wir wieder eine Tochter haben!" wurde ihr richtig warm ums Herz.

Die Hochzeitsfeier fand natürlich im Goldenen Ritter statt. Emma, Anna und viele Helfer und Helferinnen hatten es geschafft, ein aufwendiges Essen für alle zuzubereiten und gleichzeitig sauber und adrett an der Feier in der Kirche teilzunehmen. Spät am Abend zog das Brautpaar sich zurück, nicht ohne dass natürlich entsprechende Kommentare abgegeben wurden.

„Süße Träume", wünschten Max und Emma scherzend: „Ich weck Dich morgen in der Früh', Gretel, dann kannst Du mir beim Frühstück helfen!" Alle waren zufrieden und zumindest heute war die Welt in Ordnung.

Am nächsten Morgen wurde für die Hochzeitsreise gepackt. Während Otto hinunterging zum Frühstücken, blieb Gretel noch einige Augenblicke in ihrem Zimmer zurück und schaute aus dem Fenster. Hier war sie geboren worden, aufgewachsen, zur Schule und in die Lehre gegangen, hatte Freud' und Leid der Familie miterlebt, sich verliebt und jetzt geheiratet. ‚Leb' wohl, Überauen, Brunnengasse, Rathaus und Marktplatz. Ich sag' lieber Auf Wiederseh'n, wer weiß. Ich freu' mich jetzt auf Stuttgart!' Beim Hinausgehen strich sie nochmal über die gelbe Tapete mit den rosaroten Röschen als würde sie sich von dieser wie von ihrem bisherigen Leben verabschieden, schloss die Tür und ging zu den Anderen hinunter.

Die holprige Fahrt zum Bahnhof erlebte Gretel wie im Traum. Erinnerungen tauchten auf und verschwanden, Geburten, Hochzeiten, Beerdigungen, der ganze Kreis des Lebens in dieser kleinen Stadt und jetzt ging's in die Großstadt – wie das Leben doch so mit einem spielt. Der Zug nach Würzburg wartete schon mit schnaufender Lokomotive und die vier Forners stiegen ein, schoben die Fenster herunter und warfen einen letzten Blick auf die Zurückbleibenden.

Familie und Freunde am Bahnhof

Beim Blick auf die alten Freunde stiegen ihr die Tränen in die Augen, aber der Stationsvorsteher hob schon die Abfahrtstafel hoch, die Lokomotive schnaufte, ihre Räder drehten funkensprühend durch und der Zug setzte sich langsam aber unerbittlich in Bewegung.

Annas Abschied von ihrer Gretel

Überauen blieb zurück und wurde zur Erinnerung. Das Letzte, was Gretel noch sah, war der Kirchturm von St. Severinus, der ihr zuzurufen schien. „Vertrau' auf Gott!"

In Würzburg trennten sich die Wege der Neuvermählten und Ottos Eltern. Diese kehrten zurück nach Stuttgart, die jungen Forners aber fuhren auf Hochzeitsreise an den Schliersee in den Bayerischen Alpen – noblesse oblige. Im Hotel angekommen, packte Gretel die Koffer aus, streifte ihren neuen Badeanzug über, den sie in Schweinfurt zusammen mit dem Hochzeitskleid gekauft hatte, und posierte am See für ein Foto.

„Gretel, Du frierst Dir noch den Hintern ab bei dem kalten Wasser," rief Otto und schubste sie in den eisigen See.

Gretel am Schliersee, 1931

DRITTER TEIL:
STUTTGARTER JAHRE

Weihnachten in Stuttgart, 1942.
Gretel, Hubert, Helmut und Hans

18. WOLFGANGS GEBURT

Nach langer Fahrt von Schliersee erreichten Gretel und Otto endlich den Hauptbahnhof in Stuttgart.

„Ich muss zugeben, Stuttgart ist ein bisschen größer als Überauen und mein Gott, die Straßen sind ja sogar auch gepflastert", lästerte Gretel.

„Du, pass auf, da verstehen die Schwaben keinen Spaß. Die werden Dir schon auch noch beibringen, richtig zu sprechen, woisch Mädle!" erwiderte Otto. Dann schleppten sie ihre Koffer zur nahen Kriegsbergstraße, in der Luise und Nikolaus Forner wohnten.

Als sie später ihre erste eigene Wohnung im Strohberg in Besitz nahmen, führten sie sich auf wie kleine Kinder, rannten von einem Zimmer zum anderen, bis sie schließlich im Schlafzimmer landeten. Diese Wohnung überhaupt zu bekommen war ein einziger Glücksfall. Otto verdankte sie nur seiner festen Anstellung bei einer soliden Schweizer Firma. Die hatte ihn inzwischen zum Leiter ihrer Niederlassung in Stuttgart gemacht.

Die nächsten Tage waren für Gretel voller neuer Eindrücke. Die Stadt wurde besichtigt, Verwandte und Freunde kamen zu Besuch um Gretel kennenzulernen und versuchten, sie in die Geheimnisse der schwäbischen Mundart einzuführen. Und Luise begann sofort mit ihrem Kurs „Schwäbische Küche", damit ihr „Ottole" nicht vom Fleisch fiel.

„Also, wir fangen gleich mit dem Wichtigsten an, den „Schwäbischen Spätzle" und den „Maultaschen", wenn die und der Kartoffelsalat stimmen, dann frisst Dir ein schwäbischer Mann aus der Hand. Die Liebe geht auch bei uns durch den Magen!" sagte die gelernte Köchin Luise, indem sie ein Auge zudrückte. Gretel, obwohl an die fränkische Küche gewöhnt, fiel alles leicht, sie war eine eifrige und gelehrige Schülerin und ja schon eine geschickte Köchin. Am Abend servierten die beiden ihren Männern das Ergebnis ihrer Arbeit.

„So, Otto, das sind die ersten handgeschabten Spätzle Deiner Frau!" sagte Luise und füllte den Teller ihres Sohns mit Fleisch, Gemüse, den

Spätzle und, wie es sich für Schwaben gehört, mit viel Soße. Gretel sah den beiden Männern zu, wie sie herzhaft zulangten und fragte: „Na, wie sind meine ersten Spätzle?"

Otto antwortete diplomatisch: „Wenn Mama nicht da wäre, würde ich sagen, es sind die besten, die ich je hatte", und er lächelte seiner Frau und seiner Mutter zu, die er beide abgöttisch liebte.

Nikolaus, Luise und Gretel am Küchentischn

Wenn Otto morgens aus dem Haus eilte, um seine Straßenbahn zur Schloßstraße zu bekommen, schaute sie ihm nach und dann auf die Straße und auf die gegenüberliegenden Häuser, so wie sie es oft in Überauen gemacht hatte. Alles war größer, geschäftiger, lauter und auch hektischer als dort, und leise Wehmut beschlich sie manchmal, die sie jedoch schnell und resolut abschüttelte. ‚Ich bin jetzt die Frau Forner und hab' andere Aufgaben als in Überauen,' sagte sie zu sich selbst und begann, die schmutzigen Fenster zu putzen.

Was sie am meisten vermisste, war die Geborgenheit des Rossfeldclans und die Tatsache, dass Jeder, Jeden kannte in Überauen. Hier war sie ein kleines Rädchen in einer großen Stadt, in der sich zu dieser Zeit heftige Auseinandersetzungen und Straßenkämpfe abspielten. Vor allem die nationalsozialistische SA begann bereits mit ihrem Terror und die Kommunisten standen ihnen kaum nach. Was sie sonst am Stammtisch erfahren hatte, entnahm sie jetzt dem Radio und den Zeitungen, und Otto wurde nicht müde sie zu warnen vorsichtig mit Freundschaften und Aussagen zu sein.

„Wenn die Hausfrauen über Politik sprechen, sag' einfach dass Du einen wundervollen Kuchen gebacken hast, und geh' schnell wieder in die Wohnung zurück!" schlug Otto ihr vor.

Die Nachbarn waren zwar alle nett, aber auch die waren vorsichtig und, außer ein paar Proleten, sehr zurückhaltend.

Im Februar erhielten sie ein Telegramm aus Überauen:

DOROTHEA UND RUDOLF HABEN EIN SCHWESTERCHEN GUDRUN STOP ALLE SIND GESUND

Gretel wusste, dass Emma ihr drittes Kind erwartete. Als Otto heimkam, zeigte sie ihm das Telegramm und sagte: „Ich wünschte, wir wären auch schon so weit!"

„Ich auch, also lass' es uns angehen", sagte Otto und nahm sie in seine Arme und im nächsten Monat blieb direkt ihre Periode aus, sie war schwanger.

Die Schwangerschaft verlief ohne Komplikationen. Als die Wehen einsetzten, marschierten sie gemeinsam zur Hebammenschule in der Nähe und auch die Geburt verlief problemlos. Am 22. November 1932 kam ein gesunder Stammhalter zur Welt und wurde von der Familie Forner mit Freude und Stolz begrüßt. Auf die Frage nach dem Namen antwortete Gretel: „Wir haben uns auf Wolfgang geeinigt", alle waren damit einverstanden, und Otto konnte ein Telegramm nach Überauen schicken, um die frohe Nachricht zu verkünden.

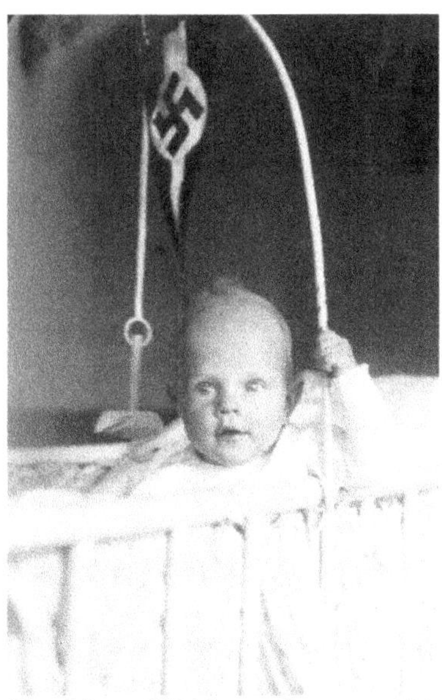

Der kleine Wolfgang Forner, 1933

Dort wusste es innerhalb einer Stunde praktisch die ganze Stadt und es gab kaum jemanden, der sich nicht darüber freute, dass die Forners Gretel ein Bübchen auf die Welt gebracht hatte.

Am Abend nach dem Abwasch saßen Anna und Emma in der Küche beieinander und Emma schrieb einen Brief.

Überauen, Dezember 1932

Liebe Gretel, lieber Otto!

Mit großer Freude haben wir von der Geburt des kleinen Wolfgang gehört. Mal kein Maximilian, Friedrich oder Rudolf, auch recht.

Unsre kleine Gudrun schaut uns schon richtig an. Ich bin siche,r sie und Euer Wolfgang werden viel Spaß miteinander haben.

Hier in Überauen gibt es einige Neuigkeiten. Fastnachts Betti hat einen Maschinisten geheiratet und ist nach Schweinfurt gezogen. Edeltraudt hat mir erzählt, sie ginge nach New York, wenn ich mehr darüber weiß, schreib ich Euch.

Dorothea ist jetzt zwölf und Herr Jorg bringt ihr Orgelspielen bei. Rudolf, der siebenjährige, bekommt gute Noten in der Schule, aber am liebsten ist er mit Vater und Opa unterwegs auf den Bauernhöfen.

Wir vermissen Dich hier sehr, aber wir haben Hilfe aus Friedberg bekommen. Frieda hat uns ihren Christoph geschickt. Er hilft in der Küche und im Schlachthaus bei den einfacheren Arbeiten. Das macht natürlich nicht viel Spaß, aber es muss sein und so haben wir alle angefangen. Er ist aber ganz willig und nett.

Kochst Du schon schwäbisch? Ab und zu kannst Du Otto ja auch mit was Fränkischem verwöhnen. Anna poussiert mächtig mit diesem Eugen. Autsch, jetzt tritt sie mich auch noch – stimmt doch.

Also alles Gute und viele Küsse von uns Allen und nochmal alles Gute für den Kleinen.

In Liebe, deine Überauener!

Emma und Anna

19. GRETEL UND WOLFGANG BESUCHEN ÜBERAUEN, 1933

Ende 1932 hatten Conzett & Huber angesichts der drohenden Machtübernahme der Nationalsozialisten in Deutschland ihre Niederlassung in Stuttgart aufgelöst. Durch Vermittlung eines Vetters hatte Otto einen Posten bei einer Versicherung bekommen, auf dem er allerdings ebenso unglücklich wie erfolglos war. Ende Mai löste man das Arbeitsverhältnis in gegenseitigem Einvernehmen auf, und Otto reihte sich in das schier unübersehbare Heer der Arbeitslosen ein.

Trotzdem war im Strohberg eine glückliche kleine Familie beieinander. Otto konnte nicht von Stuttgart weg, da er sich regelmäßig beim Arbeitsamt vorstellen musste und deshalb schlug er Gretel vor, sie solle doch mit Wolfgang einen Besuch in Überauen machen. Er selbst würde bei seinen Eltern gut versorgt und die Auslagen für die Fahrtkosten kämen durch die Verköstigung in Überauen mehr als herein. Gretel ließ sich das nicht zweimal sagen.

Beim letzten Umstieg in den Zug nach Überauen wurden sie schon mit großem Hallo vom Schaffner Bendel begrüßt, der sie bis zur Ankunft mit allem notwendigen Klatsch aus Überauen versorgte. Dort wartete direkt eine Delegation auf sie, bestehend aus der gesamten Familie Bergmeister inklusive Friedas Sohn Christoph Baumfeller und Gretels Vater Joseph. Sie waren kaum ausgestiegen, da wanderte Wolfgang bereits von Arm zu Arm und machte große Augen, während Gretel alle umarmte und Tränen der Freude kaum unterdrücken konnte. Ihr war es, als wäre sie ein halbes Leben von hier fort gewesen.

Alles war so vertraut, der kleine Bahnhof, das holprige Kopfsteinpflaster, und beim Gang zum Goldenen Ritter traf sie nur bekannte Gesichter. Welch ein Kontrast zu Stuttgart!

„Ich kann's kaum glauben, ich bin wieder in Überauen!" sagte sie und Emma meinte: „Du musst uns alles erzählen, wie ist es in so einer großen Stadt. Hier passiert ja nie was!" was sicher untertrieben war. Auf dem Marktplatz hatte sich ebenfalls ein Begrüßungskomitee eingefunden, denn Gretels Besuch war das Gespräch des Tages. Ihre alte Freundin Fastnachts Betti umarmte sie und bewunderte den kleinen Wolfgang, den Dorothea nicht mehr hergeben wollte. Als Gretel zur Kirche hinüberblickte, überkamen sie Erinnerungen an all die schönen wie auch traurigen Geschehnisse, die sich dort aneinandergereiht hatten.

Emma spürte, was in ihr vorging: „Was die alten Mauern schon so alles gesehen haben. Die letzte Feier war Dorotheas Kommunion. Hab' ich Dir schon erzählt, dass sie Orgel spielt?"

„Das habt ihr doch geschrieben, ich kann's kaum erwarten bis ich sie höre." Vorm Goldenen Ritter warteten schon die Nachbarn.

„Ist das der neue Forner?" fragte Frau Steinhauer und versuchte vergebens, den Kleinen aus den Armen Dorotheas zu befreien und auch Frau Blumentritt gelang dies nicht. So beschränkte sie sich darauf, ihm über den Kopf zu streicheln, und Wolfgang schaute weiter mit großen Augen um sich. Max hatte inzwischen Wilhelm aus dem Schlachthaus geholt und der begegnete dem Besuch im Hof. Beim Anblick von Gretel und Wolfgang wurden seine Augen ganz feucht und er wischte sich nochmals die Hände an seinem Schurz ab, bevor er sie in seine Arme schloss und sagte: „Jetzt bin ich ja wohl Urgroßvater, so fühl ich mich auch manchmal. Die Arbeit ist nur noch dazu da um mich schmutzig zu machen", und Gretel antwortete: „Wie ich mich nach Euch gesehnt habe! Und heut' Abend, wenn Du sauber bist, umarmen wir uns richtig!" Als Gretel oben in ihrem alten Zimmer Wolfgang versorgt hatte und dieser endlich eingeschlafen war, schaute sie, ihrer alten Gewohnheit folgend, zum Fenster hinaus. Alles war wie immer oder fast wie immer. Die größte Neuerung waren die langen roten Fahnen mit dem schwarzen Hakenkreuz in einem weißen Kreis, die am Rathaus von den Fenstern herabhingen. Sie drehte sich um und betrachtete die abgeschossene gelbe Tapete mit den Röschen, und wieder fühlte sie sich zurückversetzt in ihre Kindheit und Jugend, die sie hier verbracht hatte. Am nächsten Morgen saß sie mit ihrem Vater beim Frühstück.

Dieser hielt Wolfgang auf seinem Schoss, der immer wieder verwundert an Opas Schnurrbart herumzog.

„Was für ein Schatz! Schade, dass Deine Mutter das nicht mehr erleben kann", sagte Joseph melancholisch.

„Ja, wie hätte sie sich gefreut! Aber jetzt sag, wie geht es Dir so? Du siehst ein bisschen blass aus!"

„Ach, in letzter Zeit fühl' ich mich ziemlich schwach, ich werd' halt auch nicht jünger. Aber mit euch Beiden zusammen fühl' ich mich wohl," sagte er lächelnd und sie plauderten weiter bis es Wolfang zu langweilig wurde, und er anfing herumzumäkeln. Gott sei Dank kam Dorothea bald von der Schule, übernahm Wolfgang und schleppte ihn den Rest des Tages mit sich herum.

Wolfgang spielt am Weinstock

Wolfgang liest

Später am Abend, als alle Arbeiten erledigt waren, saßen Gretel und Emma miteinander in der Küche und unterhielten sich.

„Wie ist es denn bei euch in Stuttgart mit den Nationalsozialisten?" fragte Emma.

„Die haben schnell die Macht übernommen. Man hört von vielen Verhaftungen, aber ich weiß nichts Konkretes. Otto hat mir eingebläut, mich Fremden gegenüber vorsichtig zu zeigen. Alle hoffen natürlich, dass es bald wieder Arbeit gibt. Und wie ist es hier?"

„Ich hab' Dir ja gesagt, dass Edeltraudt nach New York abgereist ist."

„Ja, das hast Du geschrieben, wie aufregend!"

„Na ja, aufregend, es ist sicher ein bisschen mehr. Ihre Mutter hat mir gesagt, dass sie die Braunhemden fürchtet wie die Pest und ihnen nicht traut. Die behaupten, die Juden seien an allem Unglück der Deutschen schuld, dabei sind sie doch auch Deutsche!" Gretel fühlte sich bei der Diskussion unbehaglich und in politischen Fragen viel zu unbedarft. Sie war mit einer lebendigen Gemeinde von Juden in Überauen aufgewachsen und ohne Vorurteile. Ja, sie hatten zwar ihre eigenen Riten, waren aber sonst sehr angenehme Mitbürger und auch Patrioten.

Viel zu schnell ging der Aufenthalt in Überauen zu Ende und wieder gab es beim Abschied auf dem Bahnhof Tränen und Versprechen auf gegenseitige Besuche und schon bald verschwand der Ort wie eine Fata Morgana am Horizont.

Ein paar Monate später fand Otto eine neue Beschäftigung bei der Buchdruckerei Heinrich Fink. Allerdings musste er sich mit 1.000 RM an dem Unternehmen beteiligen, wofür er sein ganzes Erspartes verwendete. Einige Wochen später kam er abends bedrückt heim und auf Gretels Fragen nach dem Grund gestand er:

„Unser Geld sehen wir nicht wieder, dem Fink gehört nicht einmal mehr der Nagel an der Wand!"

Das war natürlich deprimierend und ewig schade um das mühsam ersparte Geld, aber es war halt auch „nur" Geld.

Überall in Deutschland spannte sich die Situation mehr und mehr an und die Soldaten wie auch die Hakenkreuze wurden immer mehr. Nicht nur in Stuttgart wurden militärische Einrichtungen gebaut. Die Wirtschaft allerdings blühte weiterhin, Mercedes Benz baute Lastwagen und Panzer, Werkstätten und Chemiefirmen sowie auch Firmen wie Bosch arbeiteten auf Hochtouren um allerlei Kriegsgerät zu produzieren.

Herr Porsche wurde angeblich Mitglied der NSDAP.

Zur selben Zeit wurde auf Anordnung Hitlers die Autobahn gebaut, die alle großen Städte Deutschlands miteinander verbinden sollte.

Es gab kaum mehr Widerstand, da allen inzwischen klar war, dass es keinen Sinn hatte, sich mit den Nazis anzulegen, wenn einem das eigene Leben etwas wert war. Außerdem hatte jeder Arbeit, etwas zu essen und anzuziehen und bekam jede Woche sein Geld. Da war es besser, einfach die Klappe zu halten.

Obwohl sie Überauen immer gerne einen Besuch abstattete, war Gretel sehr froh, ihren Otto wiederzusehen. Das Gepäck wurde direkt im Flur abgestellt, Wolfgang in sein Bettchen gelegt und dann begrüßten sich die beiden erst einmal herzlich.

Eine Weile später ging man wieder zur normalen Routine über und Otto warnte Gretel einmal wieder: „Sag nichts über die Nazis oder gar Hitler, zu niemandem! Die Regierung hat überall ihre Spitzel verteilt, man kann nicht vorsichtig genug sein. Leute, die die Nazis kritisieren, werden abgeholt und nicht mehr wiedergesehen. Wir haben Wolfgang und uns beide, um die wir uns sorgen müssen. Es ist schlimm genug, dass mein Vater Nikolaus ein überzeugter Kommunist ist und weiterhin seine rote Nelke am Revers trägt. Lass uns nur hoffen, dass er zumindest versucht, nicht aufzufallen.

„Keine Sorge, Otto, ich kann schon meine Gosch halten. Frauen gehören ja eh hinter den Herd. Ich red' einfach nur über's Spätzle machen und lächel ganz brav.“

So sahen die Forners weiterhin dabei zu, wie die politische Situation in Stuttgart sich immer mehr anspannte. Wie ein jeder, versuchten auch sie, einfach ihrem täglichen Leben nachzugehen, während es um sie herum immer gefährlicher wurde.

Ein paar Monate nach Gretels Rückkehr erreichte sie ein trauriges Telegramm aus Überauen.

JOSEPH GEYER GESTORBEN TUT UNS LEID
GRETEL BEERDIGUNG MORGEN

Als Otto an dem Abend von der Arbeit nach Hause kam, fand der Gretel in Tränen aufgelöst.

„Was ist los, Gretel? Ist dir oder Wolfgang etwas passiert?“

„Keine Sorge, uns geht's gut, aber ich habe erfahren, dass mein Papa gestorben ist. Ich kann mir gar nicht vorstellen, dass er nicht mehr da sein soll. Ich weiß, dass er kein einfaches Leben hatte, aber dass er jetzt einfach so gestorben ist, das kann ich gar nicht begreifen. Es ist so traurig." sagte sie, während sie sich die Augen trockentupfte. „Wenigstens hab' ich ihn noch gesehen, als ich das letzte Mal in Überauen war. Die Beerdigung ist morgen, aber ich schaff es nicht, so kurzfristig dort hinzufahren. Vielleicht könnten wir hier in der Kirche einen kleinen Gottesdienst abhalten, wenn du morgen heimkommst."

„Aber natürlich machen wir das. Meine Eltern sollen rüberkommen und auf Wolfgang aufpassen, dann können wir in die Kirche und für Joseph beten und ein paar Kerzen anzünden. Ich kannte ihn ja nicht sehr gut, aber er hatte wirklich kein einfaches Leben, was ich so aus deinen Erzählungen rausgehört habe", sagte Otto.

Während des privaten Gottesdienstes las der Pfarrer einige schöne Bibelstellen und betete gemeinsam mit dem trauernden Paar. Gretel wie auch Otto waren sich einig, dass man nie auf die Tragödien, die das Leben für einen parat hat, vorbereitet sein kann.

Es war nur gut, dass sie nicht wussten, welch furchtbarer Schicksalsschlag im Jahr darauf auf sie wartete.

20. GROSSE TRAUER, 1934

1934 war das Jahr in dem Adolf Hitler seine Macht endgültig festigte. Er hatte seine politischen Gegner eliminiert, seine innerparteilichen Konkurrenten erledigt, aber auch die Arbeitslosenzahl reduziert und die Wirtschaft, durch Aufrüstung angekurbelt. Kurz, er war zu einem Diktator geworden, der versprach, sein Volk zurück zu alter Größe zu führen. Wohin er es wirklich führte, sahen nur die Wenigsten.

Als Otto eines Abends von der Arbeit heimkam, war Gretel völlig aufgelöst.

„Otto, Wolfgang hat den ganzen Tag nur geschrien und hat sich nicht beruhigen lassen, und er hat auch Fieber! Ich fürchte, es ist was Ernstes, wir sollten mit ihm zum Doktor!" Die Sprechstunde war schon vorbei, aber der Arzt wohnte über seiner Praxis und war mit Otto und Gretel bekannt.

„Ich lauf' schnell rüber und frag' ihn, ob er herkommen und den Kleinen untersuchen kann", sagte Otto und war schon die Treppe hinunter und auf der Straße. Gretel sah ihm besorgt nach, Wolfgang auf dem Arm, und betete, dass der Arzt zu Hause war. In der Praxis angekommen, sah Otto den Arzt noch am Schreibtisch sitzen und Bürokram erledigen.

„Was ist passiert?" fragte der, als er Otto aufgelöst hereinstürmen sah.

„Mit Wolfgang ist etwas nicht in Ordnung, er hat hohes Fieber, schreit die ganze Zeit und hält sich den Kopf als hätte er dort Schmerzen. Können Sie ihn bitte untersuchen?" Der Arzt war es zwar gewohnt, dass junge Eltern selbst wegen Kleinigkeiten einen Aufruhr verursachten, aber Ottos Beschreibung klang doch zu bedrohlich und er packte mit ernstem Gesicht seine Sachen in die Arzttasche und beide eilten in den Strohberg. Dort wartete Gretel schon ungeduldig mit dem leidenden Kind und war erleichtert, als beide eintrafen. Der Arzt brauchte nicht lange um zu diagnostizieren, dass Wolfgang eine ernsthafte Erkrankung hatte.

„Lassen Sie mich bitte mit dem Kind allein, bei der Untersuchung brauche ich volle Konzentration, da kann ich keine nervösen Eltern dabei brauchen", sagte er und versuchte ein aufmunterndes Lächeln aufzusetzen.

Nach kurzer Zeit rief er sie zu sich, bat sie sich zu setzen und sagte professionell:

„Leider habe ich keine so guten Nachrichten. Ich fürchte, ihr Kind hat eine Hirnhautentzündung. Ich kann alles tun, um ihm Erleichterung zu verschaffen, indem wir die Symptome bekämpfen, aber es gibt noch keine Medikamente zur Behandlung der eigentlichen Krankheit, da muss die Natur sich selbst helfen.

Zunächst muss ich jedoch sicher sein, dass die Diagnose stimmt. Dazu brauche ich Rückenmarksflüssigkeit und dabei müssen Sie mir helfen."

Gretel und Otto waren wie gelähmt von der schrecklichen Nachricht, rissen sich aber zusammen und halfen, den armen kleinen Wolfgang festzuhalten, der aus voller Lunge schrie und nicht begreifen konnte, wie seine Eltern ihm solche Schmerzen zufügen ließen. Gretel liefen die Tränen über das Gesicht, aber mit allem Willen hielt sie das zappelnde, kreischende und verzweifelt sich wehrende Kind fest, sodass der Arzt die Spritze einführen und langsam Flüssigkeit heraussaugen konnte. Als alles erledigt war, lag Wolfgang wie ein lebloses Bündel in Gretels Schoß. Die Eltern und der Arzt waren schweißgebadet und dieser zitterte vor Erschöpfung, als er die gewonnene Flüssigkeit in ein Reagenzglas füllte. Dann passierte etwas seltsames, was beide Eltern ihr ganzes Leben nicht mehr vergessen sollten.

Gretel fasste Ottos Hand und flüsterte mit brechender Stimme:

„Schau doch, was in dem Reagenzglas passiert ist, es sieht aus wie eine Krone!" Und tatsächlich hatten sich in dem Becher Schlieren gebildet, die sich kreisrund wie zu einer Krone formten. Ein einfacher chemischer Vorgang? Ein Zeichen? Jeder der drei verband in diesem Moment eine eigene mysteriöse Vorstellung damit.

Wolfgang lag in seinem Bettchen, der Arzt hatte ihm ein Medikament gegeben, und die drei Erwachsenen besprachen das Weitere.

„Wie konnte er denn das bekommen? Er war doch kaum mit anderen in Kontakt!" Fragte Gretel.

„Schwer zu sagen, aber diese Krankheit ist hoch ansteckend. Ich komme morgen Vormittag wieder vorbei", sagte der Arzt sachlich, packte seine Sachen und ging schweren Schrittes die Treppe hinunter. ‚Furchtbar', dachte er, ‚das einzige Kind. Die armen Eltern, aber da ist nichts mehr zu machen, außer dem Kind und den Eltern das Bevorstehende so weit wie möglich zu erleichtern – manchmal hasse ich meinen Beruf.'

Gretel und Otto saßen an Wolfangs Bett, hielten sich an der Hand und beide schickten ihre Gebete zum Himmel, der aber seine Entscheidung schon getroffen zu haben schien. Am nächsten Vormittag kam der Arzt und bestätigte die Diagnose.

„Sie müssen jeden Tag im Krankenhaus Rückenmarksflüssigkeit abnehmen lassen, ich habe dort schon alles geregelt. Es tut mir leid, Ihnen das anzutun, aber wir müssen den Krankheitsverlauf kontrollieren um vielleicht doch noch eine Chance zu haben, ihn zu retten."

„Natürlich, Herr Doktor", sagte Gretel, „wir tun alles, was sie sagen. Ich hoffe nur, mein Kind hat dabei nicht mehr so viel Schmerzen!"

Der Arzt sah sie kurz an, zuckte mit den Schultern und ging. Natürlich verband der kleine Wolfgang jeden Gang ins Krankenhaus mit der quälenden Prozedur, so dass er schon beim Verlassen der Wohnung damit begann, wie am Spieß zu brüllen, es zerriss einem das Herz. Aber Gretel war eine tapfere Mutter, die mit ihrem Kind litt als fühlte sie die Nadel selbst in ihrem Rücken. Es musste halt sein.

Als der Arzt das nächste Mal an der Wohnungstür erschien, machte er einen müden Eindruck. Der Kleine schlief, vollgepumpt mit Medikamenten, anscheinend friedlich in seinem Bettchen. Wieder wurden die Eltern hinausgeschickt und warteten bang, auf jedes Geräusch lauschend, vor der Tür. Aber im Zimmer blieb es totenstill, dann erschien der Arzt unter der Tür und sagte mit leiser Stimme: „Kommen sie herein und nehmen sie Abschied, es geht leider zu Ende! Ich bleibe hier draußen, falls sie mich brauchen!"

Gretel und Otto waren bereits darauf vorbereitet und doch war es der schwerste Gang ihres Lebens. Als sie am Bettchen standen, fiel Gretels Blick auf das Reagenzglas mit der frisch entnommenen Flüssigkeit.

„Otto, schau! Die Krone ist wieder da, aber dieses Mal ist sie wie von einem trüben Schleier bedeckt." Es war, als würde die Flüssigkeit selbst Trauer tragen.

Gretel und Otto streichelten behutsam über das weiße Betttuch, das Wolfgangs kleinen Körper bedeckte. Sie standen neben den Bettchen, leise weinend bis der Artzt sie sanft zur Seite führte. Ihr geliebter Wolfgang war Tot.

Niemand findet Worte für solch einen Verlust. Wie kann man die Trauer und den Schmerz der Eltern beschreiben, die gerade ihr einziges, kaum zwei Jahre altes Kind verloren haben? Keiner findet die richtigen Worte in so eine Situation, aber jedes mitfühlende Herz kann es sich vorstellen.

Nach einigen Minuten Stille fasste sich Otto ein Herz, ging zu den Nachbarn und bat sie, Luise und Nikolaus über den Tod des kleinen

Wolfgangs zu benachrichtigen. Otto und Gretel mussten beginnen für die Organisation der Beerdigung zu sorgen. Das waren Minuten, in denen der Schmerz ein bisschen nachließ und man einmal an etwas anderes denken musste. Natürlich wurde auch ein Telegramm mit der traurigen Nachricht nach Überauen geschickt. Der Bote vom Telegraphenamt ging schnurstracks in die Küche des Goldenen Ritter, in der gerade Emma und Christoph beim Kochen waren.

„Frau Bergmeister, Telegramm", sagte er nur und verschwand sofort wieder. Das war ungewöhnlich, sonst hatte er immer etwas von anderen Leuten zu berichten. Es konnte also nichts Gutes sein, was das Telegramm beinhaltete. Mit zitternden Händen öffnete Emma das Stück Papier und las:

UNSER GELIEBTER WOLFGANG IST GESTORBEN
MIT GEBROCHENEN HERZEN OTTO UND GRETEL

Und wie es in Überauen üblich ist, kannte innerhalb kürzester Zeit der ganze Ort die schlimme Nachricht.

Christoph hatte Max und Wilhelm benachrichtigt und beide kamen in die Küche, wo sie Emma schluchzend am Küchentisch vorfanden, das Telegramm immer noch in der Hand. ‚Wie kann das sein, dachte Wilhelm, der Kleine war doch gerade noch hier! Ich könnte an Gott verzweifeln, was hab' ich ihm nur getan, dass er uns so bestraft?' Und trotz des Elends, das jeder spürte, entschied Max, ein Kondolenztelegramm zurückzuschicken und bei Pfarrer Weible eine Totenmesse für den kleinen Wolfgang in Auftrag zu geben.

Auch in Stuttgart gab es eine Totenmesse, und der Anblick des kleinen weißen Sargs konnte einem das Herz brechen. Der Pfarrer bat Gott den Kleinen gnädig aufzunehmen.

Gretel schluchzte herzzerreißend, stützte sich auf Luise und betete: "Heilige Mutter Gottes, bete für uns. Ich halte den Schmerz nicht aus und kann nicht verstehen, wieso der liebe Gott Wolfgang zu sich genommen hat, er war doch noch so klein. Es fühlt sich so an, als hätte man einen Teil von mir selbst entrissen. Bitte halte ihn sicher in deinen Armen, bis ich wieder mit ihm vereint bin."

Luise betete inbrünstig für seine kleine unschuldige Seele, aber Otto und Nikolaus hatten mit Gott noch eine Rechnung offen. Später fragte

Gretel Luise, warum Gott ihr zuerst das Kind schenkte, um es dann wieder wegzunehmen. War er ein Sadist?

Luise antwortete: „Du weißt ja, wir haben unsere Hildegard auch als Kind verloren. Gott entscheidet halt nun einmal über Leben und Tod, uns bleibt nur zu beten und auf seinen Ratschluss zu vertrauen. Ihr seid ja noch jung und könnt noch viele Kinder zur Welt bringen."

Otto trauerte und war nicht in der Stimmung über Philosophie oder gar Religion zu reden. „Ich weiß nur eins, Wolfgang ist tot und ich bin sehr wütend darüber."

Es war still geworden im Wagen, bis auf ein Schluchzen ab und zu war nichts zu hören. Gretel starrte aus dem Fenster. ‚Wie kann alles nur so normal aussehen da draußen? Jeder geht seinem täglichen Leben nach als wäre nichts passiert, als wäre mein lieber Wolfgang nicht einfach so gestorben. Versteht denn keiner, dass mir mein Herz bricht?' Gretel wusste natürlich, dass die Welt nicht stehenblieb, wenn jemand Geliebtes von uns ging, dass das Leben weiterging, auch wenn man in tiefer Trauer war.

Das Grab war auf dem Friedhof in Heslach schon vorbereitet. Für den kleinen weißen Sarg brauchte man keine Träger. Otto trug ihn selbst an die Brust gedrückt und jetzt lagen ihm plötzlich die Nerven blank und er begann, hemmungslos zu weinen. Es schüttelte ihn so, dass die Trauergesellschaft fürchten musste, er würde den kleinen Sarg noch fallen lassen. Aber er schaffte es, gelegentlich stolpernd, bis zu der offenen Grube. Die vorgesehenen Träger versuchten ihm den Sarg, den er absolut nicht loslassen wollte, abzunehmen und es war schließlich Gretel die ihm ihre Hand auf den Arm legte und sagte: „Lass ihn gehen!" Das war es, er musste loslassen können und tat es dann auch. Aber wer hat Worte für den Schmerz, wenn nach den Blumen noch die Erde auf den Sarg niederprasselt, ein Geräusch, das durch Mark und Bein geht. Beenden wir diesen traurigsten Tag im Leben der Forners, denn eins war klar, es musste einfach weitergehen und das tat es auch.

Als sie nach der Tortur dieses Tages wieder zurück in ihrer Wohnung waren, lagen sich Gretel und Otto einfach nur in den Armen und weinten, bis sie irgendwann völlig erschöpft einschliefen.

Am nächsten Tag musste Otto wieder zur Arbeit, als wäre nichts gewesen. Er konnte auf keinen Fall einen Tag verpassen, zu viele Menschen waren seit der Weltwirtschaftskrise auf Arbeitssuche und des Weiteren wollte er nicht riskieren, dass er womöglich noch eingezogen wurde.

Als Otto aus dem Haus war, ging Gretel in Wolfgangs Zimmer, in dem nun völlig verlassen sein kleines Bettchen stand. Die Stille war so furchtbar, dass sie fast von ihr überwältigt wurde. Sie saß einfach nur da und weinte. ‚Als Friedrich Rossfeld damals im Krieg gefallen war, dachte ich eigentlich, dass es keinen größeren Schmerz mehr geben kann. Als dann Mama starb und wir hinter dem Leichenwagen her über den Friedhof in Überauen gingen, dachte ich, keine Trauer kann schlimmer sein. Aber das Qualvollste ist nun der Tod meines lieben, kleinen Wolfgangs.‘

Gretel saß immer noch allein in Wolfgangs stillem Zimmer und sah in ihrem Schmerz noch einmal an den Tod ihrer Mutter Rosa und Großmutter Barbara vor Augen. ‚Nun endlich verstehe ich wie ein Mensch so deprimiert und traurig sein kann, dass er aus Verzweiflung Selbstmord in Erwägung ziehen könnte.‘

Auch für Otto war es nicht leicht, einfach so zum Tagesgeschehen überzugehen. Wolfgang ging ihm nicht aus dem Kopf. Als er in die Straßenbahn stieg, überkam ihn eine Welle der Trauer und er schluchzte tief und wischte sich mit seinem Taschentuch die Tränen weg. Seine Mitfahrer bemerkten das natürlich und versuchten, nicht zu sehr zu dem jungen Mann hinüber zu starren, wie er vor sich hin weinte. ‚Der Schmerz ist einfach zu groß! Das kann nur ein furchtbarer Alptraum sein. Wolfgang kann doch nicht einfach tot sein! Wie sollen Gretel und ich denn weitermachen mit unseren gebrochenen Herzen?‘

Im Geschäft angekommen musste Otto seine Rolle als harten Manager spielen, ohne seine wahren Gefühle zu zeigen. ‚Wie soll ich das nur hinbekommen heute?‘ dachte er bei sich. ‚Die werden denken, ich bin nicht ganz normal. Ich muss wenigstens in der Öffentlichkeit aufhören zu weinen‘. Die anderen Arbeiter hatten natürlich schon von seinem tragischen Verlust gehört und waren voller Verständnis und ließen ihn in Ruhe trauern.

Die nächsten Wochen und Monate gingen vorbei, Gretel und Otto lebten wie zwei Marionetten vor sich hin ohne wirklich mitzubekommen, was um sie herum passierte. Es war ganz klar, dass Wolfgangs Tod eines der schlimmsten Geschehnisse in ihrer beider Leben bleiben würde.

Auf dieses Foto von Wolfgang und Anna in Überauen hat Otto ein Gedicht geschrieben. Für den Rest seines Lebens begleitete ihn dieses Bild neben seinem Bett. Es ist der herzzerreißende Ausdruck seines Schmerzes und seiner Trauer über den Tod von Wolfgang. Hier ist der Wortlaut.

Wolfgang und Anna in Überauen

Kleines Bild an meiner Wand,
wie oft nehm' ich dich noch zur Hand.
Abends vor dem Schlafengehen,
um dich noch einmal anzusehen.
Oft tu' ich's und immer wieder,
und du lächelst still hernieder.
Du bist so fern und ich bin hier,
Nur dein Bild bringt dich noch zu mir.

21. GEBURT UND TOD

Wolfgangs Tod bestimmte Gretels und Ottos Leben für eine lange Zeit. Deutschland währenddessen bewegte sich immer mehr in Richtung Krieg. Es hieß, Hitlers Truppen hätten am 27. Februar 1933 den Reichstag in Berlin in Brand gesetzt und kurz darauf im März, mitten in den politischen Unruhen, wurde Hitler die diktatorische Macht zugeteilt, was durch die Alleinherrschaft der Nazis sowieso nur noch eine Formsache war.

Im Stuttgarter Strohberg achteten Otto und Gretel nach wie vor genauestens darauf was gesagt wurde und zu wem. „Red' einfach vom Wetter und wie ungern du die Wäsche machst, Gretel. Man muss immer Angst haben, dass man an einen Spitzel gerät, der einem nur eine Falle stellen will. Deswegen, keine Politik, sondern einfach nur nett lächeln und sich dumm stellen."

„Ich hab's verstanden, Otto. Die meisten haben ja selber Angst. Lass uns mal hören was sie im Radio zu sagen haben, wobei man ja schon gar nicht mehr weiß, ob man glauben kann, was da so gesendet wird."

Die NSDAP hatte Deutschland fest im Griff. Man hielt besser den Mund, wenn man nicht riskieren wollte, dass man ins KZ geschickt oder gar erschossen wurde.

Bei Forners allerdings gab es endlich auch wieder gute Nachrichten. „Otto, ich hab' eine kleine Überraschung für dich. Du wirst wieder Papa!" sagte Gretel mit einem verhaltenen Lächeln. „Das sind ja wunderbare Neuigkeiten! Ich freue mich riesig, dass wir wieder Eltern werden, nach all dem mit Wolfgang." rief Otto und umarmte sie herzlich.

Die Schwangerschaft verlief ohne Komplikationen, die neun Monate vergingen wie im Fluge und sie waren gut auf die Geburt vorbereitet.

„Hol' mein gerichtetes Köfferchen und lass uns in die Frauenklinik hinüber laufen, solange ich noch gehen kann." Am 6. Juni 1935 erblickte, nach einer unkomplizierten Geburt, Hans das Licht der Welt.

Natürlich wurde Überauen sofort telegraphisch von der sensationellen Neuigkeit informiert und als Antwort kam ein ausführlicher, herzlicher Brief von Emma mit Glückwünschen und dem neuesten Klatsch im Ort. „Otto, weißt Du schon das Neueste? Anna und dieser Eugen vom Rathaus sind anscheinend unzertrennlich, vielleicht gibt es da eine Hochzeit, das wär' doch schön!" sagte Gretel zu Otto, der am Radio herumfummelte. Er setzte sich mit einer Zeitung in seinen Sessel und bemerkte trocken: „Der Eugen? Na, da gibt's Schlimmere. Und was gibt's sonst? " Gretel fuhr fort: „Das Beste ist: Dorothea ist mit Johann Jessat verlobt, oder zumindest so gut wie. Max denkt darüber nach, ihnen eine Wohnung über der Räucherkammer einzurichten."

„Über der Räucherkammer? Wie heimelig, da wird's ihnen sicher nicht kalt", witzelte Otto und grinste, worauf Gretel praktisch feststellte:

„Auf jeden Fall kostet die nichts, das ist unschlagbar! Im Übrigen scheint Rudolf Spaß am Metzgern zu haben. Er hilft schon richtig mit. Bald kann er Wilhelm im Schlachthaus ersetzen!"

Die Nationalsozialisten hatten nun das Land voll in Griff. Nachdem 1933 wegen des großen Ansturms ein Aufnahmestopp für die NSDAP verfügt worden war, wurde der jetzt aufgehoben und jedermann – außer natürlich den Juden – hatte die Chance, an der wunderbaren Erneuerung Deutschlands mitzuwirken. Solang man sich nicht gegen die Machthaber auflehnte, war das Leben immer besser geworden – wie gesagt, außer man war eben ein Jude. Es gab Arbeit, Geld und es herrschte Recht und Ordnung. Der Faschismus hatte auch andere Länder wie Italien und Japan fest im Griff und Russland stöhnte unter der Knute Stalins. Die olympischen Spiele 1936 in Berlin waren ein großer Erfolg, Deutschland war wieder wer und begann im spanischen Bürgerkrieg die neuesten Waffen und Kriegstaktiken zu erproben. Die Welt begann den Atem anzuhalten.

Ende 1936 fand Otto eine winzige Annonce, in der die Elektrotechnische Firma Emil Niethammer einen Buchhalter suchte. Er bewarb sich, wurde auch prompt für ein Gehalt von monatlich 300 RM eingestellt und verbrachte dort den Rest seines Berufslebens, bis er

37 Jahre später in den Ruhestand ging. Im Frühjahr 1937 zog man um in die Schloßstraße 96 in ein Haus um, das seiner alten Firma Conzett & Huber gehörte. So war in Stuttgart alles in Butter und es wurde für Gretel wieder einmal Zeit, Überauen einen Besuch abzustatten.

Als der dortige Bahnhof auftauchte, der sich seit Gretel denken konnte nicht verändert hatte, sagte sie träumerisch zu Hans:

„Was der Bahnhof immer für Erinnerungen in mir wachruft, wenn ich ihn sehe. Gute wie schlechte. Schau, wie alle schon auf uns warten! Sie winkte ganz aufregt den Freunden und Familienmitgliedern zu, die am Bahnsteig standen und sich nicht weniger freuten. Anna, Emma, Max und ihre Kinder und sogar Christoph Baumfeller war da. Hans streckte inzwischen seinen Kopf aus dem Fenster und schnupperte den Geruch des Rauchs der Dampflokomotive. Natürlich waren alle zur Begrüßung versammelt und Hans genoss es, der Mittelpunkt zu sein. Max packte ihn, warf ihn in die Luft und fing ihn wieder auf und Hans zappelte und kreischte vor Vergnügen und rief: „Nochmal", solange bis Gretel einschritt und ihn Dorothea übergab, die ihn den Rest des Empfangs nicht mehr abgab.

Die Gruppe machte sich auf den Weg und Gretel dachte an den Tag der Beerdigung ihrer Mutter zurück, wie sie durch dieselben Gassen gegangen waren. Auch alle anderen lieben Menschen, die sie über die Jahre verloren hatte, allen voran Wolfgang, spukten ihr im Kopf herum, aber heute war ein fröhlicher Tag. Sie war jetzt mit Hans hier und es begann ein neues Kapitel.

Sie gingen über den Marktplatz am Rathaus vorbei, an dem die schwarz-weiß-roten Fahnen der Nationalsozialisten wehten und Gretel stellte fest, wie anders sie doch alles in Erinnerung hatte. Über die Brunnengasse und durch das große Tor kamen sie schlussendlich am Goldenen Ritter an, wo sie Wilhelm auf seinem Lieblingsplatz unter dem Weinstock am Küchenfenster freudestrahlend empfing, natürlich wie immer mit seiner Pfeife zwischen den Zähnen.

Gretel lief auf ihn zu und umarmte ihn: „Wie ich Dich und Euch alle vermisst habe!" flüsterte sie ihm zu und Tränen stiegen ihm in die Augen.

„Ich Dich auch! Aber wo ist denn Dein kleiner Sohn?" Gretel rief Dorothea und die kam mit Hans auf dem Arm angerannt. Wilhelm hob ihn auf seinen Schoß und Max rief: „Das gibt ein schönes Foto, setzt Euch auf den Gartenstuhl da drüben vor der Mauer." Zu aller Überraschung gehorchte Wilhelm aufs Wort und so entstand eine wunderbare Aufnahme von Hans und seinem Urgroßvater.

Hans und Großvater

Später saßen Wilhelm und Gretel auf der Bank und Wilhelm sagte:

„Ich freu' mich, dass es Euch so gut geht. Ich erinnere mich immer wieder gern daran wie Otto hier früher nach dem Essen auftauchte und Du oder Emma ihm die Schüssel mit dem übrigen Salat durchs Fenster reichten. Da saß er dann mit seiner Gabel und schlug sich nochmal den Bauch voll. Ich hoffe, ihr kommt gut miteinander aus. Solche Schicksalsschläge wie mit Wolfgang bringen einander entweder auseinander oder näher zusammen", und mit einem Blick auf Hans fügte er hinzu „Bei Euch war es wohl das Letztere!"

Er hielt ihre Hand und sagte: „Gretel, ich werde nicht jünger und viel Zeit bleibt mir nicht mehr." Gretel tätschelte seine Hand wie um ihm zu verstehen zu geben, dass er sowas nicht sagen sollte, aber er fuhr fort: „Ich meine das ernst. Ich hatte ein wunderschönes Leben und auch Du hast deinen Teil dazu beigetragen. Ich liebe Dich als wärst du meine Tochter."

Worauf sie ihrem Großvater antwortete, „Ich werde dich für immer in meinem Herzen tragen. Du warst für mich immer der stolze Ritter in der glänzenden Rüstung. Es passt dazu, dass Du im Goldenen Ritter wohnst" Sie lachte. „Ich werde keine Minute je vergessen, die wir beiden miteinander verbracht haben. Aber jetzt haben wir genug ernstes Zeug geredet, lass uns schauen, was Emma Leckeres zum Abendessen gekocht hat."

Später am Abend dann, Dorothea passte auf Hans auf, konnte sich Gretel endlich mit Emma und Max zu einem vertraulichen Gespräch treffen. Sie schlichen sich durch den engen und dunklen Gang, der die Küche mit dem Schlachthaus verband, und an dessen Wänden sich in den Regalen gar leckere Gewürze, welche die Gerüche von ganz Arabien ausstrahlten, aneinanderreihten. Vom Schlachthaus ging es über den Innenhof weiter in die Waschküche.

Dort angekommen stellte sie weniger überrascht fest: „Hier ändert sich wohl auch nie was, oder?"

„Doch," sagte Emma, „darüber wollen wir ja mit Dir sprechen! Aber sei bloß leise!" Gretel war etwas verwirrt über die Geheimniskrämerei, hörte aber aufmerksam zu.

„Hier in Überauen hat sich sogar sehr viel verändert und nicht unbedingt zum Besseren," begann Max und schaute hinaus, ob auch niemand in Hörweite war, „die Nazis haben das Rathaus als ihr Hauptquartier eingerichtet und es wird erwartet, dass alle Beamten und Geschäftsleute in die Partei eintreten. Du kannst Dir vorstellen, unter welchem Druck ich stehe."

„Also Max ist der Letzte, der freiwillig in diese Partei eintritt, das weißt Du! Aber die Frage ist, wie lang er das noch hinauszögern kann, er muss ja auch an das Geschäft denken!" fügte Emma hinzu.

„Außerdem, bei diesem ganzen Säbelrasseln fürchte ich, dass Rudolf und Christoph eingezogen werden. Dass Rudolf in der Hitlerjugend ist und Dorothea beim Bund Deutscher Mädchen ist nicht zu vermeiden, abgesehen davon, dass es ihnen dort eigentlich gut gefällt. Aber diese wachsende Bespitzelei geht einem schon auf die Nerven und dann die Kampagnen gegen Juden, Zigeuner, Homosexuelle und Behinderte, das ist überhaupt nicht zu verstehen. Wie ist es denn in Stuttgart?" fragte Emma.

„Auch nicht anders," antwortete Gretel, „wir halten uns eben sehr zurück, nur mein Schwiegervater marschiert jeden 1. Mai mit einer roten kommunistische Nelke am Revers durch die Straßen. Er lässt sich nicht davon abbringen, aber wie durch ein Wunder kümmert sich keiner um ihn!"

„Am schlimmsten dran sind die Juden", sagte Max. „Noch dürfen sie bei uns ihr koscheres Fleisch einkaufen, aber ich sehe es schon kommen, dass das auch bald verhindert wird. Einige sind ja schon weg, nach

Frankreich oder Amerika. Dass Edeltraudt nach New York ist hast Du ja sicher auch mitbekommen, oder?"

„Es ist wahrscheinlich besser für sie in Amerika als hier, solange sich nicht alles etwas beruhigt hat. Wie lange denkst Du es noch hinauszögern zu können in die Partei einzutreten?"

„Hier in Überauen hat sich ja seit jeher Jeder um die Angelegenheiten der Anderen gekümmert, aber jetzt wird das langsam eine Frage von Leben und Tod," sagte Max und schüttelte den Kopf.

Nach ihrem Gespräch und tief in Gedanken stieg Gretel hinauf in ihr altes Zimmer, wo Hans satt und müde eingeschlafen war. Wie immer trat Gretel ans Fenster und schaute hinaus auf das alte Rathaus, das unter der Last der riesigen Hakenkreuzfahnen zu ächzen schien.

Gretel murmelte vor sich hin, „Wenn Sie noch auf dieser Welt sind, Frau Luder, dann wäre es sicher ein Genuss für Sie zu sehen, was dort drüben geschieht. Ich zweifle allerdings an den Nazis."

Am Sonntag dann war Dorotheas großer Tag. In der Kirche entfachte sie geradezu ein Feuerwerk an der großen Orgel und als Gretel sich umsah, bemerkte sie viele bekannte Gesichter, die ihr freundlich zunickten.

„Ist die Edith Luder eigentlich immer noch in Würzburg?" fragte sie Emma, die ihre Augen verdrehte: „Ich hab' gehört, sie kommt zurück." Nach der Messe traf man sich wie immer auf dem Vorplatz und Dorothea stellte ihren Freund Johann Jessat vor.

„Ich freu' mich sehr, ich hab' schon gehört, dass ihr Euch verloben wollt", meinte Gretel schelmisch. Dorothea wurde rot und stammelte bevor Gretel noch weiteres Unheil anrichten konnte: „Aber Tante Gretel!" Die lachte und musterte Johann von oben bis unten. Er war ein schmucker Bursche, Dorothea hatte einen guten Geschmack.

Bald darauf ging es wieder zurück nach Stuttgart. Alle kamen zum Überauer Bahnhof, um sich von Gretel und Hans zu verabschieden. Sie setzte sich an einen Platz am Fenster und als der Zug langsam anfuhr, gingen ihre Gedanken zu Wolfgang, mit dem sie dieselbe Reise gemacht hatte. ‚Ich bete nur, dass Hans nichts passiert!' dachte sie und winkte den anderen zum Abschied.

Sie sah so lange aus dem Fenster, bis der Kirchturm von Überauen verschwunden war und als sie sich wieder setzte, bemerkte eine Mitreisende lächelnd: „Sie scheinen sehr an Überauen zu hängen?" und Gretel antwortete zur eigenen Verblüffung: „Ja, Überauen werd' ich nie vergessen. Ein Teil meines Herzens bleibt immer hier!"

Die beiden kamen wohlbehalten in Stuttgart an und wurden von Otto und Nikolaus am Bahnhof erwartet. „Bin ich froh, Dich zu sehen,

Otto," rief Gretel und die beiden fielen sich um den Hals. „Ich hab' dich auch sehr vermisst, Gretel. Ich bin so glücklich, dass du wieder daheim bist und etwas Vernünftiges zu essen auf den Tisch kommt."

„Danke, dass du mitgekommen bist, Nikolaus", sagte Gretel und umarmte ihn herzlich.

Dieser kümmerte sich direkt um Hans und bot an ihn zu tragen, dieser wollte aber lieber laufen und zog ungeduldig an der Hand seines Großvaters.

Die kleine Familie ging gemütlich zusammen die Schloßstraße hoch und nach einem Kaffee ging Nikolaus dann nach Hause.

Gretel kehrte schnell in ihren Alltag zurück, wollte sich aber nicht wirklich damit abgeben, dass sie nicht sagen konnte, was sie wollte.

„Es nervt ganz schön, dass ich über die politische Lage und den dazu gehörigen Umständen nur mit Dir sprechen kann. Aber was beschwer' ich mich, uns geht es gut und Hans ist auch gesund. Ich bin also still und hoffe, dass die Welt nicht noch verrückter wird als sie sowieso schon ist."

„Vielleicht haben wir ja Glück und alles geht irgendwie seinen Lauf." sagte Otto voller Hoffnung.

Im November 1937 wurde Luise krank und verstarb. Dies kam so plötzlich und unerwartet, dass Nikolaus, Gretel und Otto noch bei der Trauerfeier völlig geschockt waren. Das Kindergrab in Heslach wurde zu einem Urnengrab umfunktioniert und einige Wochen später zog eine kleine Prozession mit der Urne zum Grab, in dem auch der kleine Wolfgang und seine früh verstorbene Tante Hildegard Forner lagen. Friedhöfe sind Orte der Erinnerung, aber manchmal ist die Erinnerung zu schmerzhaft. Keiner der Beteiligten hatte das Begräbnis Wolfgangs verarbeitet und keiner würde es auch in der Zukunft schaffen.

Alle waren froh als es vorbei war. Zurück in der Schloßstraße fragte Otto, ob Nikolaus nicht bei ihnen übernachten wolle, damit er zumindest diese Nacht mit seiner Trauer nicht ganz alleine war. Aber sein Vater, noch immer völlig von allem überwältigt, winkte ab: „Nein danke, mei' Bua, aber ich bin lieber alleine daheim und schwelge in den Erinnerungen an meine geliebte Luise." Sie begleiteten ihn noch zur Straßenbahn und winkten ihm traurig hinterher. „Mach' dir keine Sorgen, Otto", sagte Gretel, „ich geh' in den nächsten Tagen einfach immer mal mit Hans bei ihm vorbei und er kann ja auch zu uns zum Essen rüberkommen, damit er nicht alleine ist mit seiner Trauer und ein bisschen Ablenkung hat. Nicht, dass er uns noch an gebrochenem Herzen stirbt!"

Daraufhin nahm Otto sie in den Arm und sagte mit lächelnder Miene, „Gretel, du bist so eine liebe, verständnisvolle Frau. Mein Gott, was hatt' ich doch ein Glück, dass Du damals auf mich gewartet hast!"

22. HELMUT

Gegen Ende des Jahres 1937 versuchte Gretel wieder schwanger zu werden. Schon Anfang Januar 1938 konnte sie die frohe Nachricht mit Otto teilen. Dieser war so erfreut darüber, dass er sie direkt hochnahm und sich mit ihr im Kreise drehte. „Hoffentlich bekommen wir nochmal einen Buben" sagte er ganz aufgeregt und Gretel meinte kichernd: „Lass' mich bloß wieder runter, sonst muss ich mich noch übergeben!" „Ach Gretel, Du bist immer so romantisch" lachte Otto und die beiden hielten sich fest in den Armen.

„Mein Otto, alles scheint gerade so gut zu laufen. Wir haben eine tolle Wohnung, ich bin schwanger und deine Arbeit scheint auch endlich mal etwas Gescheites zu sein. Ich hoffe, dass unsere Glückssträhne etwas anhält!"

Eines Morgens im Februar 1938 klingelte es an der Wohnungstür in der Schloßstraße 96 und als Gretel öffnete, stand der Bote der Reichspost mit einem Telegramm vor der Tür.

„Frau Forner?" fragte er. Gretel bejahte und er übergab ihr ein Telegramm, tippte sich an seine Mütze und ging das Treppenhaus wieder hinunter. Telegramme bedeuteten immer entweder etwas sehr Erfreuliches oder eben das Gegenteil. Niemand in der Familie war schwanger – außer sie selbst natürlich – wollte sich verloben oder gar heiraten, was hieß, es war etwas Unerfreuliches. Sie überlegte noch kurz, ob sie es ungeöffnet aufheben sollte bis Otto von der Arbeit zurück war, aber dann siegte doch die Neugier und das Pflichtgefühl, schließlich waren Telegramme ja eilige Nachrichten.

Wie zu erwarten war es eine Todesnachricht aus Überauen, Wilhelm war gestorben.

OPA WILHELM TOT BEERDIGUNG FREITAG

Das kam eigentlich nicht sehr überraschend. Schon bei ihrem letzten Besuch war er schwach und antriebslos gewesen, ausgerechnet er, der mit seiner Energie und Entschlusskraft das Rossfeldschiff sicher über viele Jahre durch schwere See gesteuert hatte. Wie selbstverständlich hatte er für Gretel und Anna die Vaterrolle übernommen, die Joseph zu schwach war auszufüllen. Gretel begann zu weinen und der kleine Hans legte seinen Kopf in ihren Schoß, wohl um sie zu trösten, obwohl er gar nicht verstand, warum sie traurig war.

Als Otto nach Hause kam, sah er sofort, dass etwas nicht in Ordnung war. Gretel hatte immer noch gerötete Augen und die Begrüßung durch Hans schien auch nicht so lebhaft wie sonst.

„Wilhelm ist tot!" platzte Gretel sofort heraus und schon standen ihr wieder die Tränen in den Augen. Otto nahm sie in den Arm:

„Oh, es war ja damit zu rechnen. Aber jetzt, wo es passiert ist, kann man sich Überauen und Deine Familie ohne ihn überhaupt nicht vorstellen, er war für alle doch ein Übervater! Gut, dass Du ihn letztes Frühjahr noch gesehen hast!"

„Was soll ich denn jetzt machen, die Beerdigung ist in drei Tagen, soll ich hin oder nicht? Bei der Beerdigung meines Vaters war ich auch schon nicht dort."

„Aber das war doch auch ganz was Anderes, Du warst da zwar auch schwanger, aber die Angst, das Kind eventuell zu verlieren, hat ja damals alles dominiert," sagte Otto und nahm den kleinen Hans auf seinen Arm, „Ihr Beide fahrt übermorgen nach Überauen!"

Vor der Abfahrt am Bahnhof in Stuttgart ging Gretel in das Büro der Reichspost, von wo aus man das entsprechende Büro am Bahnhof in Überauen telefonisch erreichen konnte. Als die Verbindung stand, nahm sie den Hörer und, nicht ans Telefonieren gewöhnt, schrie sie zunächst hinein: „Hallo Überauen!" „Hallo, Gretel, das bist doch bestimmt Du, wer sonst ruft schon aus Stuttgart an? Schrei' nicht so, red' ganz normal, ich versteh' Dich dann gut. Du rufst bestimmt wegen Wilhelm an." Gretel war erleichtert, die vertraute Stimme des Fräuleins vom Amt in Überauen zu hören:

„Kannst Du irgendwie Maximilian Bergmeister zukommen lassen, dass ich heut' mit dem letzten Zug ankomme, zusammen mit Hans?"

„Kein Problem, ich richt's aus. Gute Reise und dann sehen wir uns ja heut Abend, bis dann!" Gretel war verwundert und erleichtert, wie einfach so etwas heute ging!

‚Es hat schon Vorteile, wenn man in einem kleinen Ort wohnt und man sich persönlich kennt. Besonders in so einem Fall wie heute,' dachte sie sich.

Die Fahrt nach Überauen war dann ja schon nichts Besonderes mehr. Hans schlief in ihrem Schoß, während die Landschaft an ihnen vorbeihuschte. ,Das Leben ist schon komisch. Da lebt man von einem schönen Ereignis zum nächsten und wird zwischendrin von den traurigen immer wieder auf den Boden der Tatsachen zurückgeholt. Jetzt fahr ich wirklich zu Großvaters Beerdigung, wie traurig' dachte sie bei sich und erinnerte sich dabei an die gemeinsamen Zeiten mit ihm.

Sie nahm unbewusst die Konvois der Militärfahrzeuge und die Anhänger voller Panzer und Kanonen wahr und fragte sich noch, was da wohl vor sich ging.

Als sie in Überauen ankamen, winkte sie der Telefonistin zu, die so nett gewesen war und ihre Nachricht ausgerichtet hatte, und diese grüßte freundlich zurück.

,Ich kenn' sie', dachte Gretel, ,aber ihr Name fällt mir nicht mehr ein, nur gut, dass ich ihr nur zuwinken muss'. Was so ein paar Jahre Abwesenheit doch ausmachen. Christoph war da, zusammen mit Dorothea und deren Geschwistern. Diese umarmte Gretel und beide bekamen Tränen in die Augen, teils aus Freude über das Wiedersehen, teils aus Trauer über den Anlass. Rudolf, nun ein junger Schlacks von 15 Jahren, war da mehr zurückhaltend, aber Gretel nahm auch ihn und seine kleine Schwester Gudrun wie selbstverständlich in den Arm.

Dann ging man die vertraute Bahnhofstraße hinunter am Marktplatz, der St. Severinus Kirche und dem Rathaus vorbei zum Goldenen Ritter – von wegen es hätte sich in Überauen nichts geändert. Die Brunnengasse hieß jetzt Adolf Hitlerstraße und das Rathaus war hinter dem Meer von Hakenkreuzfahnen kaum noch zu erkennen. Gretel zeigte Hans wo sie als Kinder im Keller Verstecken spielten, und das hätte Hans am liebsten auch gleich angefangen. Emma kam aus der Küche, umarmte Gretel lang und herzlich, setzte sich mit ihr auf die Bank, auf welcher Wilhelm einen großen Teil seiner wenigen Freizeit Pfeife rauchend verbracht hatte, und es wurden alte Erinnerungen ausgetauscht.

„Wilhelm ist schon legendär. Ich kann es noch gar nicht glauben, dass er nicht mehr da ist" sagte Gretel schluchzend.

„Ich weiß, Gretel, auch wenn er seine rauen Seiten gehabt hat, war er doch so ein guter und liebevoller Mensch. Ich werde ihn immer in Ehren halten."

Emma gab Gretel einen Kuss auf die Wange und etwas später gesellten sie sich zur Verwandtschaft, die sich in der Gaststube versammelt hatte.

Die Auswärtigen übernachteten im Goldenen Ritter soweit die Zimmer reichten, der Rest im Schwanen oder dem Waldhorn. Zum ersten Mal seit vielen Jahren war die Großfamilie wieder einmal vereint und es gab natürlich viel zu erzählen.

„Der Großvater und seine Frau Barbara haben also fünf Kinder großgezogen. Das ist wirklich beeindruckend!" meinte Rudi.

Gretel antwortet: „Es ist sogar noch beeindruckender. Wilhelm hat die Kinder aus Barbaras erster Ehe wie seine eigenen angenommen und hat uns Enkel auch noch mit durchgefüttert."

Gretel, später in ihrem Zimmer mit Hans, schaute wie immer aus dem Fenster und wieder fiel ihr auf, wie die „Neue Zeit" Überauen verändert hatte. Die Straßennamen waren nicht mehr dieselben, die Häuser beflaggt und auch die Leute waren anders geworden, vor allem den Juden gegenüber, die noch bessere Zeiten erhofften oder einfach nicht den Mut oder das Geld hatten, ihre Heimat Deutschland zu verlassen und in der Fremde ein neues Leben zu beginnen.

Ihre Gedanken gingen auch zu all den lieben Menschen die schon vor ihr gegangen waren, sodass es ihr fast das Herz brach, und wie sie sich immer wieder geborgen fühlte in der familiären Obhut des Goldenen Ritters. Sie fühlte sich immer sogleich sicher und daheim.

Gretel seufzte, wandte sich um, schlüpfte ins Bett und schloss Wilhelm in ihr Nachtgebet ein, während sie erschöpft in einen tiefen Schlaf fiel.

Am nächsten Morgen versammelten sich alle wieder im Hof des Goldenen Ritters und die Verwandtschaft aus den umliegenden Dörfern stieß dazu.

„Das ist doch Gretels Hans", rief Tante Frieda, während dieser mit den anderen Kindern auf dem Hof herumsauste.

„Fritz Rossfeld, Du Schlawiner", lachte Gretel, „weißt Du noch, wie wir hier Verstecken gespielt haben?"

„Und wie ich Euch in der Schule mit meiner Spinne erschreckt habe", setzte der noch einen drauf. Erinnerungen und Geschichten wurden ausgetauscht, bis es Zeit war zur Kirche zu gehen, wo sich schon „ganz Überauen" eingefunden hatte. Die Familie nahm in den vorderen Reihen Platz und nachdem sich alle gesetzt hatten, beruhigte sich die Stimmung und man wurde sich des traurigen Anlasses der Zusammenkunft wieder bewusst.

Dorothea hatte Herrn Jorg junior überredet die Orgel zu spielen, da sie möglicherweise von Trauer und Rührung übermannt werden konnte,und der legte sich auch gleich mächtig ins Zeug.

Als die Orgel leise anfing, ‚Jesus bleibet meine Freude' zu spielen, konnte sich fast keiner die Tränen zurückhalten.

Gretel betete, „Heilige Maria, Mutter Gottes, voll der Gnaden, hab Erbarmen mit uns. Lieber Gott, nimm Wilhelms zarte Seele in Dein Reich bis wir uns alle nach unserem Ableben vereint wiedersehen."

Wilhelm war eine solch' herausragende und geachtete Persönlichkeit in Überauen gewesen, dass alle ihn gekannt, die meisten bewundert und einige wenige ihn auch gehasst hatten. Pfarrer Weible lief jedenfalls zur Hochform auf, als er Wilhelms Leben Revue passieren ließ, und als am Schluss die Gemeinde unter Herrn Jorgs Führung zum „Großer Gott, wir loben Dich" ansetzte, blieb kein Auge in der Kirche trocken.

Einen solchen Leichenzug hatte Überauen noch nie gesehen. Der Sarg wurde nicht in einem Leichenwagen, wie sonst üblich, transportiert, sondern von sechs Männern aus der Verwandtschaft getragen. Es hatte viel mehr Freiwillige dafür gegeben, sodass die Trägermannschaft kurz vor dem Gerstenfelder Tor ausgewechselt wurde. Das war keine einfache Prozedur. Die Glocken von St. Severinus begleiteten leutend den Zug, dem Pfarrer Weible, welcher sich zu konzentrieren versuchte, mit den Ministranten vorausging. Wie er später einmal erzählte, fiel ihm beim Anblick der Menge und der vielen Tränen, die flossen, unwillkürlich eine Passage aus Theodor Fontanes Gedicht „John Maynard" ein: Zehntausend folgen dem Sarg oder mehr, und kein Aug im Zuge, das tränenleer!

Natürlich waren es keine Zehntausend, aber als der Sarg das Grab erreicht hatte, war das Ende des Zugs noch immer auf dem Weg zum Gerstenfelder Tor.

Gretel weinte und hielt Hans an der Hand während sie Arm in Arm mit Tante Emma ging. ‚Lieber Friedrich, jetzt bist du endlich wieder mit deinem Vater vereint.' dachte sie bei sich.

Am Grab selbst hatte sich Pfarrer Weible wieder gefangen und die Zeremonie war würdevoll und zum Glück kurz, denn ein kalter Wind fuhr über den Friedhof und ließ alle erschauern. Trotzdem verharrte die Familie eisern am Grab aus, um die Kondolenzbezeichnungen entgegenzunehmen und sich schließlich noch einmal mit einem gemeinsamen Gebet zu verabschieden. Dunkle Wolken zogen am Himmel auf als sich die Trauergemeinde langsam auflöste, und es schien, als wäre dies eine Vorahnung von dem, was Überauen in den nächsten Jahren noch bevorstand.

Gretel und Hans gingen schweigend neben Max, Emma und deren Kindern her. Die beiden Jungen Christoph und Rudi sahen schon richtig erwachsen aus in ihren neuen Anzügen. Hinter ihnen kamen Anna und

Eugen zusammen mit Gretels Schulfreund Ernst und Dorothea, die sich krampfhaft am Arm ihres Verlobten Johann Jessat festhielt. So gingen sie alle mit feuchten Augen in Richtung Marktplatz, bis sie am Brunnen vor einer schwarz-weiß-roten Wand von Hakenkreuzflaggen ankamen, die das Rathaus fast bedeckte, und unter dem neuen Adolf-Hitler-Straßenschild vorbei, erreichten sie schließlich den Goldenen Ritter.

Dort konnte man sich endlich aufwärmen und den vorbereiteten Leichenschmaus zu sich nehmen. Diese traditionelle Einrichtung hilft über die Trauer und den Schmerz hinweg, man spricht, nur Gutes, wie es sich gehört, über den Verstorbenen, erinnert sich an Anekdoten, in denen er eine Rolle gespielt hat, diskutiert wie es weiter geht – und sicher denkt der eine oder andere auch schon über die Erbteilung nach. Und schließlich geht man auseinander mit dem Gefühl an einer schönen Feier teilgenommen zu haben.

Am nächsten Tag nach dem Frühstück ging es schon wieder zurück nach Stuttgart.

„Pass' gut auf dich auf" sagte Emma zum Abschied und umarmte Gretel. „Ich muss leider hierbleiben und kochen und kann nicht mitkommen. Versprich bitte, dass du mir bald schreibst!"

Max begleitete Gretel und Hans zum Bahnhof. Er war ernster als sonst und sagte plötzlich: „Gretel, Überauen hat sich schwer verändert, und das nicht zum Besseren! Ob Du's glaubst oder nicht, aber das Gerücht sagt, dass Georg Pucher und Edith Luder hierher zurückkommen um die SA-Abteilung im Rathaus zu übernehmen." Gretel war geschockt – ihre alte Feindin kam zurück!

„Sag doch sowas nicht! Dieses schreckliche Weibsbild und der Ganove sollen hier das Ruder übernehmen? Hört denn der Wahnsinn nie auf? Was bedeutet denn das für Euch?"

„Sie spionieren Allem und Jedem nach. Früher wusste zwar auch Jeder, dass Du da warst und ich Dich zum Bahnhof bringe, aber jetzt wird das alles registriert, aufbewahrt und bewertet! Wenn ihr uns also schreibt, seid vorsichtig, Briefe an irgendwie Verdächtige werden kontrolliert, es ist ein Überwachungsstaat geworden. Sie sind nicht zimperlich. Wer nicht für sie ist, der ist automatisch gegen sie und landet schnell im KZ. Am schlimmsten sind die Juden dran. Wie das noch alles enden soll, daran wag' ich gar nicht zu denken!" So war also aus dem:

„Jeder kennt Jeden und Jeder weiß alles über Jeden", das den Ort immer zu einer großen Familie gemacht hatte, ein Spitzelsystem geworden, das sich gegen Außenseiter jeder Couleur richtete. Es war zum Instrument eines Terrorsystems geworden.

Dieses Mal hatte Gretel das Gefühl, Überauen für unbestimmte Zeit, vielleicht sogar für immer, zu verlassen und so schaute sie besonders lange seiner verschwindenden Silhouette nach. Dann ließ sie sich auf die Sitzbank fallen, streichelte Hans über den Scheitel und über ihren Bauch, lächelte und sagte mehr zu sich als zu Hans: „Bald sind wir wieder bei Papa in Stuttgart!"

Im März 1938 wurde mit dem „Anschluss" Österreichs an das Reich dieses zum Großdeutschen Reich. Radio, Zeitungen und die Wochenschau im Kino berichteten über den Führer beim Einzug in Wien, von einer unübersehbaren Menschenmenge jubelnd begrüßt.

Am Abend des 12. März wurde bei den Forners Radio gehört, als plötzlich Jubel ausbrach und eine Militärkapelle anfing, die Nationalhymne „Deutschland, Deutschland über Alles" zu spielen. Gretel und Otto hörten beide gespannt zu. Es gab viele Reden, eine davon auch von Reichskanzler Hitler selbst.

Endlich, so sagte er, habe er sein Heimatland heim ins Reich geführt. Ganz freiwillig war dieser Anschluss zwar nicht abgelaufen, aber ein Großteil der Bevölkerung Österreichs war nicht gerade unglücklich darüber.

„Otto, was bedeutet das?"

„Nun, ich bin kein Politiker, aber ich bin sicher, das ist nicht das Ende – Österreich, dann vielleicht das Sudetenland, was kommt als nächstes? Bis jetzt haben die anderen Staaten das alles hingenommen, aber wenn sie die Geduld verlieren, kann es Krieg geben und der würde schrecklich. Also lass' uns hoffen, dass die Vernunft siegt. Viel Hoffnung hab' ich allerdings nicht. Aber das bleibt unter uns, jedes Wort in diese Richtung ist gefährlich!"

„Ja, das weiß ich auch, ich mach' mir nur Sorgen um Deinen Vater, der mit seiner blöden roten Nelke. Ich wünschte, der 1. Mai wär' schon vorbei."

Im September '38 waren die Zeitungen tagtäglich voll von Nachrichten darüber, wie sich die Lage zwischen Deutschland, Frankreich, England und Russland immer mehr zuspitzte. Nach dem Abendessen wurde Hans mit ein paar Spielsachen sich selbst überlassen und Gretel und Otto hörten aufmerksam Radio. Dieses wurde von Goebbels höchstpersönlich kontrolliert und war voller propagandistischer Programme. Gerne wurden Berichte über Hitler gesendet, wie er und sein Militär bestens darauf vorbereitet waren, Deutschland gegen all seine Nachbarn zu verteidigen. Und nicht nur Reden vom Führer persönlich wurden übertragen, auch andere Regierungsgrößen kamen zu Wort. Es wurde klargemacht, dass man den Feind, der das deutsche Volk von überall her bedrohte, außer Landes halten musste.

Mitten in diese politischen Spannungen des Herbstes hinein wurde am 17. September 1938 in der Frauenklinik in Stuttgart der dritte Sohn der Forners geboren. Als Otto und Hans zur Besichtigung des neuen Erdenbürgers antraten, betrachtete der dreijährige den Kleinen und konstatierte: „Der gefällt mir nicht!" Eine Schönheit war er ja wirklich nicht mit seinem roten, runzeligen Gesicht.

Otto akzeptierte ihn trotzdem und fragte seine Frau: „Wie wollten wir den Jungen denn nennen?"

„Also Otto, Du hattest doch die Idee! Helmut!"

„Ach ja, ich weiß zwar auch nicht mehr warum, aber es ist ein schöner Name", und leise fügte er hinzu: „Und keiner der Nazigrößen heißt so!" Dann war es an Nikolaus, das neue Weltwunder zu besichtigen: „So, junger Mann, begrüß' mal Deinen Opa!" Helmut schnitt weiterhin seine Grimassen und wedelte mit seinen Armen.

„Der versteht ja schon alles", lachte Nikolaus und fügte zum Entsetzen der Anwesenden laut hinzu: „Der grüßt ja schon wie der Führer!" Hans weigerte sich seinen Bruder auf den Arm zu nehmen, der nahm's ihm aber nicht übel, er lag sowieso lieber an der Mutterbrust. Als Mutter und Kind heimdurften, trafen sie vor dem Haus eine Nachbarsfrau.

„Ach, das ist ja das Neugeborene, was ist es denn?" Otto antwortete stolz: „Ein Sohn."

„Wunderbar, dann haben Sie ja dem Führer einen neuen Soldaten geschenkt!"

„Ja, sicher," sagte Gretel und dachte sich ‚Nur über meine Leiche!' Aber sie wusste, es war die Frau des Blockwarts, einer Einrichtung die, frei nach Überauener Muster, alles über Jeden der Bewohner des zugewiesenen Häuserblocks wissen musste, je nach Charakter ein freundlicher Parteigenosse oder ein furchtbarer Spitzel des Naziregimes.

Trotzdem waren die Forners glücklich und zufrieden in der Schloßstraße. Otto hatte eine sichere Arbeitsstelle, Hans hatte sich mit Helmut abgefunden, die Nachbarn waren nett und ließen sie in Ruhe, alles war in bester Ordnung – wenn nicht die große Politik gewesen wäre. Wie Otto vorhergesagt hatte, war die Sudetenkrise ausgebrochen. Die Deutschen in der Tschechoslowakei rumorten mit ihrem Naziführer Heinlein gegen die Tschechen und diese antworteten mit Repressionen, ein gefundenes Fressen für Hitler. Letztendlich, in einer Konferenz in

München, stimmten die Westmächte unter der Führung des britischen Premiers Neville Chamberlain der Abtrennung des Sudetenlands und seiner Eingliederung ins Großdeutsche Reich zu. Man hatte Hitler mal wieder ruhiggestellt – glaubte man.

Wieder dachte Otto darüber nach, was wohl als nächstes kommen würde.

Außenpolitisch war doch alle erreicht, aber sein ungutes Gefühl sagte ihm, dass es jetzt innenpolitisch weitergehen würde. Ruhe war für die nationalsozialistische Führung gleich Rückschritt.

Gretel gab zu, die ganze Aufregung nicht zu verstehen. Was wollen denn die Engländer und die Franzosen? Was geht die denn Deutschland oder die Tschechen an? Die sollen sich doch um ihren eigenen Kram kümmern! Wenn sie darüber mit Otto sprach, erklärte er nur kurz:

„Beide sind Schutzmächte der Tschechoslowakei, das sind internationale Verträge und darüber hinaus sind sie noch Verbündete!"

„Haben wir auch Verbündete?" fragte Gretel arglos und Otto antwortete geduldig: „Ja, Italien und Japan und man munkelt, dass wir uns auch Russland annähern."

„Wieso Italien und Japan, das sind doch nicht mal unsere Nachbarn?"

„Naja, nach dem Anschluss von Österreich ist zumindest Italien einer. Mit Japan wird's allerdings schwieriger", meinte Otto grinsend.

Am 9. November kam Otto etwas früher nach Hause und machte ein besorgtes Gesicht.

„Mach mal schnell das Radio an!" rief er schon unter der Tür. Gretel eilte zu dem kleinen Volksempfänger und schaltete ihn ein. Anscheinend lief da gerade eine Sondersendung und wie üblich war es eine Mischung aus aggressiver Propaganda und Marschmusik. Schnell war klar, dass es in ganz Deutschland eine Aktion gegen die Juden gab. Diese waren schon seit Jahren Ziel von Aggressionen, hauptsächlich durch die SA. Die hatte zum Boykott jüdischer Läden aufgerufen und diesen auch durch Wachen vor den Geschäften erzwungen. Juden, die es sich leisten konnten, hatten das Land verlassen oder wenigstens ihre Kinder außer Landes geschickt. Manche hatten die Verfolgung nicht mehr ausgehalten und den Freitod gewählt und wider besseres Wissen hofften viele noch immer auf bessere Zeiten.

Diese Hoffnung wurde in dieser Nacht brutal zerstört. Die sogenannte Reichskristallnacht, wie sie später zynisch genannt wurde, war eine Orgie der Gewalt, vor allem gegen jüdische Einrichtungen. Läden wurden geplündert und zerstört und in ganz Deutschland brannten Synagogen. Eine Welle seit Monaten geschürten Hasses schwappte, gut organisiert, über die jüdische Bevölkerung herein und es blieb auch nicht nur bei „bloßen" Sachschäden, sondern es kam zu brutalen Übergriffen auf jüdische Männer, Frauen und Kinder.

„Ist die Tür abgeschlossen, Gretel? Schau bloß, dass die Buben von den Fenstern wegbleiben. Wer weiß, was noch so alles passiert heute!"

„Komm, Hans, komm zu mir auf den Schoß und wir hören ein bisschen Radio."

Otto und Gretel blieben die ganze Nacht wach und hörten gleichzeitig in der Ferne den Lärm des in Stuttgart tobenden Mobs. Erst am frühen Morgen trat Ruhe ein und beide fanden noch ein paar Stunden unruhigen Schlaf. Beim Frühstück sagte Otto: „Bleibt heute noch zu Hause, ich bring' was mit für's Abendessen. Und kein Kommentar zu irgendjemand!"

Gretel richtete sich zu ihren ganzen 1,60 m auf und erwiderte: „Du bist doch nicht mit einer Idiotin verheiratet!" Dabei dachte sie sich allerdings, dass sie eigentlich viel lieber in Überauen wäre.

Als könnte er ihre Gedanken lesen, sagte Otto: „Sei nur nicht so blauäugig, ich bin mir sicher, dass es den Juden in Überauen auch an den Kragen geht. Da können wir rein gar nichts machen. Deswegen bitt' ich dich, bleibt heute besser drinnen. Ich muss los!" und damit machte er sich auf den Weg.

Gretel rief ihm noch hinterher „Sei vorsichtig!"

VIERTER TEIL:
DER ZWEITE WELTKRIEG, 1939–1945

Szene entlang Fahrbahn zur Ecksteinlegung des Fallersleben
Volkswagen Werk, Deutschland, 1938. Foto von Hugo Jager, Life Magazin.
Mit freundlicher Genehmigung von rarehistoricalphotos.com

23. KRIEGSBEGINN

Während Otto und Gretel ihr friedliches Leben in der Schloßstraße führten, taumelte die Welt einem Krieg entgegen. Die Majorität der Deutschen war zufrieden, man hatte wieder Arbeit, man war wieder wer in der Welt und viele fielen auf die Propaganda Rosenbergs herein, der ihnen suggerierte, sie seien Mitglieder einer überlegenen Rasse.

Im Sommer 1939 gab es Geheimverhandlungen zwischen der überlegenen Rasse in Deutschland und den „Untermenschen" in Russland. Man hatte die gemeinsame Idee, Polen zu überfallen und es untereinander aufzuteilen. Die Außenminister Ribbentrop und Molotov besiegelten den Vertrag und am 1. September begann der gemeinsame Angriff. Im Volksempfänger konnte man morgens einen Führer mit sich überschlagender Stimme hören, dass die „Provokationen" der Polen nicht mehr weiter hingenommen werden konnten und deshalb „seit 4 Uhr 45 zurückgeschossen" wurde. Ganz Deutschland hörte zu und jeder machte sich seine eigenen Gedanken.

Gretel vertraute vollständig auf den politischen Weitblick Ottos. Deshalb fragte sie ihn: „Glaubst Du wirklich, dass die Polen so verrückt sind Deutschland anzugreifen, Otto? Die Nachrichtensprecher im Radio erzählen dauernd, dass unser Militär nur unser Vaterland gegen deren Aggression verteidigen würde."

„Es ist wirklich schwer zu glauben, dass das arme Polen das bis zu den Zähnen bewaffnete Deutschland provoziert hätte, nur um die Garantiemächte England und Frankreich in einen Krieg mit Hitler hineinzuziehen," antwortete Otto ernst.

Alles ging dann auch sehr schnell, Polen lag am Boden, und Otto belehrte seine Frau „Das lassen sich die Engländer und Franzosen nicht mehr gefallen!"

Recht hatte er. Er war „gut" informiert, vor allem da er sich jeden Monat die 16 mm Ozaphan Schmalfilm Monatsschau kaufte, im verdunkelten Zimmer seinen Projektor startete und seiner begeisterten Familie erklärte, was sich da an der Projektionswand abspielte. Da waren all die wunderbaren Waffen zu sehen, die Artillerie schoss, die Panzer sausten durch den Schlamm, die motorisierten Einheiten nahmen fremdartige Dörfer für Deutschland in Besitz und der Führer grüßte die vorbeimarschierenden, siegreichen Truppen. Die ganze Familie war ergriffen und bestens informiert.

Frankreich und England erklärten Deutschland den Krieg, obwohl sie dafür noch nicht gerüstet waren und in einem Blitzkrieg 1940 wurde Frankreich überrumpelt und die britischen Truppen entkamen gerade noch von Dünkirchen aus über den Ärmelkanal. Hitler hatte es wieder einmal allen gezeigt.

Im November 1940 kam ein Brief aus Überauen in Stuttgart an. Da man nie wusste, ob ein Brief zensiert wurde, enthielt er Teile, welche der Empfänger selbst entschlüsseln musste. Dazu mischte man in den Text Passagen, die positiv klangen, beim Empfänger jedoch als negativ entschlüsselt wurden. So bedeutete im folgenden Brief z.B. „Alle unsere jungen Männer sind stolz die deutsche Uniform zu tragen", eigentlich „Wir ängstigen uns zu Tode, dass ihnen etwas passieren könnte".

Überauen, 12.11.1940

Liebe Gretel, lieber Otto!

Wir hoffen, alles ist in Ordnung bei Euch. Wir haben gehört, dass Gretel wieder guter Hoffnung ist, herzlichen Glückwunsch. Vielleicht fällt Euch ja mal als Name ein Maximilian oder eine Gretel ein, wir haben so wenige davon in der Familie.

Christoph verlässt uns bald als Metzger, er hat den Stellungsbefehl bekommen und wird uns sehr fehlen. Das Gleiche gilt für Johann Jessat und Eugen Freitag. Anna und Dorothea tragen das tapfer, der Krieg ist sicher bald vorbei und dann geht's an's Hochzeiten. Alle unsere jungen Männer sind stolz, die deutsche Uniform zu tragen.

Heut' Abend gibt's Max und Rudis Leibspeise, Gretel weiß schon was. Es ist kaum zu glauben, dass Rudi auch schon 16 ist!

Gruß Emma

Hallo, ich bin's Anna. Hier die neuesten Nachrichten aus Überauen: Ein paar alte Freunde von Euch kommen hierher zurück. Edith Luder ist Witwe und arbeitet jetzt, wie damals auch ihre Mutter, im Rathaus für die SA. Auch unser Jugendfreund Georg Pucher ist zurück, er war doch in Deiner Klasse, Gretel. Lasst bald was von Euch hören.

Viele Grüße und Küsse auch an die Buben

von ihrer Tante Anna

Gretel verstand den Brief sehr gut und sagte besorgt: „Mein Gott, Christoph, Eugen, Johann und vielleicht bald auch Rudi. Was mache ich bloß wenn sie meinen Otto auch noch holen, wo ich bald mein viertes Kind erwarte!" jammerte sie weiter.

Otto war klar, dass er sie beruhigen musste und sagte: „Erstens bin ich schon 36, zweitens hab' ich bald eine Familie mit drei Kindern und außerdem hat Herr Niethammer einen Antrag eingereicht, mich UK zu stellen."

„Was heißt das UK?"

„Unabkömmlich, das heißt ich kämpfe hier an der Heimatfront!" Gretel fiel ein Stein vom Herzen und sie konnte beruhigt wieder ihren Hausfrauenpflichten nachgehen.

Allerdings verstand Gretel sehr gut Ottos Gefühle bezüglich seiner Freistellung vom Militärdienst, obwohl er ihr einmal erzählte, Napoleon hätte gesagt, der Krieg sei nichts für Über-30-jährige.

„Ich weiß ja, Du hast da manchmal ein schlechtes Gewissen," sagte sie, „aber für mich ist es einfach beruhigend Dich hier bei mir und den Kindern zu haben. Ohne Dich sind wir doch verloren, vorallem jetzt, wo ich wieder schwanger bin."

Der Herbst und der Winter kamen und gingen, und Stuttgart war voll militärischer Betriebsamkeit. Zeitungen und Radio waren täglich voll mit neuen triumphalen Meldungen über den Kriegsverlauf, während Gretel sich auf ihre anderen Umstände konzentrierte.

Als Otto sie einmal scherzhaft fragte, wie man sich bloß zu Kriegszeiten noch ein Kind aufhalsen konnte, erhielt er die prompte Retourkutsche: „Da warst Du ja auch nicht ganz unbeteiligt daran!"

In der Tat war eine Schwangerschaft in diesen Zeiten mit neuen Schwierigkeiten behaftet. Notwendige Dinge waren oft schon rationiert und irgendwie hatte man ein allgemeines Gefühl der Unsicherheit, obwohl das System sich alle Mühe gab, Versorgung und öffentliche Ordnung aufrecht zu erhalten.

Als die Wehen bei Gretel einsetzten, eilten sie wie gewohnt zur nahen Frauenklinik, die zum Teil schon zu einem Lazarett umgewandelt war. Die Schwestern und Ärzte machten alle einen müden und erschöpften Eindruck, nur in der Abteilung Geburtshilfe herrschte die übliche Betriebsamkeit und der ungetrübte Optimismus.

Prof. Pfleiderer, der schon Hans und Helmut ans Licht der Welt geholfen hatte, machte seine Sache erneut gut, und als ihn Gretel wie üblich fragte, ob alles mit dem Kind in Ordnung sei, sagte der Arzt: „Es ist ein Bub und es ist alles dran, was er braucht!" wobei er lachend Otto mit dem Ellenbogen in die Seite stieß.

Als Gretel das Krankenhaus verließ, reichte ihr eine erschöpfte Schwester ein Formular zur Unterschrift. „Wofür ist das?" fragte Gretel argwöhnisch.

„Sie haben jetzt vier Kinder zur Welt gebracht und damit das Mutterkreuz verdient. Es würdigt Ihre Verdienste um das Vaterland," leierte die Schwester den Spruch herunter, der ihr vorgeschrieben worden war, und den sie schon hundert Mal den so zu ehrenden Müttern gesagt hatte.

Gretel drehte sich fragend nach Otto um. Der machte nur sein ‚Sag' nichts und unterschreib' einfach das verdammte Formular'-Gesicht, also unterschrieb sie brav und verließ mit Otto, Hans, Helmut und dem kleinen Hubert die Frauenklinik.

„Schau Hubert, wie schön Stuttgart heute aussieht," sagte Gretel und schlug die Decke vor Huberts blauen Augen zurück. Der blinzelte und wedelte zustimmend mit seinen kleinen Armen. „Ist er nicht süß?" flötete Gretel in Richtung Otto. Der pflichtete ihr selbstverständlich bei, dass Hubert wirklich ein wunderbares Säugling war.

„Ich fand es gut, dass Du vernünftig genug warst und nicht weiter wegen dem Mutterkreuz gefragt hast, schließlich verdienst Du ja als gute Mutter geehrt zu werden. Und es ist auch wichtig, dass wir niemanden besonders auf uns aufmerksam machen."

Ein paar Wochen später saß Gretel in einem Saal voll Frauen, die Wände geschmückt mit dem Porträt des Führers, und erhielt das Mutterkreuz in Bronze als Dank für ihre „Verdienste fürs Vaterland".

Gretel (rechts in der Mitte in grau) erhält das Mutterkreuz

Mutterkreuz

Mitte 1941 war Schluss mit der Freundschaft mit Stalin und sozusagen auf den Spuren Napoleons marschierten die deutschen Truppen in Russland ein. Unter ihnen auch Eugen Freitag, der es mit seiner Einheit letztlich sogar bis vor Baku schaffte. Alles schaute nun auf die USA. Die zögerten aber immer noch, in Europa einzugreifen.

Dann, am 7. Dezember 1941, überfiel die Kaiserliche Japanische Luftwaffe, unterstützt von Marineeinheiten, Pearl Harbor, Hawaii, ohne vorherige Kriegserklärung und vernichtete dort eine Reihe amerikanischer Kriegsschiffe. Als die Nachricht davon Washington erreichte, berief Präsident Roosevelt den Kongress ein und forderte die Versammlung auf, Japan den Krieg zu erklären. Mit seiner berühmten Rede „A date which will live in infamy" (Ein Tag ewiger Schande) brachte er die Nation nun hinter sich.

Als die USA dem mit Deutschland verbündeten Japan den Krieg erklärte, war Hitlers Hybris auf dem Höhepunkt angekommen und er erklärte auch noch der USA den Krieg – viel Feind, viel Ehr!

Kurz danach fand am Wannsee in Berlin eine Konferenz statt, in der die endgültige Vernichtung der Juden beschlossen und die nötigen organisatorischen Maßnahmen dafür eingeleitet wurden – alles mit deutscher Gründlichkeit.

In Überauen rauchten am Stammtisch nicht mehr nur die Zigaretten, Zigarren und Pfeifen, sondern auch die Köpfe. Der Eintritt der USA erweckte bei den Veteranen ungute Erinnerungen an 1917, als die Amerikaner die Wende im letzten Krieg herbeiführten. Defätismus war fast schon tödlich zu dieser Zeit und selbst Skeptizismus war gefährlich, also waren alle vorsichtig.

Auf die Frage von Max, was wohl nun passieren würde, antwortete Herr Jorgs Enkel: „Ich weiß nicht, die Amis sollten zweimal darüber nachdenken sich mit unserer Wehrmacht anzulegen! Sie ist bis jetzt unbesiegt!"

Herr Meyers Enkel schlug in die gleiche Kerbe: „Die wollten eh keinen Krieg mit uns, wir mussten ihnen ja den Krieg erklären. Die sind doch viel zu verweichlicht, denen werden unsere Jungs ganz schön den Marsch blasen."

Rudolph Bergmeister konnte sich nicht mehr zurückhalten, schließlich war er der nächste am Tisch, der eingezogen würde. Er holte schon Luft für eine Antwort, als er unter dem Tisch einen Tritt von seinem Vater erhielt, begleitet von einem warnenden Blick. Deshalb fragte er nur: „Ich bin 17, ob ich wohl der Nächste bin?" Jeder wusste, was damit gemeint war und einen Augenblick wurde es still am Stammtisch, ein Ereignis mit höchstem Seltenheitswert.

Herr Meyer, seine humanistische Halbbildung aufbietend, hatte dann doch noch die parteisichere Antwort parat: „Rudi, es ist ein Privileg, dem Vaterland zu dienen, nicht umsonst hat Horaz einst gesagt „Dulce et decorum est pro patria mori" (Süß und ehrenvoll ist es, fürs Vaterland zu sterben). Also, tu' Deine Pflicht und schütz' unsere Heimat".

Solche markigen Sprüche allerdings hörte man in allen Ländern, die in den Krieg involviert waren und nirgends gab es eine Ausnahme, wenn ein wehrtauglicher junger Mann zu den Waffen gerufen wurde.

Draußen in der Küche hörte Emma zu und dachte: ‚Die haben sie doch nicht alle, zuerst ziehen sie mit fliegenden Fahnen ins Feld und dann kehren sie mit einer Fahne auf dem Sarg wieder heim. Und für was?‘

Lang musste man nicht warten, kurz nach seinem 18. Geburtstag erhielt Rudolf den Stellungsbefehl.

„Armer Rudi, jetzt auch noch Du, ich mach‘ mir so schon Sorgen um Eugen, Christoph und Johann Jessat. Es ist so schrecklich. Warum hört niemand mit diesem Krieg auf? Hitler könnte das doch einfach tun“, fragte Anna.

Max saß da und schaute seinen Sohn traurig an. „Ich mag’ es einfach nicht, dass Du verpflichtet wurdest. Ich möchte überhaupt nicht, dass noch jemand in den Krieg ziehen muß. Wenn ich nur könnte, ich würde Dich außer Landes bringen, irgendwo hin wo Du sicher wärst. Aber die Grenzen sind zu und schwer bewacht. Und wer nimmt in dieser Zeit schon einen deutschen Deserteur auf? Und Du willst ja auch nicht als Feigling erscheinen.“

Emma hatte ebenfalls eine schreckliche Angst ihren Sohn in den Krieg ziehen zu sehen, wollte ihm den Abschie aber auch nicht noch schwerer machen und sagte das, was sicher viele Mütter in dieser Situation sagten:

„Keine Angst, Rudi! Du bist stark und intelligent und unser Herrgott wird Dich schon beschützen,“ wobei sie bei sich dachte: ‚Du gehörst selber erschossen, Deinem Sohn so was vorzulügen!‘

Zum Melden musste er nur über die Straße ins Rathaus. Max begleitete ihn und als erstes standen sie vor Edith Schmid-Luder.

„Sieh an, sieh an, wen haben wir denn da? Das ist ja der Herr Bergmeister und sein Sohn, der braucht wohl seinen Vater bei allem dabei“ sagte Edith Luder, die sich ihrer Macht sehr wohl bewusst war und ihr Gift ungehindert verspritzen konnte.

„Ich bin hier, um mich zum Dienst am Vaterland zu melden,” sagte Rudolf ruhig, ohne die Provokation zu beachten, das hatten Max und Emma ihm so eingebläut, da sie nichts anderes erwartet hatten.

„Warten Sie hier, HERR Bergmeister,“ antwortete Edith Luder herablassend.

Max knirschte mit den Zähnen, riss sich aber zusammen und ging lieber aus der Amtsstube um nicht Gefahr zu laufen, ihr den Hals umzudrehen. Mit Rudolf allein wurde sie dann schon liebenswürdiger und holte schließlich Georg Pucher herein. Als dieser grußlos an Max vorbeiging, dachte der: ‚Du Abschaum der Menschheit, und so jemand hat hier jetzt das Sagen.'

Am Tag der Abreise versammelten sich die Rekruten aus Überauen und Umgebung vor dem Rathaus genau an der Stelle, an welcher Gretel vor vielen Jahren ihre Schneeballschlacht veranstaltet hatte. Die in den Krieg ziehenden Soldaten marschierten schließlich „ohne Tritt" zum Bahnhof, begleitet von Familie, Bekannten, Freundinnen und den nationalsozialistischen Würdenträgern des Ortes.

Emma hatte ein fürchterliches „déjà vu". Fast genauso war ihr Bruder Friedrich gegangen und nie wieder heimgekehrt, und nun ging also ihr Sohn. Am Bahnhof angekommen, stieg Georg auf die Plattform eines der Zugwagen und rief: „Wir verabschieden heute eine weitere Gruppe für unsere heldenhafte Wehrmacht! Wir sind überzeugt, dass jeder alles gibt für den Endsieg, der kurz bevor steht. Wir verabschieden sie mit einem gemeinsamen Sieg Heil." Und „Sieg Heil" scholl es von der Menge zurück. Dann kletterte Georg wieder herunter und Max dachte bei sich: ‚Der will sicher sein, dass er nicht ausversehen selbst mitgenommen wird'. Rudolf schaute aus dem Zugfenster und sendete winkend Max, Emma und den anderen Familienmitgliedern und Freunden einen letzten Abschiedsgruß zu.

‚Was wird aus mir? Werde ich überleben?' fragte er sich.

Der Zug mit den zukünftigen Helden der Nation verschwand in Richtung Würzburg und Emma winkte mit ihrem Taschentuch hinterher, das sie zwischendurch auch zum Trocknen ihres Tränenstroms benötigte. Max aber verfluchte still die ganze Nazibagage vom Führer Adolf Hitler hinunter bis zum Arschloch Georg Pucher.

Rudis Familie verharrte auf dem Bahnsteig bis der Zug nicht mehr zu sehen war.

„Wie ich diesen verdammten Bahnhof hasse," stieß Emma zwischen den Zähnen hervor, „Wie viele meiner Lieben hab' ich hier schon wegfahren sehen und nicht alle sind wieder zurückgekommen, wie mein geliebter Bruder Friedrich. Und jetzt haben sie mir auch noch meinen einzigen Sohn weggenommen." Dann endlich ging die Familie, untergehakt ihren Zusammenhalt bekräftigend, zurück zum Goldenen Ritter. Still, um ihr übervolles Herz nicht vor den immer und überall wachsamen Nazispitzeln auszuschütten.

Man konnte selbst in Überauen nicht mehr vorsichtig genug sein. Als sie die Adolf Hitlerstraße hinuntergingen, wurden wehmütige Erinnerungen an die Zeit wach, als diese noch Brunnengasse hieß.

Endlich hatten sie den sicheren Hafen Goldener Ritter erreicht. Alles war gesagt und nur die Frage blieb, ob dies ein Abschied für immer gewesen war.

Weltkrieg II Panzer (Creative Commons CC-BY-SA 3.0)

Ende 1942 bekam Gretel wieder einen Brief aus Überauen:

Überauen, 10.9.1942

Liebe Gretel, lieber Otto!

Wir haben von den furchtbaren Bombenangriffen auf Stuttgart gehört und gelesen. Wir schreiben, weil wir schon eine Weile nichts von Euch gehört haben und hoffen, es geht Euch allen gut.

Rudolf schreibt, dass er einer Panzerdivision zugeordnet wurde, die an der Ostfront kämpft. Sie sind schon weit in Russland und wir beten jeden Tag für ihn und die Anderen. Als wir in der Kirche eine Kerze für Jeden angezündet haben, musste ich an seine Taufe denken. Mir ist, als wäre es gestern gewesen.

Dorothea erhält auch regelmäßig Post von ihrem Johann. Er ist z. Zt. in Frankreich stationiert und die Briefe behält sie für sich. Ihr könnt Euch ja denken, warum. Mehr wissen wir nicht.

Von Christoph haben wir nichts gehört, außer, dass er in Berlin stationiert sei. Da ist er ja weit weg vom Krieg

In Liebe, Eure Emma

Hallo ihr Stuttgarter, haltet die Ohren steif. Wir hier am Stammtisch sind dabei die Weltprobleme zu lösen, aber es dauert halt. Gerade entscheiden wir, ob die Alliierten eine Invasion in Europa planen oder nicht – mal sehen. Euer Maximilian.

Hallo, das ist Anna. Hurra, Eugen und ich sind verheiratet! Es ist zwar schon eine Weile her, aber ich bin immer noch ganz durcheinander. Er hat von der Ostfront geschrieben, dass er Heimaturlaub in Gütersloh hat, wo er stationiert ist (wenn er sich nicht in Russland herumtreibt). Und denkt nur, er schrieb mir, ob wir dort nicht heiraten sollten. Ihr könnt Euch vorstellen, dass ich gleich meine Sachen gepackt habe und auf dem Bahnhof gefragt habe, wo dieses Gütersloh überhaupt liegt. Das war vielleicht eine Fahrt, aber alles lief gut. So eine Kriegsheirat geht schnell ohne Brimborium, Hochzeitsreise war natürlich auch nicht und bei der Gelegenheit habe ich erst erfahren, was er eigentlich im Rathaus tut. Er ist „Oberkontrollassistent", da klingt meine „Hausgehilfin" doch etwas bescheidener. Aber wir sind beide glücklich und er ist jetzt zu einer Wachkompanie bei Göring eingeteilt. Lasst mal was von Euch hören.
    Eure Anna FREITAG

24. FLUCHT NACH ÜBERAUEN

Inzwischen hatte der Krieg Deutschland und Stuttgart erreicht. Immer häufiger mussten Gretel, Otto und die Kinder in den Keller ihres Wohnhauses in der Schloßstraße fliehen, wo sie darauf hofften und beteten, dass das Gebäude von einem direkten Treffer der alliierten Bomber verschont bliebe. In den letzten Wochen hatte dann auch Nikolaus die Familie erweitert um dort Schutz zu suchen.

Alliierte Bomber griffen in zunehmender Stärke und Häufigkeit deutsche Städte an, darunter auch besonders auch Stuttgart, wo sie zunächst vor allem hofften, kriegswichtige Fabriken zu treffen. Hauptziele waren unter anderen die Fertigungsstätten der Firmen Bosch, Mercedes und Porsche, die kriegswichtiges Gerät herstellten. Um der zu diesem Zeitpunkt noch einigermaßen funktionsfähigen Flugabwehr zu entgehen, fanden diese Angriffe nur nachts statt. Ein Leitbomber identifizierte das Zielgebiet, dies wurde mit farbigen Leuchtkugeln, so genannte Christbäume, markiert, dann begann der Abwurf von Sprengbomben und danach kamen die Brandbomben. Sirenen warnten die Bevölkerung in die Schutzräume zu gehen und Lichtkegel tasteten den Nachthimmel ab, um Ziele für die Flugabwehrkanonen zu finden, die in wachsender Zahl von 15 oder 16 Jahre alten Luftwaffenhelfern bedient wurden.

Im Jahr 1942 kam es zu mehreren solcher Angriffe auf Stuttgart und im März/April 1943 erreichten sie einen vorläufigen Höhepunkt. Anfang 1943 nahm auch der Krieg insgesamt eine entscheidende Wende. Diese ist im Gedächtnis Russlands und Deutschlands wohl auf ewig mit dem Namen einer ganz bestimmten Stadt verbunden – Stalingrad.

„Otto, die Sirenen", rief Gretel und stieß ihren schlafenden Gatten an. Der schnellte hoch, sauste aus dem Bett und in die bereitliegenden Kleider, lief hinüber zu den noch schlafenden Kindern und weckte sie: „Los, in den Keller!" Es war schon zur Routine geworden. Gretel schnappte sich den kleinen Hubert, wickelte ihn in eine Decke und war schon zur Tür hinaus im Treppenhaus. Die beiden Großen zogen schnell etwas über, packten die bereitliegenden Decken und die Wasserflaschen und mit Hilfe von Otto und Nikolaus schleppten sie alles die vielen, trübselig beleuchteten Treppen des Mehrfamilienhauses hinunter in den Keller.

Der war schon gut gefüllt mit den anderen Hausbewohnern, jeder hatte inzwischen seine eigene Ecke eingerichtet. Das flackernde Kerzenlicht warf gespenstige Schatten an die Wände und in der abgestandenen Luft lag ein Gemisch aus Kartoffeln, Äpfeln, muffigen Decken, brennenden Kerzen und vor allem Angst. In den nächsten Stunden waren nicht nur die gewaltigen Explosionen zu hören, sondern das ganze Haus erbebte unter den Einschlägen und an der Stärke konnte man inzwischen erkennen, wie nah diese waren. Manchmal fiel sogar das ein oder andere Einweckglas oder gar der Verputz von den Wänden herunter und das war dann der Zeitpunkt, an dem die gemurmelten Gebete lauter und schneller wurden.

Hans versuchte sich tapfer zu halten, Helmut klammerte sich an seinen Vater und der kleine Hubi erfüllte den Raum mit seinem Protestgeschrei. Die Angst der Erwachsenen war ebenfalls zum Greifen nah, ein Volltreffer würde keinen überleben lassen, trotz Keller und Stahltüre.

„Ich muss ein Pipi," sagte Hans.

„Geh' da rüber in den Vorratskeller und nimm ein leeres Einmachglas, da kannst Du hineinpinkeln", sagte Gretel. Natürlich musste Helmut auch, und Hubi stellte für einen Moment das Schreien ein und wollte natürlich das Gleiche wie seine älteren Brüder. Gretel nahm die drei und half ihnen wobei sie sich wunderte, wie schnell diese Bombennächte für Kinder, die damit aufwachsen, zum Alltag gehörten.

Der Angriff schien diesmal nicht enden zu wollen. Hubi hatte inzwischen sein übliches Geschrei wieder aufgenommen, wohl um zu zeigen, dass er in sein ruhiges Bett zurück wollte. Und die Angreifer, die ihn daran hinderten, waren, wie er sich schon ausdrücken konnte: „Böse Leut'!" Irgendwann hörte der Angriff dann doch auf, die Sirenen heulten Entwarnung, man hatte mal wieder überlebt. Alle klaubten ihre Sachen zusammen und stiegen wieder hoch in ihre Wohnungen um zu schauen, ob dort alles in Ordnung war. „Die Kinder sind total fertig," sagte Gretel zu Otto, „Auf Kinder, ich will mal sehen ob das Wasser noch läuft, dann kann ich euch die Gesichter abwaschen."

Die Männer gingen hinaus um Feuer zu löschen, Verletzte zu versorgen und ins Krankenhaus zu bringen, Verschüttete auszugraben und zu helfen, wo Hilfe noch möglich war.

Gretel brachte die Kinder wieder ins Bett, schob die Verdunklung am Fenster zur Seite und schaute auf die brennende Stadt. Feuerwehr und Krankenwagen suchten mit heulenden Sirenen ihren Weg durch die Trümmer und der Nachthimmel war rot wie Blut. Die ganze Stadt vom Marktplatz nach Süden Richtung Untertürkheim und Bad Cannstatt war übersät mit Feuersäulen und aus der Boschfabrik in der Nähe schlugen helle Flammen, die den aufsteigenden Rauch gespenstisch beleuchteten.

‚Das ist also der Weg zum Endsieg' dachte sie. Einst hatte Hermann Göring getönt er wolle Maier heißen wenn je ein fremdes Flugzeug deutschen Boden erreichen würde. Da konnte man sich ja gut vorstellen, was aus den anderen vollmundigen Versprechen werden würde. Müde ging auch sie zu Bett, Otto würde vor dem Morgen sicher nicht zurück sein, es gab viel zu tun.

Bereits auf den letzten Brief aus Überauen hatte Otto dort angefragt, ob sie „für einige Zeit" Gretel und die Kinder unterbringen könnten. Die Antwort ließ nicht lange auf sich warten. Max schrieb, die für Anna und Eugen vorgesehene Wohnung könne „bis zum Endsieg" zur Verfügung gestellt werden. Der Gedanke an dieses liebevolle Angebot bewegte Gretel tief und Tränen traten ihr in die Augen. Hans und Helmut schauten sie verwundert an, was wohl Mama hatte? „Die Bomben haben doch aufgehört, Mama", sagte Hans und versuchte sie zu trösten.

Also ging Otto am nächsten Tag zum Büro für „Kinderlandverschickung" um einen Antrag für seine Frau und die Kinder zu stellen. Der dortige Diensthabende war froh, als er hörte, dass die Familie selbst für Unterkunft sorgen würde und stellte sofort die notwendigen Papiere für die Zugfahrten aus.

Vier Tage später kam der nächste Angriff. Inzwischen war man besser vorbereitet. Der zuständige Blockwart hatte Zettel verteilt, auf denen Vorsichtsmaßnahmen aufgelistet waren. Wasser wurde in der Badewanne gesammelt, falls die Wasserversorgung unterbrochen würde, Kerzen, falls der Strom ausfiel, Feuerpatschen und Sandeimer zum Löschen kleiner Feuer waren bereit zu stellen und vieles mehr.

Es war der bisher schwerste Angriff. Welle auf Welle kamen die Bomber und dazwischen hörte man das Bellen der total überforderten Flak.

„Ich hör' die Flak", sagte Hans.

Helmut wollte da nicht hintanstehen und behauptete: „Ich hab' sie zuerst gehört!"

Hubi überlegte, ob er sie ebenfalls gehört hätte, aber nach einem gewaltigen Einschlag in der Nähe des Hauses entschied er sich dann doch lieber fürs Schreien. An Schlaf war sowieso nicht zu denken. Gretel hielt den kleinen Hubert auf ihrem Schoß und betete, wie sie es immer während eines Angriffs tat: „Heilige Maria, Mutter Gottes, beschütze mich und meine Familie, und lass' diese Prüfung an uns vorbeigehen, Amen." Ein Gebet, das Millionen von Müttern in der ganzen Welt zum Himmel schickten.

Als alles vorüber war, kletterten alle zurück aus dem dunklen Keller in das finsterere Treppenhaus. Natürlich kein Strom, Gott sei Dank hatten alle Kerzen und jemand hatte sogar daran gedacht, Zündhölzer mitzunehmen. Otto, Nikolaus und die anderen Männer verschwanden nach draußen und Gretel stieg müde, den jetzt schlafenden Hubi auf dem Arm, hinter Hans und Helmut her, die aus Paritätsgründen jeder eine Kerze tragen durften. Natürlich war auch die Wasserversorgung unterbrochen. Ärger stieg in ihr auf, aber dann sagte sie sich, ‚Was soll's, wir leben und sind nicht verbrannt oder verschüttet wie viele andere, sondern haben nicht mal einen Kratzer abgekriegt.'

„Los, wascht Euch Gesicht und Hände und ab ins Bett. Wenn wir Glück haben, fahren wir morgen nach Überauen!"

‚Bin ich froh, dass ich mit den Kindern nach Überauen kann, da ist es viel sicherer, und ich bin daheim bei meinen Verwandten. Das tut gut in dieser schrecklichen Zeit! Aber wie schaff' ich das nur alles ohne Otto?', dachte Gretel bei sich. ‚Was wird aus uns werden, wenn Otto etwas passieren würde?'

Otto und Gretel wussten, dass der kostbare Augenblick des Zusammenseins an diesem Morgen für immer ihr letzter sein könnte, auf jeden Fall der letzte für eine lange Zeit. Der Ernst der Situation lastete schwer auf ihnen als sie so zusammen lagen. „Ich hab' Dich so lieb, was tu' ich nur ohne Dich," flüsterte Gretel. „Bist Du wirklich sicher, dass Du nicht mit nach Überauen kannst?"

„Ich kann hier nicht weg, die stecken mich sonst in eine Uniform und schicken mich nach Russland. Du weißt, ich hab' Dich auch sehr lieb. Lass' uns einfach hoffen, dass dieser schreckliche Krieg bald vorbei ist und wir wieder in Frieden zusammenleben können." Nach einem innigen Kuss standen sie auf und begannen die Vorbereitungen für die Abreise.

Selbstverständlich hatte Otto den Morgen von seinem Chef frei bekommen um seine Familie zum Zug zu bringen. Schließlich war er ein hochgeschätzter Mitarbeiter und vom Wehrdienst frei gestellt, da er

„dem Vaterland an der Heimatfront am besten dienen konnte".

An diesem Morgen wurde zuerst der Kühlschrank geplündert. Zum Glück war er über Nacht kalt genug geblieben, um seinen Inhalt noch einigermaßen frisch zu halten. Gretel machte belegte Brote und packte sie in Zeitungspapier ein. Die Kinder tranken die restliche Milch zum Frühstück, während Otto auf dem alten Kohleofen Wasser aus der Badewanne aufkochte, um es in Flaschen für die Reise abzufüllen. Die Koffer waren schon am Vortag gepackt worden und so war alles bereit für den Abmarsch.

„Ach Gretel, ich hoffe, dass ich eure Rückkehr noch erlebe," sagte Nikolaus bewegt. „Keine Sorge, Papa" beruhigte ihn Gretel, „ihr beide passt schon aufeinander auf." „Na, jedenfalls haben wir den Vorteil, in der Schloßstraße zu wohnen, die ist als eine Hauptstraße wenigstens vom Gröbsten geräumt," sagte Otto, um die Gemüter etwas zu beruhigen. Auf den Straßen herrschte reges Treiben. Natürlich fuhr keine Straßenbahn, die Gleise mussten erst freigemacht, die Oberleitungen repariert und die defekten Wagen abgeschleppt werden. Überall wurde emsig gearbeitet um Elektrizität, Wasserversorgung, Transport und was sonst noch im Argen lag wiederherzustellen, wohl wissend, dass beim nächsten Angriff das Gleiche wieder notwendig wurde. Aber das Regime musste beweisen, dass es noch alles im Griff hatte.

Helmut, Hubert und Hans, 1943

„Bleibt bloß hier in der Mitte und geht nicht an der Seite," rief Otto. „Die Häuser sind nahe dran einzustürzen!" Wortlos folgten Hans und Helmut seiner Anweisung.

So wanderte die Familie Forner – Großvater, Eltern und Kinder – zum Hauptbahnhof, vorbei an verkohlten Balken, Haufen von Schutt, schwitzenden Arbeitern und Anwohnern, die schauten, welche Geschäfte offen hatten. Am Bahnhof angekommen, erwartete sie ein totales Chaos. Das Gebäude selbst war schwer in Mitleidenschaft gezogen worden, die Fenster waren geborsten, durch große Öffnungen im Dach schaute der Himmel herein und der Boden war voll Schutt. Dieser konnte nicht beseitigt werden, weil eine unübersehbare Menge von Menschen die Schalter belagerte, die Halle füllte und versuchte auf die Bahnsteige zu kommen. Alle waren hektisch und verzweifelt, auf der sinkenden Titanic konnte es kaum schlimmer gewesen sein.

„Gretel, bleib' da und rühr' Dich nicht von der Stelle, sonst finden wir Euch nie wieder!" befahl Otto und kämpfte sich mit Nikolaus durch die Menge zu einem Schalter über dem provisorisch „Kinderlandverschickung" stand. Dort erhielt man unter Vorlage der entsprechenden Dokumente die kostenlosen Fahrkarten, schließlich sorgte das Regime für seine Leute. Otto und Nikolaus erhielten sogar Bahnsteigkarten, für alles war gesorgt und alles funktionierte einigermaßen, mochten die Alliierten noch so viele Bomben werfen.

Plötzlich ertönte ein Megafon: „Frauen und Kinder zur Verschickung Richtung Würzburg auf Bahnsteig 7!"

Otto übernahm sofort die Spitze der kleinen Truppe, dahinter folgten Hans, Helmut und Gretel mit Hubi und Nikolaus bildete die Nachhut. Alle schleppten mindestens einen Koffer als sie sich zum Bahnsteig durchkämpften.

„Schnell", rief Otto, „sonst steht ihr den ganzen Weg im Gang." Auf dem Bahnsteig ging es ebenfalls nur zäh voran, da wurden Koffer durch die Fenster eingeladen, geweint und gelacht, geküsst und was man noch so alles macht, wenn man seine Familie fortschickt ohne zu wissen, ob man sie je wieder sieht. Schließlich hatte Gretel wegen des Kleinkinds Hubi mit Hilfe eines Schaffners einen Sitzplatz erobert und Hans und Helmut waren, immerhin am Fenster, ebenfalls auf einem Sitz eingequetscht. Hubi, auf Gretels Schoß, war zu beschäftigt, das ganze Getümmel zu beobachten und hatte sich entschlossen, vorläufig mit dem Schreien abzuwarten.

Hans und Helmut hingen aus dem heruntergelassenen Fenster, aber trotz ihrer lauten „Papa, Papa"-Rufe konnten sie Otto und Nikolaus in dem Gewimmel auf dem Bahnsteig nicht mehr entdecken.

„Winkt einfach hinaus", sagte Gretel, „die beiden werden Euch schon sehen." Immer mehr Menschen drängten in den Wagen. Bald wurde klar, dass der Zug zusätzlich zu den zu Evakuierenden noch mit normalen Reisenden aufgefüllt wurde. Es waren Menschen jeden Alters, einige davon in eleganter Kleidung, die Damen in Pelz und Schmuck, die Herren mit Parteiabzeichen am Revers. Die große Mehrheit allerdings waren Frauen mit verängstigten, schreienden oder weinenden Kindern.

Als der Zug endlich anruckte und mit schwerem Schnaufen langsam Fahrt aufnahm, schauten sich Hans und Helmut im Abteil um. Niemand sprach, alle starrten vor sich hin und waren glücklich, nicht nur den Zug erreicht, sondern sogar einen Sitzplatz ergattert zu haben. ‚Ich bin froh, dass uns hier niemand mit seinem dummen Geschwätz aufregt. Sicher denken jetzt alle nach, was wohl wird.‘ sagte Gretel zu sich selbst. Inzwischen hatte Hubi den teuren Pelz der Dame neben ihnen entdeckt und wühlte mit seinen kleinen Fingern in dem weichen Fell herum. Die Dame zog ihren Mantel enger an sich und warf dem Kleinen einen giftigen Blick zu, was diesen aber nicht im Geringsten störte.

Gretel war derweil damit beschäftigt, die vorbeifliegenden Stationsschilder zu lesen: Fellbach, Schwäbisch Hall… Von ihren früheren Besuchen in Überauen kannte sie die Strecke gut, dieses Mal jedoch fuhr der Zug in eine andere Richtung.

‚Mein Gott, dachte sie, wenn wir nur nicht im falschen Zug sitzen, hoffentlich kommt bald ein Schaffner, den ich fragen kann‘.

Den Kindern wurde es langsam langweilig und sie begannen zu quengeln.

„Sind wir bald da?" Gretel versuchte sie abzulenken indem sie sagte:

„Schaut doch mal, da ist eine gefleckte Kuh!" Helmut schaute sich die Augen nach ihr aus, aber ohne Erfolg.

„Also wenn ihr eine entdeckt, dann meldet ihr's mir", sagte sie und beschäftigte Hans und Helmut damit für ein paar Minuten. Aber nicht lange und das Unvermeidliche begann:

„Ich muss auf's Klo!"

Gretel überlegte fieberhaft: Wenn ich mit ihnen gehe, ist unter Garantie unser Platz weg und sicher kommt genau zu dem Zeitpunkt der Schaffner. Am besten spiel‘ ich einfach das unbedarfte Heimchen am Herd.

Schräg gegenüber saß ein älterer Mann in Arbeitskleidung.

„Entschuldigung, wären Sie so nett und würden den Kindern die Toilette zeigen, ohne meinen Mann bin ich einfach hilflos", flötete der ehemalige Stern am Theaterhimmel Überauens. Der Mann nickte und ging mit den

Kleinen hinaus, zwängte sich durch die stehenden Passagiere und erreichte schließlich die Toilette, die bereits dicht belagert war. Man ließ jedoch die Kinder vor und die hatten das großartige Erlebnis in ein Klo zu pinkeln, das unten offen war und durch das man die Schwellen dahinsausen sah.

Der Schaffner kam und kam nicht. ‚Was, wenn wir im falschen Zug sitzen und vielleicht in Frankfurt landen?‘ Schließlich hielt Gretel es nicht mehr aus und sie fragte die Dame im Pelz neben ihr:

„Entschuldigen Sie bitte, aber warum fährt der Zug Richtung Schwäbisch Hall und nicht nach Heilbronn?"

Die Dame betrachtete sie mit einem arroganten Blick und sagte kühl:

„Ich arbeite nicht bei der Reichsbahn. Wenn sie im falschen Zug sitzen ist das nicht mein Problem", und zog ihren Pelz wieder enger an sich, um ihn vor weiterem unerlaubtem Zugriff zu schützen.

‚Entschuldige, dass ich geboren bin‘, dachte Gretel, ‚Du arrogantes Weibsbild. Wenn Hubi das nächste Mal an Deinem Pelz rumfummelt, lass‘ ich ihn einfach.‘

Endlich kam der Schaffner. Nachdem er alle Fahrkarten kontrolliert und entwertet hatte, fragte Gretel: „Können Sie mir sagen, ob wir im richtigen Zug nach Würzburg sind?" Der Schaffner war sicher so alt wie Wilhelm jetzt wäre, würde er noch leben.

Mit einem erneuten Blick auf die Fahrscheine leierte er herunter:

„Umsteigen in Schwäbisch Hall nach Würzburg, dort umsteigen nach Überauen!" Gretel rief ihm ein erleichtertes „Dankeschön" nach als er das Abteil verließ. Endlich konnte sie aufatmen. Mit Unterstützung der Kinder würde das Umsteigen sicher klappen und vielleicht fand sich ja auch jemand, der helfen würde. Sie lehnte sich zurück und versuchte, die Fahrt zu genießen.

Aber die Ruhe war nicht von langer Dauer. Eine Staffel Tiefflieger griff den Zug an. Otto hatte Gretel und den Kindern eingebläut, in einer solchen Situation sofort unter den Sitzbänken Schutz zu suchen, egal was die anderen Passagiere denken würden.

„Runter unter die Sitze!" rief sie den Buben zu und kroch selbst mit Hubi so weit wie möglich unter die Bank.

Die arrogante Dame im Pelz flüsterte ihrem Gatten zu: „Wie blöd kann man denn sein. Dieses Waschweib mit ihrer Bagage. Wie sollen denn feindliche Tiefflieger am helllichten Tag hierher kommen? Das können nur die unseren sein, hier mitten in Deutschland!" Allerdings änderte sich die Stimmung im Abteil in Sekundenschnelle, als eine Salve aus den Bordkanonen den Zug traf, einige Fenster zersplitterte und die Außenwand durchlöcherte.

„Diese Schweine", rief die Dame im Pelz und suchte nun selbst vergebens ein Plätzchen unter einer Bank, was allerdings eine aussichtslose Lage war. Schließlich erkannten die Piloten wohl, dass es sich um einen reinen Passagierzug handelte und drehten auf der Suche nach einem lohnenderen militärischen Ziel wieder ab.

Das Umsteigen wurde zur Qual. Die Bahnhöfe waren alle mehr oder weniger zerstört. Man beschränkte sich hauptsächlich darauf, die Schienen zu reparieren, um den Verkehr aufrecht zu erhalten. Die Passagiere hingegen mussten mit ihrem Gepäck über Schutt steigen, um Bombenkrater herumgehen und teilweise über die Geleise stolpern, weil Unterführungen unpassierbar waren. In Würzburg hielt der Zug 100 m vor dem Bahnhof.

„Warum halten wir hier?" fragte Hans.

„Sicher werden die Geleise repariert, damit der Zug nicht entgleist," gab Gretel zur Antwort.

„Was heißt entgleist?"

„Halt nicht aus den Schienen springt und vielleicht umfällt", lautete die Erklärung.

Hubi war es langweilig und er entschloss sich, wieder herumzuzappeln und zu schreien. Hans und Helmut rannten mit anderen Kindern den Gang zwischen Passagieren und Koffern auf und ab und Hubi fand das schließlich auch attraktiv und schloss sich ihnen an. Endlich kam ein Uniformierter und begann die Passagiere in Zweierreihen aufzustellen. Über den Schotter wankte die schwerbepackte Kompanie aus Frauen und Kindern am Zug vorbei Richtung Bahnhof, wo die Anschlusszüge warteten. Gott sei Dank war der Zug nach Überauen nicht sehr voll, wer wollte da auch hin. Die Forners fanden schnell Platz in einem Abteil und richteten sich ein.

„Mama, ich hab' Hunger", sagte Hans.

„Ich auch", meinte Helmut.

„Wir sind bald da und bei Tante Emma gibt's heut Abend richtig was zu essen", sagte Gretel. „In der Dose ist noch ein Brot, das teilt ihr Euch beide". Hubi war mit dieser Lösung weniger zufrieden, verzog sein Gesicht, aber bevor er losheulen konnte, sprang eine Frau aus Gärtringen ein und gab ihm ein paar Plätzchen, die er mit triumphierendem Blick auf seine neidischen Brüder genüsslich verzehrte. Nach einer halben Ewigkeit kam endlich Überauen in Sicht.

„Buben, wir haben's geschafft! Es ist einfach herrlich, wieder daheim zu sein," rief Gretel „Wahrscheinlich müssen wir vom Bahnhof aus laufen, Onkel Maximilian weiß ja nicht, welchen Zug wir erwischt haben."

Dann sahen sie aber doch Anna, Emma und Max auf sie warten, hingen aus dem Fenster und winkten ihnen zu bis der Zug stillstand. Das war eine Begrüßung, die Kinder wurden bewundert und man fiel sich in die Arme.

„Wie schön wieder daheim und in Sicherheit zu sein! Ich kann Euch gar nicht sagen, wie dankbar wir Euch sind!" sagte Gretel mit feuchten Augen. „Ach was, das ist doch selbstverständlich, schließlich sind wir doch eine Familie und lieben einander." erwiderte Anna darauf, nahm Gretels Arm und beide wanderten untergehakt in Richtung Marktplatz. Max schulterte ein paar Koffer und in der hereinbrechenden Dunkelheit ging die Familie auf der vertrauten holprigen Straße Richtung Goldener Ritter.

‚Hallo Mutter' dachte Gretel bei sich als sie so dahin gingen, ‚ich werde Dich nie vergessen!' Sie kamen an dem Haus vorbei, aus dem damals Edith Luder den vorbeigehenden Max beobachtet hatte, als der sich auf den Weg zum Goldenen Ritter machte.

Seit der Beerdigung von Wilhelm war Gretel nicht mehr in ihrer Heimatstadt gewesen. Weiteres hatte sich geändert, aber nicht unbedingt zum Besseren. Als sie nach Edith Luder fragte, meinte Max:

„Die dumme Kuh, die hat hier jetzt viel zu sagen. Die sitzt im alten Rathaus und dient dem Ober-Nazi Georg Pucher als Spitzel. Erinnerst Du Dich noch an den?" Das Rathaus war beflaggt wie immer und in einigen der Fenster brannte noch Licht. Anscheinend muss man hier nicht verdunkeln, wer sollte auch Überauen angreifen?

Beim Eintritt in den Goldenen Ritter scherzte Gretel: „Die Metzgerei könnte auch mal wieder einen Anstrich vertragen!" worauf Max erwiderte: „Ja, aber wo die Farbe hernehmen? Wenigsten hab' ich eine gute Ausrede." Vom Rathaus, hinter einer Gardine versteckt, schaute eine vertraute Frau auf den Einzug der Forner Familie: Die müssen wir im Auge behalten!

„Gretel, Du und Deine Jungs ziehen in die kleine Wohnung, die Max eigentlich für Anna und Eugen in Deinem alt vertrauten Zimmer hergerichtet hat. Anna kann inzwischen bei Dorothea schlafen und Max und ich auf dem fürstlichen Kanapee von Wilhelm. Und hier habt ihr was zu essen, ihr müsst doch völlig ausgehungert sein."

Mit vollem Mund sagte Helmut zu Tante Emma „Mmmhm, das schmeckt aber gut!"

Emma tätschelte ihm den Kopf, erleichtert, sie alle in der Sicherheit ihres Goldenen Ritters zu wissen. Sie freute sich über den Appetit der Kinder und diese darüber, dass sie so viel essen konnten, wie sie wollten.

Dorothea brachte sie dann hinauf in ihre Betten, wo sie sofort in einen tiefen Schlaf fielen, während die Erwachsenen drunten Neuigkeiten aus Überauen und Stuttgart austauschten. Natürlich war die Naziherrschaft in Überauen ein Thema.

„Man kann gar nicht mehr vorsichtig genug sein", sagte Max, „ich bin zwar pro forma in der Partei, da es einfach nicht mehr anders ging, aber aktiv bin ich nicht. Neulich hat dieser Widerling von Pucher verkündet, Überauen sei jetzt „Judenfrei". Ich möchte nicht wissen, was die Schweine mit ihnen gemacht haben. Und diese Luder, die hat Euch gewiss schon auf ihrer Liste. Du hast sie doch damals zusammen mit Siegfried erwischt, als sie Kartoffeln in unserem Garten klauen wollte – das vergisst sie Euch nie! Also, Vorsicht mit allem was ihr sagt!"

„Max, ich könnte so die ganze Nacht mit Euch und den alten Erinnerungen zubringen, aber ich denke, ich sollte auch ins Bett, der Tag war doch lang und aufregend," sagte Gretel, „die Kinder sind ja bei Tagesanbruch schon in den Startlöchern. Max und Emma, bitte sagt mir auch, wie ich mich bei Euch nützlich machen kann. Wir sind natürlich dankbar für die liebevolle Aufnahme, aber ich will hier helfen wo ich kann, in der Küche, der Wirtschaft, im Laden und wenn's nötig ist auch im Schlachthaus. Ihr müsst's nur sagen. Also, gut' Nacht und schlaft gut".

Endlich ging auch Gretel müde den Fenstergang zum Schlafzimmer entlang, schaute nach den Kindern und dann aus dem Fenster. Wie sie es immer getan hatte, streichelte sie über die verblichene gelbe Tapete mit den rosa Blumen und den grünen Blättern. Der Gedanke an Vater und Mutter ließ sie lächeln. ,Jetzt, wo sie schon so lange von uns gegangen sind, schmerzt die Erinnerung nicht mehr so sehr, vielmehr erinnere ich mich lieber an die schönen Stunden, die wir miteinander verbracht haben.'

Da lag Überauen, verglichen mit Stuttgart ein Hort des Friedens und der Ruhe, und doch war auch hier der Terror des Regimes eingezogen. Verflogen war die allgemeine Begeisterung, sie war der Sorge um die Söhne im Feld und dem Misstrauen der Menschen untereinander gewichen. Man wusste besser nichts über die Anderen und vor allem wollte man nicht, dass irgendjemand etwas über einen selbst wusste.

„Gute Nacht, Mama und Papa," flüsterte sie leise, und legte sich vorsichtig ins Bett, um den kleinen Hubert nicht aufzuwecken. Als sie ihr kurzes Nachtgebet verrichtete, fiel ihr unwillkürlich ihre alte Feindin Edith Luder ein und sie dachte, ,Dieses verdammte Frauenzimmer – Gott verzeih' mir! Jeder wusste doch immer über Jeden Bescheid hier in Überauen, aber jetzt ist das die reinste Bespitzelung geworden und die Kuh hat auch noch die Macht, uns allen zu schaden. Ich muss mich auf jeden Fall vorsehen!'

So hatten sich die Zeiten geändert. Mit liebenden Gedanken an Otto schlief sie ein.

25. GEBORGENHEIT

Das Erste, was Gretel am nächsten Morgen tat, war nach dem Frühstück zum Bahnhof zu gehen und ein Telegramm an Otto abzuschicken: SIND GUT ANGEKOMMEN KUSS GRETEL. Mehr war nicht drin. Dann ging sie zurück, ließ Hubi in der Obhut der Frauen, schnappte Hans und Helmut, die beide nichts Gutes ahnten, und ging als Erstes zur Schule hinüber. Es war immer noch die gleiche, in die auch sie viele Jahre gegangen war und eigentlich hatte sich außer den Propagandaplakaten an den Wänden nichts geändert.

Es wurde inzwischen in zwei Klassenzimmern unterrichtet, in einem saßen die 1. bis 4., im zweiten die 5. bis 8. Klasse. Gretel klopfte an eine Tür und zu ihrer Überraschung öffnete ihr alter Lehrer Bästlein.

Der musterte sie kurz, erkannte sie und rief: „Wenn das nicht die Geyers Gretel ist, ah, wie heißt Du denn jetzt?"

„Forner, und Sie sind immer noch aktiv?"

„Ach Gott, die jungen Lehrer sind alle eingezogen, da haben sie mich alten Schulmeister wieder ausgegraben. Sag' bloß, das sind Deine Jungs?"

„Ja, die beiden älteren, ich hab' noch einen kleinen, der ist im Moment bei Emma. Wir sind im Goldenen Ritter evakuiert."

„Ja, ich hab gelesen, wie's in Stuttgart zugeht. Willkommen! Und jetzt willst Du den Großen zur Schule anmelden?" Der Lehrer wendete sich an Hans und fragte: „Wie heißt Du denn und in welche Klasse gehst Du?"

„Hans, in die zweite", war dessen lapidare Antwort.

„Gut, dann bring ich Dich rüber zu Fräulein Günther. Willkommen in unserer Zwergschule, da bist Du sicher aus Stuttgart was anderes gewohnt." Weiter ging's mit Helmut zum Kindergarten. Der wurde von katholischen Schwestern geleitet und Helmut staunte über deren Kutten und die riesigen weißen Hauben auf ihren Köpfen. Auch hier wurde Gretel natürlich gleich erkannt, herzlich begrüßt und Helmut wurde sofort in den Kreis der Kinder aufgenommen, die dasaßen und „Ringlein, Ringlein, Du musst wandern" spielten.

Das war erledigt und Gretel ging zum Goldenen Ritter zurück um dort auszuhelfen wo immer es notwendig war und das war so ziemlich überall.

Die Kinder waren schnell integriert.

Hans war kurze Zeit der Star der Klasse, kam er doch aus der vordersten Front in Stuttgart, hatte heldenhaft in den Bombennächten ausgeharrt, danach Feuer gelöscht, Verschüttete ausgegraben, Verwundete verbunden und die größten Bombensplitter der Stadt gesammelt. Er hatte noch überlegt, ob er vielleicht auch eine Flak bedient und einen feindlichen Flieger abgeschossen hatte, verzichtete dann jedoch, da er sich schon mit seinen anderen Geschichten an der Grenze der Glaubwürdigkeit befand. Helmut hatte gehofft, der Überauener Kindergarten sei weniger streng als der NS Kindergarten in Stuttgart, aber die Schwestern führten ebenfalls ein striktes Regime. So wurde seine Geschichte, wie er einmal in der Ruhestunde geschwatzt hatte und dafür den Mund mit Leukoplast zugeklebt bekam, zwar mit Interesse, aber ohne großes Mitleid aufgenommen.

Hubi machte inzwischen den Goldenen Ritter unsicher. Er war einfach überall. Kein Zimmer im ersten Stock, kein Raum um den großen Innenhof und kein Keller war vor ihm sicher. Jede Ecke, war sie noch so obskur und schmutzig, wurde von im inspiziert. Er untersuchte die Ställe für das Schlachtvieh und die riesige Scheune mit Heu und Stroh. In einer der hinteren Ecken stieß er auf die stinkenden, eingesalzenen Rinderhäute, die dort auf den Gerber warteten. Der ganze Hof war eine Ansammlung von unterschiedlichsten Gerüchen, Staub, Spinnen und Krabbeltieren aller Art. Am liebsten spielte er jedoch in der Garage, in der sich die verschiedensten Fahrzeuge befanden – Autos, Anhänger, Fuhrwerke, landwirtschaftliche Gerätschaften und vor allem das berühmte Motorrad der Marke "Wanderer", auf dem die Buben immer gerne herumturnten und im Geist verwegene Rennen fuhren.

Wenn man Hubi nicht brauchte, wuselte er einem zwischen den Beinen herum, wenn man ihn rief, war er nicht aufzufinden und wenn man ihn endlich fand, musste man ihn erst einmal waschen um sicherzugehen, dass er es auch war. Manche behaupteten, er besitze die seltene Gabe, an mehreren Orten gleichzeitig zu sein. Niemand kannte sich in dem Gebäudekomplex so gut aus wie er. Gleichaltrige Freunde gab es nicht und so entschied er, sich den Hofhund Hasso zum Freund zu machen.

Hasso war ein großer Schäferhund, der im Hof an seine Hütte gekettet war und nicht gerade bekannt für sein sanftes Gemüt. Eigentlich hatte jeder Angst vor ihm und nur Max durfte sich ihm ungestraft nähern. Deshalb waren alle entsetzt als Emma, am Küchenfenster stehend, rief: „Der Hubi ist beim Hasso!"

In der Tat stand Hubi bei dem Hund, beide etwa gleich groß und klopfte ihm mit seiner kleinen Hand auf den Kopf. Hasso hielt still, wohl überlegend, was das für ein komisches Wesen war. Nach Hund roch er nicht, eher nach Staub und Schmutz, aber ein Mensch war er offensichtlich auch nicht, dazu war er viel zu klein. Und als Max später Hubi noch erlaubte, Hasso zu füttern, war dies der Beginn einer großen Freundschaft.

Als Hubi etwa 4 Jahre alt war, kam er auf die Idee, seinen Vater in Stuttgart zu besuchen und machte sich auf den Weg zum Bahnhof. Dort kletterte er in den wartenden Zug und setzte sich auf eine Bank am Fenster. Der Zug fuhr ab und nach einiger Zeit kam der Schaffner vorbei um die Fahrkarten zu kontrollieren. Dabei entdeckte er den Kleinen und fragte, wo er denn hinwolle. Hubi sagte: „Nach Stuttgart zu meinem Papa!" Der Schaffner erkannte natürlich sofort, dass Hubi ausgebüxt war, schnappte ihn sich in Würzburg, damit nichts weiter passierte, teilte sein Vesper mit ihm und brachte ihn dann wohlbehalten wieder nach Überauen zurück. Er lieferte ihn persönlich beim Goldenen Ritter ab, wo ihn aber noch niemand vermisst hatte. Kinder gingen in Überauen eben nicht verloren, da kannte Jeder Jeden.

Der Goldene Ritter war wie eine verzauberte Festung voller geheimer Ecken, Gänge, Türen, Speicher und der völligen Freiheit darin herumzustöbern. So wuchsen die Forner Buben in einer für sie heilen, ländlichen Welt auf, außer Schule und Kindergarten frei wie die Vögel und, zumindest vorläufig, sicher vor den Gefahren des Krieges. Dieser tobte weiter.

Die Versorgung der Bevölkerung mit Lebensmitten wurde durch die Ausgabe von Lebensmittelmarken reguliert. Pro Person wurden Rationen ausgegeben, abhängig von Geschlecht, Alter, Beruf usw. Die Produktion der Lebensmittel wurde wie auch deren Verteilung, streng überwacht. Max protokollierte genauestens jeden Einkauf eines Tieres bei den Bauern, welche ebenfalls penibel über ihren Bestand Buch führen mussten. Die Lebensmittelmarken wurden im Laden gesammelt und im Rathaus abgegeben, wo dann eine Plausibilitätsprüfung stattfand, ob Einkauf und Verkauf in einem glaubwürdigen Verhältnis standen – mit anderen Worten, ob nicht schwarz geschlachtet oder ohne Marken verkauft wurde. Natürlich konnte das nicht bis ins Letzte kontrolliert werden, deshalb standen schwere Strafen auf einem entsprechendendes Vergehen.

Allerdings kam es auf den Bauernhöfen leider schon mal vor, dass das eine oder andere Ferkel starb oder von der Muttersau gefressen wurde. Auch Fälle, in denen ein Kälbchen ausgerissen, in den Wald gelaufen und dort verendet war, wurden gemeldet. Und so schallte manchmal durch ein Dorf das eindringliche Geschrei eines Schweins, dem Max gerade „schwarz" den Garaus machte. Niemand meldete das, denn später stand der halbe Ort mit Kannen an, um eine Portion von der Metzelsuppe abzubekommen, und Max fuhr mit einer Ladung Fleisch zurück, das er ohne Marken sozusagen „unter dem Ladentisch" verkaufen konnte.

Frau Luder, deren Aufgabe es war, solche Verbrechen am deutschen Volk aufzudecken, wurde über den mangelnden Patriotismus des Landvolks schier verrückt. Immer, wenn sie aus ihrem Fenster im Rathaus auf die Metzgerei Bergmeister schaute, packte sie die Wut und sie schwor sich, die Ungeheuerlichkeiten, die sich dort wahrscheinlich abspielten, irgendwann zu entlarven und es allen zu zeigen.

26. BOMBENANGRIFFE

Otto schaute aus dem Fenster auf das geschundene Stuttgart. ‚Bin ich froh, dass Gretel und die Kinder in Sicherheit sind' dachte er, ging zurück und nahm die Zeitung in die Hand. Es war immer das Gleiche. Erfolgsmeldungen an allen Fronten, selbst wenn es sich auch um sogenannte „Frontbegradigungen" handelte, Beschuldigungen der Alliierten wegen der unmenschlichen Bombenangriffe auf unschuldige Städte und oft auch Durchhalteparolen.

Die Nacht des 8. Oktober 1943 wurde zur schlimmsten, die Otto seit Wolfgangs Tod erlebt hatte. Als die Sirenen anfingen Alarm zu heulen, packte er sein immer bereitliegendes Bündel und hastete aus dem fünften Stock die Treppen hinab in den Keller. Alle Hausbewohner waren bereits versammelt, man war das alles schon gewohnt. Aber diese Nacht war anders. Die Bomber hatten es auf den Westen der Stadt abgesehen und die Einschläge schienen immer näher zu kommen. Dann war eine gewaltige Explosion zu hören und das Haus erbebte wie von einer Riesenfaust getroffen. Die eiserne Kellertür sprang auf und durch die trüben Kellerfenster leuchtete es blutrot herein als sei das Haus von einer Feuersbrunst umgeben. Alle waren zunächst wie gelähmt, doch plötzlich erschien ein verrußtes Gesicht unter der Kellertür und schrie: „Alles raus, die ganze Stadt brennt!" Wenigstens wusste man jetzt, was zu tun war und man stürzte hinaus auf die Straße.

Es war die Hölle. Der ganze Stuttgarter Westen stand in Flammen, während die Flieger weiter Bombe um Bombe abwarfen. Es war unerträglich heiß, keine Feuerwehr der Welt wäre in der Lage gewesen, hier etwas auszurichten und es herrschte ein totales Durcheinander, nicht nur äußerlich, sondern auch in den Köpfen der Menschen. Niemand wusste was tun.

Ein völlig aufgelöster Nachbar hielt Otto fest und rief: „Herr Forner, unser Haus brennt, können Sie uns helfen und unser Klavier in Ihre Wohnung zu bringen?" Otto war so verblüfft, dass er zunächst kurz darüber nachdachte, ihm aber gleich wieder einfiel, dass er im dritten Stock wohnte und sein Haus selbst in Gefahr war, Feuer zu fangen.

„Bitte, Herr Forner, ich bin Pianist, ich brauch' das Klavier!" jammerte der Nachbar. ‚Das Feuer hat ihm den Verstand geraubt', dachte Otto, folgte ihm aber in das brennende Haus.

Der Nachbar hatte schon einige Bohlen und Bretter von seinem Fenster hinüber zu einem gesplitterten Fenster in Ottos Haus gelegt, auf denen er das Klavier hinübertragen wollte. Otto prüfte die Sicherheit dieser Brücke und fand sie mehr als zweifelhaft.

Außerdem stürzten laufend brennende Balken vom Dachstuhl herunter. Endlich siegte die Vernunft. ‚Was tu' ich denn hier?' dachte er, ‚ich hab' eine Frau und drei Kinder und soll wegen eines Scheißklaviers mein Leben riskieren?' „Das hat keinen Zweck, nichts wie raus hier!" rief er und nicht zu früh. Die Behelfsbrücke brach zusammen und beide machten, dass sie wieder auf die Straße kamen.

Die extreme Hitze mit dem dichten Rauch und umherfliegender, glimmender Asche machten das Atmen fast unmöglich. Um dem zu entkommen und möglichst weit unten zu sein, hatten sich viele der Nachbarn auf die rauchenden Trümmer gelegt, ihre Gesichter mit Teppichen geschützt. Otto und sein Vater taten es ihnen gleich. Man hörte überall die Schreie der verletzten und sterbenden Menschen, während links und rechts die Gebäude einstürzten.

Wie die meisten auf der Schloßstraße in dieser Nacht betete Otto:

„Lieber Gott, ich weiß, es ist nicht an mir, dich darum zu bitten, aber ich flehe dich an, verschone mich vor einem Feuertod!"

Die Schreie, das tobende Feuer mit seiner unerträglichen Hitze und die Gefahr, doch noch von ihm erwischt zu werden, hielten über viele Stunden an. Wie durch ein Wunder blieb das Gebäude mit Ottos Wohnung von allem verschont. Ab und an gingen er oder einer der anderen Männer aufs Dach, um die dort durch die fliegende Asche verursachten Feuer im Keim zu ersticken. Sie hatten vorsorglich alle ihre Badewannen mit Wasser gefüllt und alle Fenster verschlossen. Man konnte nur auf das Beste hoffen.

Bei Tagesanbruch war das Schlimmste vorüber. Die ganze Stadt war von dickem Rauch überzogen, es schien als wäre die ganze Welt verkohlt und geschwärzt. Trümmer und brennende Balken häuften sich an den Straßen, an die sich Häuser reihten, die oft bis auf die Grundmauern abgebrannt waren.

„Alles rennet, rettet, flüchtet, taghell ist die Nacht gelichtet!" heißt es in Schillers Glocke und so war es in dieser Nacht auch in Stuttgart. Nur dass hunderte von Menschen verbrannten, erstickten, erschlagen wurden und tausende all ihr Hab und Gut verloren.

Das ganze Ausmaß der Zerstörung wurde erst am nächsten Morgen sichtbar. Nur das Haus Schloßstraße 96 ragte unversehrt wie ein Turm aus den umgebenden Trümmern empor. Aber nicht mehr für lange!

Stuttgart nach einem Bombenangriff, 15 April 1943

So tobte der Krieg weiter und Mitte 1944 geschah das unvermeidliche, die Alliierten landeten in der Normandie. Ein Anschlag auf Hitler wurde von der „Vorsehung" verhindert, und das größte Verbrechen in der Geschichte der Menschheit wurde mit deutscher Gründlichkeit weitergeführt, in Auschwitz brannten die Öfen Tag und Nacht.

Die Ostfront wankte, die Rote Armee wurde mit Hilfe der Westmächte immer stärker und Rudi war mit seinem Panzer mitten drin. Emma und Max verfolgten die Kämpfe aus der Ferne und machten sich ihre eigenen Gedanken über die nicht enden wollenden Siegesmeldungen der überlegenen Tigerpanzer.

Da gab es endlich Nachricht von der Front.

Liebe Mama und Papa!
Unser Panzer ist ein beeindruckendes Beispiel moderner Maschinerie.
Wir kämpfen gegen die Untermenschen hier an der Sowjetischen Front und
haben täglich Kontakt mit dem Feind. Uns geht es gut soweit und wir tun
unser Bestes, den Krieg für das Vaterland zu gewinnen.

„Ich frage mich, ob das wirklich von Rudi ist, oder ob den Buben nicht vorgegeben wird, was sie an ihre Familien schreiben dürfen. Was soll's, ich kann ihm ja eh nicht helfen und nur froh sein, überhaupt etwas von ihm zu hören. Das sieht doch wenigstens aus wie seine Unterschrift, Emma, oder?"

„Natürlich ist das seine Unterschrift. Du wirst recht haben, die Briefe sind sicher zensiert um sicherzustellen, dass nur etwas Neutrales geschrieben wird. Es scheint ihm ja gut zu gehen," meinte Emma.

Dann kam allerdings die Nachricht die Emma und Max so sehr gefürchtet hatten. Um 6 Uhr in der Früh kam der Bote vom Telegraphenamt in den Goldenen Ritter und fragte nach Herrn Bergmeister. Dorothea war die, auf die er als erstes traf und diese fing nur an zu kreischen: „Nein, nein, nein!"

In diesen Tagen verhieß das nichts Gutes. Mit zitternden Händen öffnete Max den Umschlag, atmete tief durch und verkündete:

„Rudolf Bergmeister ist verwundet und im Lazarett. Er wird so bald wie möglich hierher entlassen und ist bis auf weiteres kampfunfähig!"

„Welch' eine Erleichterung. Gott sei Dank!" sagte Max und gab dem Jungen ein paar Groschen. „Rudi lebt!" Alle fielen sich voller Erleichterung in die Arme.

Als Rudolf schließlich ankam waren alle zunächst geschockt von seinem Aussehen. Sein Panzer war getroffen worden und in Brand geraten.

Im Gesicht und an den Händen war die Haut völlig verbrannt und vorläufig von einer weichen Gaze bedeckt.

„Oh, mein Gott, wie kann Rudi nur so entstellt weiterleben?" fragte Dorothea und Emma antwortete: „Hauptsache er lebt, der Rest gibt sich."

Rudi wurde vorsichtig zum Goldenen Ritter gebracht. Man nutzte ein bisschen des rationierten Benzins und nahm den Lastwagen.

Während Gretel Arm in Arm mit Emma wieder Richtung Goldener Ritter zurücklief, ging es ihr wie schon so oft durch den Kopf:

‚Immer wieder gehen wir hier diese Strecke zwischen Bahnhof und Goldener Ritter, sei es an wundervollen Tagen wie meiner Hochzeit oder auch bei traurigen Ereignissen wie nach Großvaters Beerdigung. Heute scheint es ersteres zu sein, denn Rudi lebt und seine Wunden werden hoffentlich gut verheilen.'

Und sie behielt Recht. Rudolf musste immer wieder zur Behandlung ins Krankenhaus und ob es seiner robusten Natur oder seinem unverwüstlichen Humor zu verdanken war, er erholte sich rasch und die Narben im Gesicht und an den Händen machten einen richtig interessanten Burschen aus ihm.

27. NAZIS

Die Versorgungslage der deutschen Bevölkerung wurde immer prekärer. Der Zufluss riesiger Lebensmittelvorräte aus den von deutschen Truppen besetzten Gebieten nahm stetig ab und die eigene Erzeugung, aus Mangel an Arbeitskräften und Material, ebenfalls. Trotzdem blieb eine Hungersnot wie im Ersten Weltkrieg aus – der „Steckrübenwinter" war noch in schlechter Erinnerung – Planung und Kontrolle funktionierten bis zum bitteren Ende. Allerdings waren die zugeteilten Rationen teilweise unter dem durchschnittlichen Mindestbedarf. Wenn es doch zu erheblichen Engpässen kam, dann vor allem in den Ballungsgebieten, die ja die Hauptziele der Bombardierungen waren. Auf dem Lande war die Lage dagegen entspannter.

In der Metzgerei Bergmeister und im Goldenen Ritter spürte man den Umsatzrückgang deutlich und die Kontrollen wurden immer schärfer. Da Max ja der NSDAP beigetreten war, blieb er größtenteils von deren Repressalien verschont.

„Irgendwas muss uns einfallen, wie wir das System überlisten könnten ohne erwischt zu werden und ohne irgendwem zu schaden. Hier auf den Dörfern herrscht doch wirklich kein Mangel an Nahrung," sagte Max.

„Soch ner nix," warf Emma ein, „Die Leut' da über der Straße hassen uns noch immer für Sachen, die vor zwanzig Jahren passiert sind. Die würden sich nur freuen, wenn sie uns an den Karren fahren könnten."

„Ich weiß, ich weiß," antwortete Max, „ich würd' denen aber um's Verrecken gern eins auswischen."

Die latente Feindschaft zwischen Edith und Georg auf der Naziseite im Rathaus und der Belegschaft des Goldenen Ritter gegenüber war mit der Zeit nicht abgeklungen, im Gegenteil, man beäugte sich mit wachsendem Misstrauen und im Rathaus wartete man nur auf einen Fehler des Nachbarn.

Das war auch der Grund, warum Edith und Georg ihren Mitstreitern nicht verboten, das Mittagessen im Goldenen Ritter einzunehmen, hatte man doch so immer ein Auge auf den Volksfeind. Natürlich war das Essen dort nicht mehr mit dem vor dem Krieg vergleichbar, aber Emma und ihre Getreuen konnten auch aus dem Wenigen, das zu Verfügung stand, etwas Leckeres zaubern und der Weg vom Rathaus zum Mittagstisch oder in Ausnahmefällen auch Abendessen war erfreulich kurz.

Eines Abends saßen alle wieder einmal in der Küche und waren damit beschäftigt, die abgeschnittenen Lebensmittelmarken auf große Sammelbögen zu kleben, um sie am nächsten Tag gegen entsprechende Bezugsscheine umzutauschen. Da durfte nichts falsch gemacht werden, um den Überwachern keinen Anlass zur Inspektion des Goldenen Ritter zu geben.

„Pass auf, Dorothea und mach' bloß keinen Fehler, auch nicht den kleinsten. Diese Edith Luder und ihre Heinis würden sich über jeden Grund freuen uns mit einer Razzia heimzusuchen."

„Keine Angst, Mama," versicherte ihr Dorothea, „ich mach' alles nach Vorschrift, ich möchte diese Schergen auch nicht vor unserer Tür!"

Gretel zählte alles zusammen und verglich, soweit es ging, die verbrauchten Mengen mit dem Bestand.

Nachdem diese Arbeit beendet war, machte sich Emma daran, eine Speisekarte für den nächsten Tag zu schreiben. Das war keine einfache Sache. Erstens musste man viel Phantasie und Können aufwenden, um aus den wenigen verfügbaren Zutaten etwas Wohlschmeckendes und Nahrhaftes zu kochen. Zweitens musste für jedes Gericht die notwendige Art und Zahl von abzugebenden Lebens- und Nahrungsmittelmarken abgeschätzt und auf der Speisekarte vermerkt werden.

Als auch das geschafft war, sagte Gretel: „Komisch, wir haben immer mehr Marken als wir wirklich verbraucht haben."

Emma lachte, „Na klar, ich schreib' auf die Speisenkarte immer den Betrag einer vollen Marke, also zum Beispiel 50 Gramm Mehl, aber in dem Gericht sind vielleicht nur 30 Gramm drin. Genauer geht's halt nicht. Dazu haben die Brüder von drüben anscheinend einen unbegrenzten Vorrat an Marken, woher auch immer, und sind oft großzügig beim Abschneiden."

Max wurde aufmerksam, „Heißt das wir haben immer mehr Mehl, Zucker, Sirup und so weiter übrig? Was machen wir denn damit? Habt ihr eine Idee?"

Gretel schlug vor damit Kuchen nach Rezepten ihres Vaters zu backen und diese gegen andere Naturalien einzutauschen.

Max fand das eine gute Idee, da könnte er auf seinen Einkaufs-touren und Schlachtungen bei den Bauern einiges loswerden und sofort hatten auch alle anderen kreative Ideen für die „Vermarktung".

„Aber wo sollen wir die denn backen? In unserem Ofen sicher nicht, das würde sofort auffallen. Ich frag' mal beim Steinhauer nach, ob der das machen kann. Wir machen hier den Teig, bringen die Bleche abends rüber zu ihm und holen sie morgens in aller Frühe wieder ab" hatte Emma sofort die Lösung.

Gesagt, getan und es wurde gleich ein gutes Geschäft. Aber wie es so geht, irgendwie sickert immer etwas durch und Edith Luder witterte die Chance ihre 20 Jahre zurückliegende Schmach von damals im Rossfelder Garten zu tilgen.

‚Irgendwas geht da drüben nicht mit rechten Dingen zu' dachte Edith, ‚ich muss nur rauskriegen was! Wie oft bin ich durch ihre Unterlagen gegangen ohne das Geringste zu finden. Jetzt reicht mir's, ich mach' Nägel mit Köpfen!'

Mit den Informationen vom Mittags- und Abendtisch war leider nichts anzufangen. Die Leute lobten allenfalls das Essen und die Bedienung, für Spionagetätigkeiten im Goldenen Ritter waren sie aber entweder zu hungrig, zu faul oder einige auch zu anständig. Deshalb entschied sich Edith für eine Überwachung der feindlichen Bewegungen nach Einbruch der Dunkelheit.

„Genosse Schwarz, Sie werden heute Nacht vor dem Goldenen Ritter Wache halten und jeden kontrollieren, der heraus und hinein geht!"

„Jawohl, Frau Luder!" antwortete der junge Rekrut ohne große Begeisterung über diesen, in jeder Hinsicht unangenehmen, Auftrag.

Es war eine frostige Nacht, als Gretel und Emma mit den zugedeckten Kuchenblechen die paar Schritte zum Bäcker machten. Wegen der Verdunkelung sah man kaum die Hand vor den Augen. Umso größer war der Schock, als sie plötzlich der helle Schein einer Taschenlampe blendete und eine Stimme rief: „Halt, oder ich schieße!" und Gretel dachte noch, ‚Gott sei Dank hat er nicht Hände hoch gerufen'.

Irgendwie konnten beide die Situation nicht richtig einschätzen und Emma säuselte deshalb: „Darf ich fragen, wer Sie sind?"

Das kam nun aber für den Wächter wiederum unerwartet und er sagte im Meldeton: „Gefreiter Schwarz von der SA Überauen. Darf ich fragen, was Sie hier nachts zu suchen haben?"

Gretel hatte inzwischen ebenfalls ihre Kaltblütigkeit wiedergefunden und sagte, ganz der ehemalige Theaterstar: „Ach du meine Güte, Herr Schwarz, haben Sie uns aber erschreckt. Wir bringen das nur schnell zum Bäcker. Ihr Kommandant Ertelt hat uns so lange aufgehalten, wir haben mit ihm über unsere langjährige Bekannte Frau Luder gesprochen, eine tüchtige Frau, Sie haben sie sicher bereits kennengelernt!' ‚Und wie', dachte der Soldat, ‚mit denen leg' ich mich besser nicht an und meld' es nicht, sonst gibt's bloß Scherereien.'

„Der verrät sicher nichts", flüsterte Emma.

„Hoffentlich haben wir ihn genügend eingeschüchtert," erwiderte Gretel, „wenn die Luder das erfährt sind wir geliefert."

Gretel und Emma verrichteten noch ihren Auftrag und zurück in der Küche beschloss der Familienrat, das Zusatzgeschäft für eine Weile auszusetzen.

Nachdem eine Woche lang die Abend und Morgenwache nichts Auffälliges meldeten und die Leute wegen der Unergiebigkeit ihrer Arbeit bei Eiseskälte anfingen zu murren, beschloss Edith die Belagerung abzubrechen und mit Georg gemeinsam ein neues Angriffsfeld zu suchen. Im Speiseraum des Goldenen Ritter saßen am Abend Max und die Frauen beieinander und unterhielten sich während die Kinder im Nebenzimmer das altersschwach gewordene Klavier traktierten. Es war inzwischen derartig verstimmt, dass sie nichts mehr kaputt machen konnten.

„Ich hab' solche Angst um Eugen, die Nachrichten von der Ostfront sind so schlimm, dass ich nachts kein Auge mehr zu kriege. Wenn ich ihm doch nur helfen könnte! Ich fürchte, meine Briefe erreichen ihn gar nicht mehr", jammerte Anna und zeigte auf die Zeitung, „Wenn ich das schon lese, DIE FRONT WURDE BEGRADIGT, da weiß doch jeder, was damit gemeint ist. Anscheinend sind die Russen doch keine Untermenschen wie immer gesagt wurde, wenn sie unsere unbesiegbare Armee so vor sich hertreiben."

Im Goldenen Ritter hatte man inzwischen auch noch andere Sorgen. Es wurde immer schwieriger, das Fleisch und auch das Bier zu kühlen. Der Strom fiel oft aus und auch die Lieferung von Eisstangen, die normalerweise mit den Bierfässern kamen, war völlig eingestellt.

Da war es gut, dass gerade ein strenger Winter herrschte und Seen und Tümpel mit einer dicken Eisdecke bedeckt waren.

„Wenn wir schon so wenig Fleisch haben, können wir nicht auch noch riskieren, dass ein Teil verdirbt," meinte Max, „morgen holen wir das Eis vom Dorfweiher."

Also zog er zusammen mit Gretel auf dem Pferdewagen hinaus zum Teich, der außerhalb der Stadtmauer lag. Zuerst musste die Stabilität der Eisdecke getestet werden. Dazu bohrte er ein Loch, steckte einen Stock hinein und prüfte, nachdem er ihn wieder herausgezogen hatte, wie weit er trocken geblieben war.

„15 cm, das trägt", sagte er und begann, mit einer Axt eine größere Fläche freizulegen.

Dann begann die eigentliche Schwerarbeit, die schwimmenden Eisbrocken aus dem Wasser herauszufischen und in Eimern zum Wagen hoch zu schleppen, vor dem die dampfenden Pferde ungeduldig mit den Hufen scharrten. Beide, Max und Gretel, waren trotz der Kälte schweißgebadet und bald völlig erschöpft.

„Lass uns aufhören", sagte Max, „das genügt fürs Erste. Wir holen uns sonst noch den Tod." Gretel war Gott froh darüber und beide gingen auf dem Heimweg neben dem Wagen her, um sich auf dem Kutschbock nicht zu erkälten.

Im Goldenen Ritter angekommen, wurden sie schon von Hans, Helmut, Hubert und Gudrun erwartet, die beim Abladen helfen wollten.

„Hans, du bringst Hubi in die Küche, dort kann er spielen und Emma passt auf ihn auf. Ihr drei helft mir die Eisblöcke abzuladen und im Keller zu verstauen!" befahl Max.

Das ließ man sich nicht zweimal sagen, schließlich machte es ja großen Spaß, die Eisbrocken die Rutsche hinuntergleiten zu lassen und drunten im Keller herumzuwerkeln war auch immer ein besonderes Vergnügen. Bald jedoch waren die wollenen Handschuhe so durchweicht, dass die kleinen Finger ganz klamm wurden und Gretel alle in die Küche zum Aufwärmen am Herd schicken musste.

In den nächsten Tagen ging es noch mehrmals hinaus an den See und diesmal durften zumindest Hans und Helmut mit, die, während die Erwachsenen sich abmühten, auf dem Eis herumschlitterten und gelegentlich gefährlich nahe an der offenen Wasserstelle vorbeisausten. Hubi gefiel es gar nicht daheim bleiben zu müssen, aber alle waren sich einig, dass man ihn bei seinem Tatendrang sicher bald aus dem eiskalten Wasser hätte ziehen müssen. Er wurde dann dadurch entschädigt, dass er das Eis im Keller mit Sägemehl bestreuen durfte, wobei er, im Gegensatz zu seiner Kleidung, keinerlei Schaden erlitt.

Als alle wieder warm und sauber waren, kümmerten sich Gretel und Dorothea um Rudi. Seine Brandwunden mussten frisch gesalbt und verbunden werden. Er verbrachte den ganzen Tag auf einem Feldbett in Wilhelms altem Zimmer, sodass er immer in Rufweite zur Küche war.

„Wie geht's Dir denn heute, der Doktor hat gesagt Du machst gewaltige Fortschritte?"

„Ich fühl mich schwach und unnütz, aber es geht aufwärts. Ich hoffe nur, dass der Krieg zu Ende ist bevor ich wieder der Alte bin – wenn ich es überhaupt wieder werde," stöhnte Rudi.

Um ihn etwas aufzuheitern, kamen Emma und Max herein und erzählten ihm von dem Coup, den sie vorhatten. Die Beobachter im Rathaus waren es inzwischen gewohnt, Max mit seinem Pferdewagen voll Eis vom Dorfteich her kommen zu sehen, was ihn auf die Idee brachte, sie daran zu gewöhnen, einen sogar zugedeckten Wagen für unverdächtig zu halten.

„Jetzt geht es darum, die Nazis an der Nase herumzuführen. Die nächste Fuhre Eis decken wir mit einer Plane zu. Da werden sie natürlich neugierig und schauen drunter. Wenn wir das ein paar Mal gemacht haben, wird ihnen das zu langweilig und sie lassen uns ungeschoren weiterfahren. Dann decken wir ein Schwein mit Eis zu und fahren es vor ihrer Nase in den Hof."

„Aber das Schwein hält doch unter dem Eis im Leben nicht still", warf Emma ein.

„Ja, was denkst Du denn, das Schwein wird natürlich beim Bauern geschlachtet und wir transportieren nur Schweinefleisch!"

„Du weißt aber schon, dass Schwarzschlachten ein Kriegswirtschaftsverbrechen ist und sogar mit dem Tod bestraft werden kann," warf Rudi ein, „erst neulich stand wieder sowas in der Zeitung."

Alle schauten skeptisch, aber Max war wild entschlossen seinen Plan durchzuziehen. Letztlich setzte er sich dann durch, da er behauptete, derart drakonische Strafen würden nur bei massenhaften Schlachtungen ausgesprochen, was natürlich nicht stimmte, und so wurde der Plan mit gemischtem Gefühl angenommen und am nächsten Tag in Aktion gesetzt.

Prompt wurde das Gefährt die nächsten zwei Mal kontrolliert, das dritte Mal nicht. Die Zeit war also gekommen das Schwein zu holen. Klug wie er war platzierte Max, Gretel und Hubi auf den Kutschbock, denn nichts sieht unschuldiger aus als eine Mutter mit ihrem kleinen Jungen.

So ging's los nach Forellenbach. Dort angekommen, bereitete Max mit dem Bauern die Schlachtung vor, während Gretel den kleinen Hubi mitnahm, um die Stallhasen zu streicheln und die empörten Hennen zu scheuchen. In deren Geschrei ging der Schuss aus dem Bolzenschussapparat unter und das Schwein war tot. Nachdem es ausgeblutet war, wurde es auf dem Wagen verstaut und die gefährliche Rückreise konnte beginnen. Zuerst musste natürlich wieder am Weiher Eis gehackt und über das Schwein gehäuft werden, dann kam die Plane darüber und nun halfen nur noch Glück und starke Nerven.

Als sie in den Hof kamen, stand schon Dorothea unter dem Bogen und rief ihnen zu: „Ich lass' den Hasso jetzt raus!" Ein guter Grund, das Tor zu schließen.

„Jetzt bin ich doch ziemlich fertig," stöhnte Max erleichtert, „aber das Fleisch muss weg. Ich werd' es gleich weiter zerlegen, dann kommt's runter in den Keller, hier oben kann es nicht bleiben."

Rudi stand mit Emma am Küchenfenster und schaute dem Treiben im Hof zu.

„Ich wollt', ich könnte mithelfen," jammerte er.

„Ach was, Du wirst noch genug Arbeit haben, wenn Du wieder gesund bist," versicherte Emma und streichelte seine Schulter.

Es war unterdessen Abend geworden und die Fleischportionen fertig. Danach musste alles in den Keller. Nur jetzt nicht noch auffallen! Max schickte die Kinder deshalb zum Versteck spielen. Die ließen sich das nicht zwei Mal sagen, schließlich war es im Keller bei Kerzenschein so schön gruselig und während sie herumtobten, verstaute er seinen Schatz unter einer umgestülpten Tonne. Der Tag war gerettet.

Wieder lag ein Tag harter Arbeit hinter allen, das Abendessen war beendet, die Gäste waren gegangen, die Küche aufgeräumt und geputzt und das Geschirr gespült und weggeräumt. Max hatte alle in der nun leeren Wirtsstube versammelt um sie einzuschwören.

„Ihr wisst, um was es geht, wenn sie uns mit schwarz geschlachtetem Fleisch erwischen. Die Brüder von der SA können ganz schön Druck machen wenn sie einen in Verdacht haben. Also, wir wollen nichts riskieren. Falls wir entdeckt werden, weiß keiner von Euch was von dem Fleisch. Wenn ihr gefragt werdet, sagt ihr einfach, ihr wisst von nichts oder dass es sein kann, dass es sich bei der Ware um meine eiserne Reserve geräuchertes Fleisch handelt, die ich immer erneuere, wenn ich ein neues Schlachtvieh erhalte. Ihr Frauen seid doch alle geborene Schauspielerinnen. Wenn's nicht mehr anders geht, stellt ihr Euch einfach dumm und sagt so was wie: „Wir haben keine Ahnung was Max alles macht, er bestimmt hier und wir machen was er sagt". Das gefällt den Schwachköpfen da drüben. Vor allem dürfen die Kinder absolut nichts sagen, am besten schickt ihr sie gleich fort zum Spielen. Alles klar?"

Emma sagte in der letzten Zeit so oft zu den Kindern, "Socht ner nix", dass diese sie ständig nachäfften. Aber sie waren auch stolz, ein Geheimnis zu kennen, das sie selbst unter der strengsten Folter nicht preisgeben würden.

Wenige Tage später, ein paar Gäste saßen in der Gaststätte beim Mittagessen, flog plötzlich die Tür auf und drei SA Männer stürmten herein. Einer, wohl der Anführer, brüllte: „Achtung!" als hätte er eine ganze Kompanie bei sich. Man musste sich immer gleich Respekt verschaffen hatte er gelernt. Alle erstarrten vor Überraschung, aber auch vor den Uniformen, die meistens nichts Gutes bedeuteten.

„Alles verlässt den Raum!" Die Gäste murrten zwar, aber gehorchten. Sie hatten Besseres zu tun als mit ein paar SA Leuten Streit anzufangen.

„Wo ist der Besitzer?" rief der Anführer wieder, obwohl er Max kannte. Der musste erst gesucht werden und in der Zwischenzeit erschien auch Georg Pucher, die örtliche SA Autorität.

Max kam endlich aus der Küche und grüßte standesgemäß mit einem: „Heil Hitler!"

„Stellen Sie sich hier hin," Georg deutete auf die Stelle neben dem Klavier in der Wirtschaft, an der Gretel und die anderen Kinder im Jahre 1914 vor Gericht standen, als Wilhelm ihnen wegen des geheimen Versteckspiels im Keller die Leviten las.

Er baute sich vor Max auf, funkelte ihn an und sagte nun mit betont kalter Stimme: „Wie wir gehört haben, nehmen Sie es mit der Beteiligung am Schicksalskampf Deutschlands nicht sehr ernst!" Max war nicht so leicht einzuschüchtern.

„Das überrascht mich zu hören, dort drüben im Zimmer liegt mein Sohn Rudolf schwer verwundet aus dem Kampf gegen die Bolschewiken, der Verlobte meiner Tochter kämpft in Frankreich gegen die Alliierten, mein Patenkind Christoph Baumfeller rückt gerade ins Kampfgebiet nach Osten vor und der Mann meiner Nichte kämpft auch an der Russischen Front! Mir jedenfalls genügt das!" und er dachte, ‚Dieser Schleimscheißer, spielt sich hier auf an der Heimatfront, der soll sich mal freiwillig an die richtige melden statt hier die Leute zu drangsalieren.'

Georg war an seiner empfindlichsten Stelle getroffen und wusste, dass Max ein harter Brocken war. Deshalb ging er nicht weiter darauf ein, sondern befahl den Männern, das Haus nach schwarz geschlachtetem Fleisch zu durchsuchen: „So wie ich den Laden hier kenne, kann das überall sein!" Die Männer zogen ab und beide Kontrahenten starrten sich hasserfüllt an.

Emma kam plötzlich herein und fragte scheinheilig: „Wünschen Sie vielleicht ein Bier während Sie warten?" und zur maßlosen Verblüffung von Max nahm Georg das Angebot an und setzte sich.

Inzwischen stellte das Suchkommando das Haus auf den Kopf. Es schien ihnen Spaß zu machen ein möglichst großes Durcheinander zu hinterlassen, wobei sie an den unmöglichsten Stellen herumwühlten, selbstverständlich ohne Erfolg. Mit dieser Meldung erschienen sie wieder in der Gastwirtschaft und schielten neidisch auf das halbleere Bierglas vor Georg. Der richtete sich auf, Hitler auf dem Reichsparteitag hätte es nicht besser gekonnt, und brüllte: „Ihr Idioten. Ein paar Hitlerjungen hätten das Fleisch schon gefunden. Habt ihr auch im Keller nachgeschaut?"

„Nein, noch nicht", bekannte der Anführer verlegen.

„Dann, verdammt noch mal, bewegt Euren Arsch runter. Wenn man nicht alles selbst macht!" knurrte Georg und stand auf, um nun die Operation selbst zu leiten. Max wurde es langsam mulmig.

Hinab ging's nun in den zu jeder Tageszeit düsteren Keller. Beim Licht einiger Kerzen wurde dann auch unter den Kartoffeln, hinter Bierfässern und zwischen dem Gemüse gesucht – vergebens. Georg wurde schier verrückt vor Wut, ging schließlich ein paar Treppenstufen nach oben, drehte sich dann um und fragte listig: „Was ist wohl unter der Tonne? Nein, nicht die da vorn, die zweite dort hinten!"

Die wurde umgedreht und: „Nichts, nur eine Handvoll Kartoffeln!" ‚Mist!', dachte Georg und befahl den Rückzug, stampfte die Kellertreppe hinauf und verschwand grußlos Richtung Rathaus. Die SA Leute hätten gern nach der Anstrengung noch ein Bier vertragen, wagten aber nicht, eins zu bestellen und trollten sich ebenfalls.

Max musste sich erst mal setzen, die Knie zitterten ihm und kalter Schweiß stand ihm auf der Stirn. Nur gut, dass Georg das nicht mehr sah. Als er sich von dem Schreck erholt hatte, stieg auch er die vertrauten Stufen hinauf und ging in den Gastraum. Dort erwartete ihn schon die ganze Mannschaft, völlig aufgelöst und verwirrt darüber, dass der Feind abgezogen, aber Max noch da war.

„Was ist denn da drunten passiert?" fragte Emma aufgeregt. Max grinste.

„Die haben die falsche Tonne erwischt, sie haben unter der hinteren gesucht, das Fleisch war aber unter der vorderen. Das nennt man psychologische Kriegsführung. Dieses Nazischwein, ich hoff', ich seh' nochmal den Tag, an dem wo der sein Fett wegkriegt!"

„Wer uns wohl verraten hat?" fragte sich Gretel.

„Ich fürchte, einer von denen, die hier zum Mittagstisch kommen. Wahrscheinlich hat mal jemand angefangen selbständig zu denken und sich gefragt, wo das ganze Fleisch herkommt, wo es doch immer schwieriger wird Vieh zu kaufen. Ich muss mir da wirklich was einfallen lassen. So, und jetzt brauch' ich ein kühles Bier."

28. KAPITULATION

Stuttgart, 4.5.1944

Liebe Gretel!

Ich hoffe, dieser Brief erreicht Dich und alles ist in Ordnung bei Euch.
Hier geht alles drunter und drüber. Unser Haus in der Schloßstraße hat
auch nicht überlebt, es ist total zerstört. Gott sei Dank haben wir schon vorher
in der Robert-Koch-Straße in Vaihingen eine Wohnung gemietet. Nikolaus
und ich haben die Möbel in Stuttgart aus dem 5. Stock das Treppenhaus
runter und in Vaihingen wieder hinauf in den 3. Stock geschleppt. Das
Meiste ist also gerettet, einschließlich Deinem Porzellan. Nikolaus wohnt in
der Wohnung in Vaihingen, ich bei Tante Emme.

Ich bin viel unterwegs, die beiden Niethammers sind ja im Feld und so
leite ich jetzt die Firma. Die Produktion haben wir auf die Schwäbische Alb
evakuiert, hier in Stuttgart ist nichts mehr sicher.

Wie geht es Euch? Seid ihr alle gesund? Hast Du denn überhaupt noch
Geld? Ich vermisse Euch so, bin aber froh, dass ihr noch rechtzeitig aus
diesem Stuttgarter Hexenkessel rausgekommen seid. Habt ihr Nachrichten
von Rudolf und Eugen?

Viele liebe Grüße und Küsse Dir und den Buben.

Dein Otto

Den ganzen Winter 1944/45 über folgten Otto in Vaihingen und
Gretel in Überauen den offiziellen Meldungen im Radio, lasen die
Berichte in den Zeitungen und lauschten den umlaufenden Gerüchten
über den Kriegsverlauf. Was sie all dem entnahmen war alles andere als

ermutigend. Die französischen, englischen und amerikanischen Truppen der Alliierten drangen von Westen, die Russen von Osten immer weiter nach Deutschland vor und jedermann fragte sich verängstigt, wie das alles enden würde.

Im Goldenen Ritter war inzwischen die schreckliche Nachricht vom "Heldentod" Johann Jessats, dem Verlobten Dorotheas, eingetroffen. Als sie das Telegramm sah, war Dorothea schon aufs Schlimmste gefasst und doch war es für sie ein Schock, als Johanns Vater es ihr zu lesen gab. Durch einen Tränenschleier las sie die Sätze:

JOHANN JESSAT IST IM KAMPF FÜR FÜHRER UND VATERLAND GEFALLEN… WIR WERDEN IHM EIN EHRENDES ANDENKEN BEWAHREN… HEIL HITLER

"„Nein, nein, nein", schluchzte sie, als sie mit dem Zettel in der Hand in die Küche stürzte, „Gretel, was mach' ich denn bloß ohne meinen Johann? Es ist so furchtbar!"

„Komm' her mein armes Kind, lass' Dich umarmen," sagte Emma sanft und nahm ihre aufgelöste Tochter in ihre Arme, während Johanns Vater schweigend mit gesenktem Kopf vor den trauernden Bergmeistern stand.

Gretel ging nach hinten ins Schlachthaus um Max die schreckliche Nachricht zu überbringen. „Max, jetzt ist auch Johann Jessat gefallen, sein Vater hat uns gerade das Telegramm gebracht".

„Großer Gott, nein, meine arme Dorothea," stammelte Max, „wie wird sie bloß darüber hinwegkommen? Er war so ein netter Kerl und sie hat ihn so geliebt. Kannst Du das hier voll fertig machen, ich muss versuchen, Dorothea zu trösten so gut es geht!"

Als er seine Schürze auszog, brach es dann aus ihm heraus: „Was haben wir nur verbrochen, dass Gott uns so straft? Wann wird dieses ganze Morden endlich ein Ende finden?"

Gretel konnte nur noch weinen, als sie sich ans Aufräumen machte.

Trotzdem, das Leben ging weiter. Emma stand am Herd und kochte, wobei sie über ihre Tochter nachdachte: ‚Wie soll sie bloß über den Verlust hinwegkommen? Wie geht das Leben für sie weiter? Ach, könnte ich doch ihren Johann wieder lebendig machen! Aber so ist das Leben, ein einziges Auf und Ab, wie in einem der Stücke, in denen Gretel hier am Theater geglänzt hat. Alles geht so schnell, wir sind Spielball der Ereignisse und unser Einfluss auf unser Geschick ist so gering.' Und wieder musste sie zum Zipfel ihrer Küchenschürze greifen, um die Tränen wegzuwischen.

Einige Tage nach diesem dramatischen Ereignis kam ein neues Telegramm an, was würde es wohl bringen? Gretel öffnete es mit zitternden Händen. Eugen, Christoph Baumfeller oder gar Otto, wen betraf es? Es war kurz und durchaus erfreulich:

EUGEN FREITAG LEICHT VERWUNDET.
VERSCHICKT NACH ÜBERAUEN ZUR BEHANDLUNG

Gott sei Dank! Gretel rief nach Anna, die im Laden bediente:
„Anna, schnell, da ist ein Telegramm wegen Eugen!"
„Um Gottes Willen, ist ihm was passiert?" schrie Anna voll Entsetzen.
„Nein, er ist in Ordnung. Er hat nur eine leichte Verwundung, was immer das heißt. Er kommt hierher zum Auskurieren!" beruhigte Gretel ihre Schwester und gab ihr das Telegramm.

Einige Tage später als Anna arbeitete wieder im Laden arbeitete, dachte sie, als gerade keine Kundschaft da war, über das Leben nach: ‚Wie glücklich ich doch bin, dass Eugen lebt und hierher kommt, damit ich ihn gesund pflegen kann. Mein Gott, wie furchtbar ist es, einen geliebten Menschen zu verlieren und in einem so sinnlosen Krieg noch dazu. Ich freue mich ja so auf ihn, hoffentlich ist das keine Sünde bei all dem Leid, das um mich herum herrscht.'

Aber schon ein paar Tage später kam erneut die böse Nachricht, dass Christoph Baumfeller als vermisst gemeldet wurde. Und wieder standen Emma, Max, Gretel, Anna und Dorothea zusammen in dem Gang zwischen Küche und Gaststube des Goldenen Ritter und versuchten, sich über den erneuten Verlust eines Familienmitglieds gegenseitig zu trösten.

„Tut mir leid, aber manchmal frag' ich mich wirklich, was sich unser Herrgott dabei denkt, all dieses Leiden zuzulassen!" sagte Dorothea – und damit war sie wahrhaftig nicht allein. Millionen von Familien in der ganzen Welt fragten sich das Gleiche und wenn sie überhaupt eine Antwort fanden, waren diese alle sehr verschieden.

„Ich weiß, ich weiß," sagte Gretel und nahm sie in den Arm, „als unser kleiner Wolfgang starb, sagte Ottos Mutter, dass uns nichts übrig bleibt, als den Willen Gottes zu akzeptieren, wenn wir ihn auch absolut nicht verstehen können."

Anfang April schließlich kamen amerikanische Einheiten immer näher auf Überauen zu. Niemand wusste was bei ihrer Ankunft geschehen würde und Gretel befürchtete das Schlimmste. Vielleicht würden sie ja alle getötet und sie würde ihren Otto nie mehr wiedersehen. Also setzte sie sich hin und schrieb ihm einen rührenden Brief.

Überauen, 8.4.1945

Lieber Otto!

Wenn Du diesen Brief in Händen hältst, weißt Du, dass es uns gut geht! Das Traurigste zuerst. Johann Jessat ist gefallen. Du kannst Dir denken, was das für Dorothea und die Familie bedeutet. Es war und ist furchtbar. Dorothea hat sich immer noch nicht von dem Schock erholt und läuft herum wie ein Gespenst. Dazu kam die Nachricht aus Friedberg, dass auch Christoph Baumfeller vermisst wird und man weiß ja, was das bedeutet. Eugen geht es recht gut, er sagt immer, sein „Heimatschuss" in den Arm wäre zur rechten Zeit gekommen. Auch Rudolf geht es besser, seine Wunden haben aufgehört zu nässen und er sieht sich langsam wieder ähnlich.

Wir haben hier auch harte Zeiten. Jetzt ist sogar Überauen am hellen Tag von Bombern angegriffen worden. Warum, weiß kein Mensch. Bisher sind sie immer über uns weggeflogen Richtung Schweinfurt, vielleicht war's ja ein Versehen. Aber Hans und Helmut haben noch Übung von Stuttgart her und waren schnell im Keller. Eugen schnappte sich Hubert und trug ihn die steile Kellertreppe hinunter. Dabei hat Hubi wohl einen Socken verloren. Natürlich hat Eugen keine Zeit mit Suchen verbracht und Hubi hat die ganze Zeit nur wegen seines Sockens gejammert, sodass er wenigstens das Schlimmste nicht mitgekriegt hat. Immer wieder rumste es und es fielen Brocken durch den Schacht herunter. Am Ende war alles voll Staub und Dreck, aber wir waren wenigstens alle heil.

Der größte Schaden wurde am Dach und an den Fenstern im Goldenen Ritter angerichtet, wir haben Tag und Nacht gearbeitet, um alles wieder so einigermaßen in Ordnung zu bringen. Am schlimmsten hat es das Steinhauer Haus getroffen. Das sieht böse aus.

Gestern sind Hugo und Sofie mit einem Handwagen bei uns angekommen. Die sind von Hammelburg ganz bis hierher gelaufen und haben alle ihre Habseligkeiten mit den beiden Mädchen oben drauf den ganzen Weg hinter sich hergezogen. Emma hat sie irgendwo untergebracht, so langsam wird's eng. Hermas Bruder Alfons ist zusammen mit Max Haferstroh im Bügelzimmer untergebracht. Sie waren zu Fuß tagelang unterwegs und total ausgehungert.

Frau Seher fragt mich jeden Tag, ob Du was über ihren Mann weißt, der in der Vaihinger Kaserne stationiert war, sie hat ewig nichts mehr von ihm gehört.

Ich habe noch etwas Geld übrig, aber man kriegt ja nichts mehr dafür. Die Kinder bräuchten unbedingt Schuhe, aber es ist hoffnungslos.

Pass' bitte auf dich auf, wir brauchen Dich noch. Viele Grüße auch an Emme und Nikolaus.

In Liebe,

Deine Gretel, Hans, Helmut und Hubert

Der Krieg ging dem Ende zu. Die Russen standen in Berlin, der Führer saß dort in seinem Bunker und gab immer noch Befehle aus die keiner mehr befolgte, und die Amerikaner rückten Überauen immer näher.

Dort rüsteten sich Georg Pucher und seine Gefolgschaft zum Kampf bis zum letzten Mann, wie es der Führer befohlen hatte. Der größte Teil der Bevölkerung in Überauen hatte allerdings wenig Lust dazu und alle, die Georg kannten, wussten, dass der seinen Hintern als Erster retten würde.

Am 9. April 1945 herrschte hektisches Treiben im Rathaus. Akten, Kleidung, Symbole des Regimes und vieles mehr wurden im Hof aufgestapelt und in großer Eile verbrannt, genau dort, wo Gretel vor 40 Jahren ihre lustige Schneeballschlacht anzettelte. All die mühselig über Jahre gesammelten Unterlagen über die deportierten Juden, die verdächtigen Nonkonformisten, das SA-Personal und was an möglicherweise belastendem Material sonst noch vorhanden war wurde versucht zu vernichten.

Natürlich war das ein gefundenes Fressen für die Dorfjugend und so standen auch Helmut und sein Busenfreund Rudi in vorderster Linie und betrachteten das Schauspiel. Das Autodafé dauerte Stunden, schließlich war man beim Sammeln von Material sehr gründlich gewesen, aber letztendlich blieb nur noch ein Haufen rauchender Asche übrig.

Am nächsten Tag entschied sich das Schicksal Überauens. Es war ein kühler, sonniger Tag und, von seiner angeborenen Neugier getrieben, stocherte Helmut in dem Aschehaufen herum und wurde schließlich fündig. Außer einem breiten Ledergürtel, der normalerweise die dicken Hüften eines Überauener SA-Manns zierte, entdeckte er einen silbernen Ring mit einem seltsamen schwarzen Stein mit eingravierten Runen.

Beladen mit diesen Schätzen ging er dem Goldenen Ritter zu, als er seinem Onkel Rudolf und dessen Freund Eberhardt Haferstroh begegnete, die gerade, mit einem Feldstecher bewaffnet, auf dem Weg zum Kirchturm waren.

Die nächsten Stunden waren wohl die dramatischsten, die Überauen je erlebt hatte. Rudi und Eberhardt, oben angekommen, schauten durch das Fernglas. Der geübte Blick eines erfahrenen Soldaten entdeckte sofort die amerikanischen Panzer, die am Sportplatz Richtung Gerstenfeld standen. Als Rudi die Gegend weiter absuchte, sah er in der Gegenrichtung drei weitere Panzer gegen den Dorfteich vorrücken. Überauen war sozusagen von zwei Seiten belagert. Bevor beide die Nachricht nach unten weitergeben konnten, äußerte Rudi erstaunt:

„Was ist denn das?" Eberhardt nahm den Feldstecher und sah zu seiner Verblüffung eine kleine Gestalt, offensichtlich eine zierliche Frau, aus einem der Panzer steigen, eine weiße Fahne an einem Stock in der Hand und zielstrebig auf das Gerstenfelder Tor zugehen.

Die beiden rannten nach unten, die Adolf Hitlerstraße entlang und trafen die Abgesandte vor dem Stadttor. In einem französisch gefärbten Deutsch verlangte sie den Bürgermeister zu sprechen. Die beiden begleiteten sie zum Marktplatz, wo sich bereits eine Menschenmenge versammelt hatte, einschließlich des Bürgermeisters Denkendorfer und der SA-Besatzung in Uniform. Denen stand der Schweiß auf der Stirn und der wurde nicht weniger, als die Französin erklärte, Überauen würde unweigerlich zusammengeschossen, wenn nicht binnen 30 Minuten eine weiße Fahne zum Zeichen der Kapitulation vom Kirchturm hängen würde.

Kirchturmspitze

Das Hissen einer weißen Fahne war per Führerbefehl nicht nur verboten, sondern auch mit sofortiger Erschießung zu ahnden, war es doch mit dem Kampf bis zum letzten Mann nicht vereinbar. Bürgermeister Denkendorfer verwies darüber hinaus auf seinen Amtseid, der ihm das Hissen einer solch schändlichen Fahne verbiete, würde aber die Stadt „übergeben". Die Abgesandte erneuerte jedoch kühl das Ultimatum, keine Gnade ohne weiße Fahne und kehrte zu ihrem Panzer zurück.

Wie nicht anders zu erwarten, entfachte sich sofort ein großer Streit.

„Gretel, was hat der Denkendorfer gesagt?" fragte Frau Schreiner.

„Ich höre auch nichts, heeh, Hans, Helmut, bleibt hier bei mir! Hubert, hör auf, an meiner Schürtz zu ziehen!" antwortete Gretel. Die Meisten waren für die weiße Fahne, Georg Pucher drohte mit Erschießung derjenigen, die es wagen würden, Schande über Überauen zu bringen und schielte gleichzeitig zu Edith hinüber, die abfahrbereit in einem Kübelwagen saß und einige halbgare BDM Mädchen schrien:

„Verräter! Verräter!!" Wie es halt so ist, alle diskutierten und keiner tat was.

Keiner? Doch! Maximilian rannte zum Goldenen Ritter, plünderte den Wäscheschrank seiner Frau, erwischte ausgerechnet das neueste Betttuch, eilte dann ins Schlachthaus und holte eine Stange und eine Rolle Wurstbindfäden und erschien so bewaffnet wieder auf dem Marktplatz, um zur Kirche hinüber zu eilen.

Kirchturmtreppen.

Aber nicht nur die weltliche Macht in Gestalt des Bürgermeisters und Georg Puchers, sondern auch die geistliche, in Person des Geistlichen Rats Weible, stellten sich Maximilian entgegen, letzterer mit dem ziemlich schwachen Argument, die Kirche sei schließlich ein öffentliches Gebäude, für dessen „Beflaggung" gewisse Regeln gälten und in denen stünde nichts von weißen Fahnen. Rudolf gelang es mit einiger Mühe, ihn wieder in sein Pfarrhaus zu bugsieren und Maximilian wollte sein Rettungswerk fortsetzen, als sich ihm zwei SA-Männer drohend mit erhobenen Pistolen entgegenstellten.

„Mama," fragte Hans, „was machen die zwei Soldaten mit Onkel Max?"

„Hans, ich hab' solche Sorgen um Max. Wir müssen abwarten und sehen", antwortete Gretel.

Anna, Emma, die Kinder und Gretel hielten in großer Angst ihren Atem an und bangten um Max' Schicksal.

Plötzlich erschien Anton Schreiner, ein vermutlicher Nazi-Anhänger, auf den Marktplatz, fuchtelte mit seiner riesigen Pistole in der Gegend herum und drohte jedem mit Erschießung. Schreiend verkündete er: „Der Krieg ist letztendlich hoffnungslos verloren!" Der Weg für Max war frei und wenig später hing Emmas Betttuch als Zeichen der Kapitulation aus dem Giebelfenster des Turms der St. Severinus Kirche. Gerade noch rechtzeitig – Überauen war gerettet!

Georg Pucher und sein Anhang saßen inzwischen im Kübelwagen. Sie riefen der Menge zu, sie würden nun zur Verteidigung der bewaldeten Hügel um Überauen umgaben, ausrücken und verschwanden durch das Forellenbacher Tor, das noch nicht von den Amerikanern belagert war. Zwei Tage später übrigens kamen die heldenhaften Verteidiger im Schutz der Dunkelheit zu Fuß zurück – und in Zivilkleidung, die sie vorsichtshalber mitgenommen hatten.

Inzwischen rückten die amerikanischen Panzer an das Gerstenfelder Tor vor. Die Stadttore von Überauen waren vor einigen hundert Jahren gebaut worden und bekanntermaßen war der Durchgang gerade so hoch, dass ein Mann zu Pferd durchreiten konnte, und die Breite so ausgelegt, dass eine Kutsche oder ein Gespann ebenfalls ohne Probleme durchpasste, an amerikanische Sherman Panzer hatte damals noch niemand gedacht.

Als diese vor dem Tor standen, wurde zuerst einmal Breite und Höhe gemessen und festgestellt, dass in der Tat ein Panzer durchfahren konnte, allerdings mit äußerst geringem Spielraum.

Gerstenfelder Tor, skizziert von Hubert Forner

Eine Menschenmenge hatte sich eingestellt um das Manöver zu beobachten. Keiner kam auf die Idee oder hatte die Englischkenntnisse, den Besatzern zu erklären, dass es viel einfacher wäre um den Ort herum zu fahren und am Bahnhof, wo die Stadtmauer unterbrochen war, bequem hereinzufahren. Der erste Panzer wurde also sorgfältig vor dem Tor ausgerichtet, Der Kommandant schloss den Deckel seiner Luke und los ging's im Schneckentempo. Alles klappte prächtig und der nächste Panzer kam schon mit etwas mehr Schwung angerasselt.

Nun haben alte Stadttore aberunten an den Ecken Abweissteine, damit Fuhrwerke, die verständlicherweise nicht so präzise zu lenken sind, die Torwände nicht beschädigen. An einem solchen blieb der Panzer hängen, drehte sich ein wenig, nahm dabei einen Teil des Tores mit und die halbe Innenfassade des Gerstenfelder Tors prasselte auf ihn nieder.

Über dem Tor befand sich eine Wohnung, in der früher der Torwächter logierte, welche jetzt aber als normale Wohnung vermietet war. Deren Inneres war nun mangels Außenwand für alle wie eine Puppenstube sichtbar. Die Amerikaner störte das nicht, die hatten während des Kriegs ganz andere Dinge gesehen. Ungerührt zermalmte der nächste Panzer die herunter gefallenen Brocken und der Konvoi fuhr die Adolf Hitlerstraße hinauf zum Marktplatz, verfolgt von der staunenden Bevölkerung.

Am Brunnen vor dem Rathaus stand der ganze Familienclan und beobachteten den Einzug der Amerikaner.

Dort angekommen, richteten sie sich auf dem Platz und im verlassenen Rathaus ein, was bedeutete, dass sie so schnell nicht wieder abziehen würden.

Max und sein Clan zogen zurück zum Goldenen Ritter und starrten neugierig aus den Fenstern hinüber zum Rathaus um zu sehen, was sich dort entwickeln würde.

Ein Offizier, begleitet von zwei riesigen, farbigen MP-Männern und der französischen Dolmetscherin, fragte in die Runde, „Wer hat die weiße Fahne gehisst?" Alle deuteten auf den Goldenen Ritter und der Name Maximilian Bergmeister fiel. So begab sich die Abordnung dorthin.

Zum Entsetzen der Familie fuhr ein Jeep mit einem amerikanischen Offizier und seinem Fahrer durch das weit geöffnete Bogentor hinein in den Innenhof des Goldenen Ritters. Mit lässigem Schritt gingen er und seine Männer unter dem Weinstock durch die Tür in die Gaststube, wo sein Sergeant nach Max Bergmeister fragte und als erstes befahl, das große Tor zu schließen.

Max begrüßte vorsichtig den Offizier und bat ihn, in der leeren Gaststube am Stammtisch, an welchem seit 50 Jahren die Probleme der Welt gelöst wurden, Platz zu nehmen.

Der Offizier wollte mit Max' Rat eine neue Kreisstadtsregierung gründen.

‚Die Amerikaner sind unser Feinde,‘ dachte Emma bei sich, ‚aber nun sind sie eben einmal da. Also biete ich ihnen einfach ein Getränk an.‘ Emma trat ängstlich an den Tisch und fragte vorsichtig, „Bier?" was für die Amerikaner ein magisches Wort war. Da es alle verstanden, nickten sie zustimmend und Emma machte sich sofort ans Einschenken.

Am nächsten Tag, man kannte sich ja schon, erschien der Offizier erneut. Diesmal verzichtete er auf den martialischen Schutz und hatte nur einen einfachen Soldaten dabei. Dieser sprach Deutsch mit einem deutlich schwäbischen Akzent und fragte, ob im Goldenen Ritter Zimmer für die Offiziere frei wären und Gretel, die zufällig dabeistand und das vertraute Idiom vernahm, traute sich zu sagen: „Do missat m'r ab'r z'erscht amol nochgugga!" Alle schauten verdutzt und der Einzige, der verstanden hatte, was sie sagte, war der amerikanische Soldat.

Am Nachmittag stieg Gretel wieder mit Hubert zu ihrer kleinen Wohnung im Goldenen Ritter hinauf, in der Hoffnung den Kleinen zu einem Mittagsschlaf bewegen zu können. Wie jedes Mal, wenn sie oben war, ging sie ans Fenster und schaute hinab auf die wieder einmal altbekannte Brunnengasse. Sie war belebt wie immer, Menschen und Fuhrwerke waren unterwegs. Nur der Marktplatz vor dem Rathaus hatte sich verändert, dort wehte die amerikanische Flagge über den abgestellten Fahrzeugen.

Verschwunden waren die Hakenkreuzfahnen und die braunen Uniformen und die Leute grüßten sich wieder mit „Grüß' Gott" und nicht mehr mit „Heil Hitler". Man wusste zwar nicht wie es weitergehen sollte, aber man fühlte sich befreit von dem Terror des Regimes.

Auf einmal sah Gretel den schwäbisch-amerikanischen Soldaten, der sich auf der gegenüberliegenden Seite der Straße aus dem ehemaligen Fenster von Frau Luder lehnte. Er winkte ihr zu und rief: „Du, Mädle, hosch du a Nähmasche? Onsre Hosa send älle z'gross oder z'gloi."

Nach einem kurzen Moment der Verblüffung dachte Gretel, ein bisschen zusätzliches Geld könnte ich gut gebrauchen und im Übrigen kann es nichts schaden, mit den Amerikanern auf gutem Fuß zu stehen. Also rief sie hinüber: „Klar, kommen Sie einfach hier rüber, ich mach' das für Sie." Ein erster, kleiner Schritt zu einer deutsch-amerikanischen Freundschaft war getan.

Gretel schaut aus dem Fenster

Noch lange Zeit stand sie am Fenster und betrachtete das plötzlich so veränderte Überauen. Leise sagte sie vor sich hin: „Amerikaner in

Überauen, wer hätte das je gedacht! Großer Gott, was wird denn noch alles passieren?"

Gretel überlegte was die Zukunft bringen könnte „Vielleicht kommt ja eine glücklichere Zeit für mich und meine Buben".

Epilog

Gretel und ihre Buben blieben bei Emma und Max in Überauen bis es 1946 sicher genug war, nach Stuttgart heimzukehren. Immer wieder erhob sich die Frage, was wohl aus ihnen geworden wäre, hätten sie Überauen nicht hinter sich gelassen.

In den folgenden Jahren waren Gretel und vor allem die Buben regelmäßig in den Sommerferien bei Anna und Eugen bzw. Emma und Max in zu Besuch. Deren Töchter Dorothea und Gudrun waren verheiratet und hatten ihre eigenen Familien gegründet, wie auch Rudolf Bergmeister, der später die Metzgerei und den Goldenen Ritter übernahm.

Emma, Max, Anna und Eugen blieben bis zu ihrem Tod in Überauen.

Gretel und Otto lebten in Stuttgart-Vaihingen, wo sie nach einem langen, erfüllten Leben in den 90er Jahren starben.

Der älteste überlebende Sohn Hans wurde Kaufmann wie sein Vater und Abteilungsleiter in einem Handelshaus. Er ist verheiratet und hat zwei Kinder und eine Enkelin.

Der zweite Sohn Helmut wurde Dr.-Ing. und bekleidete eine gehobene Stellung in einem internationalen Konzern. Seine Frau verstarb 2008, er hat zwei Söhne und drei Enkeltöchter.

Der dritte Sohn, dem dieses Buch gewidmet ist, erhielt seine Ausbildung in Stuttgart und Paris und arbeitete als gefragter Dekorateur, bis er in Florida eine eigene Firma eröffnete. Er blickt ebenfalls auf ein erfülltes Leben zurück und lebt in einer langen und engen Beziehung.

Überauen ist trotz kräftigen Wachstums immer noch eine pittoreske Kleinstadt und einen Besuch wert. Es ist in vieler Hinsicht ein kleines heimeliges Örtchen geblieben, in der Gretel einen großen Teil ihres Lebens unter teils dramatischen Umständen verbracht hat. Sie ist dort in einer Familie, geprägt von Liebe und Vertrauen, aufgewachsen und hat dies auch an die nächste Generation weitergegeben.

Jeder Besuch in „Überauen" ist für mich, den Erzähler, als käme ich heim. Die Familiengeschichte, die ich in diesem Buch mit viel Liebe und Phantasie erzählt habe, ist zu meiner eigenen geworden.

Notizen

Fußnote 1 von Seite 18 – Barbaras Tod.

Gretel wusste nichts über den Freitod ihrer Großmutter, darüber wurde geschwiegen. Was wirklich der Grund für Barbaras damalige Depression war bleibt im Dunkeln. War sie krankhaft oder gab es etwa Eheprobleme? 1906 lebte sie in einer kleinen Gemeinde mit 1000 Einwohnern, in der Jeder alles über Jeden wusste. Die beiden unehelichen Kinder ihrer Tochter waren zu der Zeit, in dieser Umgebung, ein wahrer Skandal. Für eine so angesehene Familie war das damals eine Schande und die Leute zerrissen sich sicher das Maul darüber. Wie auch immer, sie ertränkte sich in einem Teich vor der Stadt und der wahre Grund wird immer im Dunkeln bleiben. Die Tochter heiratete übrigens später den Kindesvater doch noch!

Fußnote 2 von Seite 90 – Rosas Tod.

Gretel blieb bis zum Schluss dabei, ihre Mutter sei an Tuberkulose gestorben, aber die Familie war sicher, dass sie Selbstmord begangen hatte. Was wirklich geschah, liegt auch hier im Dunkeln. Sie hatte sich wohl in der Remise des Goldenen Ritter erhängt. Rosa und Franz waren ein Liebespaar, für wie lange ist nicht bekannt und Franz war wahrscheinlich der biologische Vater von Anna. Schließlich war diese im Alter von acht Jahren Franz wie aus dem Gesicht geschnitten, was natürlich allen auffiel. Rosa fühlte sich schuldig und gefangen in einer unglücklichen Ehe. Es ist daher verständlich, dass diese Schuldgefühle und die Verdächtigungen der Nachbarn auch sie in eine tiefe Depression verfallen ließen. Die Heirat Franz' mit ihrer Halbschwester Frieda war dann der letzte Anstoß für ihren Zusammenbruch und ihren schrecklichen Tod.

Bildnachweis

Alle Photographien mit freundlicher Genehmigung der Familie mit folgenden Ausnahmen:

Titelbild: Umschlaggestaltung; Foto von Humprechtshausen, UFr. mit freundlicher Genehmigung von Ulrich Kind, Professioneller Photograph. Künstlerische Fotobearbeitung von Frances Keiser und Hubert Forner. Schwarz-weiß Foto: Von Links nach Rechts, Betty, Gretel, Otto und Käthi.

Seite 6: Verwaltungskarte Deutschland, Bundesländer. Landeshauptstadt*, Ausgabe 2014. Lambert winkeltreue Kegelabbildung Ellipsoid WGS84, Datum WGS84, copyright Bundesamt für Kartographie und Geodäsie, Frankfurt am Main (2014) Vervielfältigung, Verbreitung und öffentliche Zugänglichmachung, auch auszugsweise, mit Quellenangabe gestattet.

Seite 7: Stadtplan von Überauen, Skizze Hubert Forner

Seite 15: Wirtshaus zum Goldenen Ritter, Skizze Hubert Forner

Seite 34 und weitere: Nachbildung eines Greifs aus dem Atlas zur Deutschen Geschichte, Köln am Rhein (1910)

Seiten 51 und 110: Bahnhof mit freundlicher Genehmigung des Eisenbahnmuseums Lehmann

Seite 167: Deutscher Panzer und Besatzung im 2. Weltkrieg. Bundesarchiv, Bild 101 III - Zschaeckel-208-25/Zschäckel, Friedrich/ CC-BY-SA 3.0. Waffen SS Division "Das Reich", Sowjetunion.- "Unternehmen Zitadelle".- Kämpfe im Raum Belgorod-Orel. Propagandakompanien der Wehrmacht - Waffen-SS.

Seite 187: Zerbombtes Stuttgart 14/15. April 1943. Aufnahme: Sq Ldr Raymond William McCarthy, 40239 RAF (British Royal Air Force), Einheit: Staffel No. 7, Alter 30, gefallen.

Seite 207: Gerstenfelder Tor, Skizze Hubert Forner

www.ingramcontent.com/pod-product-compliance
Lightning Source LLC
Chambersburg PA
CBHW070504120726
47910CB00003B/1114